PHENIX

Copyright © 2023 de Fernando Machado
Todos os direitos desta edição reservados à Editora Labrador.
Título original: *Até que a morte nos reúna*

Coordenação editorial
Pamela Oliveira

Preparação de texto
Lívia Lisbôa

Assistência editorial
Leticia Oliveira

Revisão
Iracy Borges

Projeto gráfico, diagramação e capa
Amanda Chagas

Imagens da capa
Amanda Chagas - geradas em prompt Midjourney

Dados Internacionais de Catalogação na Publicação (CIP)
Jéssica de Oliveira Molinari - CRB-8/9852

Machado, Fernando
  Phenix / Fernando Machado. 2.ed. — São Paulo : Labrador, 2023.
  288 p.

ISBN 978-65-5625-334-3

1. Ficção brasileira I. Título

23-1933   CDD B869.3

Índice para catálogo sistemático:
1. Ficção brasileira

Editora Labrador
Diretor editorial: Daniel Pinsky
Rua Dr. José Elias, 520 – Alto da Lapa
05083-030 – São Paulo – SP
+55 (11) 3641-7446
contato@editoralabrador.com.br
www.editoralabrador.com.br
facebook.com/editoralabrador
instagram.com/editoralabrador

A reprodução de qualquer parte desta obra é ilegal e configura uma apropriação indevida dos direitos intelectuais e patrimoniais do autor. A editora não é responsável pelo conteúdo deste livro. Esta é uma obra de ficção. Qualquer semelhança com nomes, pessoas, fatos ou situações da vida real será mera coincidência.

FERNANDO MACHADO

PHENIX

EDITORA
Labrador

2ª EDIÇÃO

Penso que a ideia estúpida de chamar minha amada
esposa com tamanha urgência e submeter-me
à inusitada agonia de não poder vê-la nunca mais
só pode ter sido um descuido do Poder Superior.
Ou, talvez, uma imprescindível arregimentação
pressurosa de almas generosas e sábias, ao
Reino dos Céus, com o propósito de avigorarem
espíritos degenerados.

WANUIRE AFFONSO LOURO
1954 — 2022

SUMÁRIO

~ **9** ~

PRIMEIRO ATO

COMO ÁGUA COM AÇÚCAR

Andamento: Adágio

~ **131** ~

INTERMEZZO

COMO CRAVO BEM TEMPERADO

Andamento: Prestíssimo

~ **191** ~

SEGUNDO ATO

COMO MOSTARDA, PIMENTA E MEL

Andamento: Allegro ma non troppo

PRIMEIRO ATO

COMO ÁGUA COM AÇÚCAR

Andamento: *Adágio*

1

A pele enrugada, os olhos semiabertos e as pálpebras inchadas de minha face revelavam irrestrita aceitação. Eu oscilava submerso em águas mornas ao sabor de diminutas correntes. De súbito, contorci meu corpo e encostei a testa nos joelhos dobrados. Tentei rodar, mas estava impotente. Prostrado. Então, num espasmo espontâneo de meu enorme casulo, rodopiei pressionando o contorno gelatinoso até ficar de ponta-cabeça. Durante o giro enxerguei, de relance e com a visão embaçada, o passadouro estreito e encarnado.

A cor de minha pele arroxeou e o pânico subjugou minha mente. Diante disso, o sentimento de urgência pungiu meu corpo e ele distendeu-se, escorregando rapidamente, até a minha cabeça alcançar o exterior incógnito e escuro. No derradeiro esforço inspirei uma golfada de ar, tão potente e dolorida que me despertou do pesadelo aflitivo.

Alonguei meu corpo enrijecido, encharcado de tanto suor, estiquei minhas pernas, abri meus braços e me estabilizei de costas no leito macio. E, então, com a respiração entrecortada e o coração acelerado, me pus a chorar baixinho.

Um único som inequívoco, monótono e contínuo destacava-se no silêncio lúgubre do ambiente. Provinha de um ventilador ligado nas proximidades da janela, fazendo balançar o lustre indistinto, pendente do teto. Virei-me para o lado, girei o corpo e me sentei na beirada da cama. Estendi o braço e topei com o criado-mudo. Acautelado, sondei o tampo, mas não encontrei o abajur.

Meus olhos rastrearam o entorno negrejado. Não conseguia pensar; muito menos recordar alguma coisa. Senti as gotas de suor deslizarem pelos sulcos da minha testa e penetrarem nos meus olhos. Escutei a palpitação arrítmica de meu coração, pulsando cada vez mais rápido. Então me coloquei de pé, forçando a visão em direção à porta ensombrada. Equilibrei-me com dificuldade e, com passos incertos, protegendo o corpo, com os braços dobrados para a frente, caminhei em direção à forma espectral até encontrá-la.

Tateei e reconheci a superfície fria da madeira de lei, as almofadas em baixo-relevo, o contorno do batente, a maçaneta e, um pouco acima, na parede lateral, o interruptor da luz. Girei o corpo em direção ao aposento, apoiei as costas contra a parede, prendi a respiração e acionei a tecla.

Iluminou-se à minha frente o ambiente habitual de um dormitório corriqueiro e sem ostentação que não consegui reconhecer, causando-me, de imediato, surpresa e desconforto. Voltei-me à porta, segurei a maçaneta, destranquei a fechadura, abri e coloquei a cabeça para o lado de fora. Vislumbrei apenas um corredor comprido e devoluto com mais três portas iguais.

Fechei esta porta e andei apressadamente em direção à outra, interna, entreaberta, por onde extravasava um facho de luz branca. Empurrei-a e avistei o gabinete da pia com o espelho na parede, a bacia sanitária e o box. Os porta-toalhas e as saboneteiras estavam abastecidos; no interior do box, sobre uma prateleira de vidro, havia sabonete, xampu e condicionador para os cabelos. Pendurado num dos ganchos atrás da porta, destacava-se um robe de chambre atoalhado branco.

Sem demora, fui até o gabinete da pia, abri a torneira, molhei o rosto várias vezes e, a cada vez, eu olhava atento para minha imagem refletida no espelho. Juntei as mãos em concha em torno do nariz e da boca e expirei o ar dos pulmões para apurar se meu hálito esclareceria alguma coisa.

Alcancei a toalha, enxuguei o rosto e observei vagarosamente a imagem no espelho. Passei as mãos pela barba já crescida, pelas orelhas, pelos cabelos crespos e levantei a cabeça para enxergar melhor o pescoço. *O que está rolando?*, pensei, desorientado, perscrutando ao redor sem reconhecer nada remotamente familiar. *Não é possível, isso..., continuei a pensar. Caramba! Isso é uma loucura, meu Deus.*

Dei um passo para sair do banheiro, mas estaquei embaixo do batente da porta e passei a esquadrinhar o ambiente: a cama de casal desarrumada de onde eu havia acabado de me levantar; os criados-mudos e os abajures de parede nos dois lados da cama; o armário marrom-escuro com duas portas de abrir; a luminária de chão ao lado de uma poltrona; a mesinha com a cadeira debaixo.

Segui caminhando até a janela e abri as duas persianas ao mesmo tempo. Avistei os telhados de residências adormecidas e com as luzes apagadas, pontos de comércio com as portas cerradas, o chafariz fantasmagórico e árido no meio da pracinha. Os postes, no estilo dos velhos candeeiros, com as luminárias ainda acesas alastravam uma iluminação amarelada, anunciando a persistência da madrugada.

Voltei o meu olhar em direção à mesinha. Sobre o tampo havia um cinzeiro de vidro com uma bituca apagada, um maço de cigarros Hollywood aberto, um isqueiro Zippo prata fosco, um relógio de mesa pequeno, um calendário triangular e um bloquinho de anotações — com uma caneta esferográfica apoiada em cima dele. Eu me aproximei, puxei a cadeira e me sentei.

Examinei, primeiro, o calendário espiralado na parte superior, com cartelas mês a mês. A folha do mês de maio de 1968 expunha uma argolinha imantada vermelha em volta do dia 23. A seguir, peguei o reloginho e o encostei no ouvido. Ouvi o tique-taque e olhei para o mostrador: os ponteiros sinalizaram quatro horas e quarenta e cinco minutos.

Embaixo do tampo da mesinha havia duas gavetas, lado a lado. Numa delas encontrei um exemplar da Bíblia, alguns tocos de velas, uma caixa de fósforos gigantes e folhetos de propaganda; na outra, algumas moedas soltas, lá no fundo, e uma carteira de couro marrom volumosa.

Tomei a carteira nas mãos e, controlando a inquietude que oprimia meu coração, constatei que ela estava repleta de cédulas de dinheiro, documentos e um talão de cheques. Esvaziei o conteúdo e espalhei tudo sobre a mesa.

Com as mãos trêmulas, peguei a carteira de identidade e olhei a fotografia e o nome impressos. Levantei-me e voltei rapidamente ao banheiro. Observei alternadamente a foto do documento e minha imagem refletida no espelho, sentindo meu coração disparar novamente.

— Caraca! — sussurrei, desnorteado. — Não é possível que eu não me lembre da minha cara nem do meu nome.

Minhas mãos tremiam tanto que cruzei meus braços na altura do peito, coloquei-as no aconchego dos sovacos e as pressionei fortemente para imobilizá-las. Assim, por alguns minutos, fiquei de olhos fechados até que elas se aquecessem e o meu coração serenasse um pouco; retornei, então, à mesa, para examinar os outros documentos.

Certifiquei-me de que a carteira de motorista e a de motociclista exibiam a mesma foto e o mesmo nome. O talão de cheques, do Banco Brasileiro de Rotunda, estava com as três primeiras folhas assinadas acima do nome Arthur de Andrade Martins.

Com a respiração ofegante e temente a um descontrole mental solitário fui, sem pressa, até o armário de roupas. Abri as portas e avistei calças, paletós, ternos e abrigos pendurados nos cabides; na parte inferior, enfileirados, sapatos, tênis e chinelos. Abri as gavetas e encontrei suéteres, camisas, cuecas e pijama. Notei ainda que havia um espelho grande colado no verso de uma das portas. Assim, dei um passo para trás para ver-me de corpo inteiro.

A imagem do meu semblante anêmico revelou o espanto e o horror que eu estava sentindo naquele momento. Minha garganta se fechou, meus joelhos bambearam e, com as duas mãos fechadas, soquei o espelho com tanta força que ele se partiu em vários pedaços, dividindo meu corpo em fragmentos, como se cada um deles representasse uma parte da minha vida destroçada.

Em seguida, tal qual uma fera enjaulada, passei a caminhar de um lado para o outro do dormitório até que, enfurecido demais, passei a arrancar todas as roupas penduradas nos cabides e também as dispostas nas gavetas do armário e arremessei tudo pelo ar.

Comecei então a pisoteá-las e amontoá-las com os pés; deitei-me, de barriga para baixo, em cima das roupas espalhadas e, sem parar de golpear o chão com as duas mãos abertas, gritei histérico: "Nada disto é meu! Nada!"

Foi quando ouvi o som de três batidas rápidas na porta do quarto; em seguida, outras três, com o tom mais alto e incisivo.

Assustado, me pus de quatro, ofeguei por algum tempo ainda, apoiei as mãos no chão, flexionei o dorso e me levantei. Com passos tímidos, sentindo tontura e prostração enormes, cambaleei em direção à porta.

Mirei o orifício do olho mágico e, distorcido pela lente, enxerguei o corpo de uma mulher loira, de meia-idade, vestindo uma blusa azul sutilmente decotada, carregando uma bandeja de prata com um serviço de café da manhã, cujo aroma agradável eu senti de dentro do quarto.

Ela enfocava o olho mágico de um jeito circunspecto. Fui depressa até o banheiro, peguei o robe de chambre pendurado no gancho atrás da porta, vesti sobre o pijama, retornei e abri a porta.

— Bom dia, senhor Arthur! — cumprimentou-me, introvertida.

Antes mesmo que eu respondesse, ela entrou no quarto e caminhou com determinação até a mesinha. Então parou, sustentando a bandeja, e dirigiu-me um olhar indagador. Tinha visto o tampo da mesa abarrotado de objetos, dinheiro e documentos.

— Ah, mil perdões! — expressei.

Sem demora, fechei a porta do quarto, sentindo meu cérebro processar a correlação de minha situação de espanto total com o que estava acontecendo naquele momento. Passei lentamente ao seu lado, sentindo o perfume de seu corpo ofuscar o aroma de café, recém-registrado na minha mente. Hesitei à frente da mesinha, como que no aguardo de alguma mensagem esclarecedora; abri calmamente a gaveta e empurrei, com o braço, os documentos para dentro, liberando o espaço instigado por seus olhares e gestos.

— Obrigada! — agradeceu a mulher, acomodando a bandeja no espaço desocupado da mesinha e dirigindo-me um olhar sombrio. — Meu nome é Eva; trabalho na recepção do hotel e vim oferecer-lhe o café da manhã de boas-vindas. De amanhã em diante você poderá servir-se no buffet, ao lado da recepção.

— Caramba! — expressei, notando o tom de minha voz visguento e desafinado. — Por essa eu não esperava!

— Então eu acertei! — alegrou-se a recepcionista, olhando, de soslaio, para o quarto bagunçado.

— Acertou mesmo! — afirmei, ao mesmo tempo que reparava sua fisionomia perder a nitidez e a consistência física; seu rosto foi se deformando, seus olhos enegrecendo e se aproximando um do outro, enquanto seus lábios, cada vez mais grossos, geravam sons indistintos, carregados de dissonâncias e pequenos ecos; seus cabelos loiros e cacheados mudaram de cor e escorriam, lisos e negros como petróleo, ao longo de seus ombros retraídos e braços exageradamente alongados.

— Bom proveito! — externou, com a mão na maçaneta e fazendo o movimento de retirar-se. — Não se preocupe com a bandeja; mais tarde virão buscá-la.

— Obrigado! — falei, reticencioso, e fechei a porta.

Ainda segurava a maçaneta quando minha cabeça começou a oscilar pendente do pescoço, tornando o ambiente instável e fantástico. Com passos incertos, aproximei-me da cama que, a cada pernada, parecia elevar-se e declinar-se, alternadamente, do assoalho ondulante; apoiei minhas mãos na beirada, me sentei, girei o corpo e desabei.

O aroma agradável do perfume de Eva ainda persistia em meu cérebro quando, de súbito, transformou-se num cheiro irritante. Recuperei a consciência e abri os olhos. O que enxerguei em primeiro plano foi o reflexo dos raios solares nas lentes dos óculos de aro fino, à frente do semblante austero e investigador de um senhor magro de bigodinho e cabelos negros. Ele segurava meu pulso com as mãos aquecidas e perscrutava, com a campânula do estetoscópio, o meu desnorteado coração. O cheiro de amoníaco, derivado de um chumaço de algodão encharcado sobre meu peito, destacava-se na atmosfera do ambiente transitoriamente hospitalar.

Afastada do doutor e sentada na cadeira perto da mesinha, despojada da bandeja do café da manhã, Eva olhava discretamente em minha direção. Percebi que o dormitório estava arrumado e notei que o armário marrom-escuro exibia as roupas harmonicamente guardadas e penduradas.

— Você está melhor? — inquiriu o doutor, batendo palminhas. — Quantos dedos estou lhe mostrando?

— Três! — respondi, tentando entender o motivo da pergunta cretina.

— Levante-se! — ordenou o doutor, segurando meus ombros. — Dê alguns passos pelo dormitório.

Eu saí da cama sem nenhuma dificuldade e desloquei-me pelo aposento, aproveitando o ensejo para constatar que ele tinha sido reorganizado, e que a fisionomia da Eva não havia se alterado. Pelo contrário, estava sorridente.

— Dê uma passada no meu consultório — convidou o médico, enquanto escrevia no talão receituário. — É aqui pertinho e não precisa marcar hora. O atendimento é por ordem de chegada.

— Eva! — exortei, assim que o doutor me entregou a receita e foi-se embora. — Estou morrendo de vergonha. Nem sei o que dizer para você.

— Não precisa dizer nada! — advertiu, levantando-se e cruzando os braços na altura do peito, como se estivesse sentindo frio. — Quando cheguei, pela manhã, estranhei o seu jeito e notei a bagunça no quarto; deixei a bandeja na mesinha e me retirei. Todavia, fiquei com a pulga atrás da orelha e resolvi voltar com a chave reserva para tirar a cisma da cabeça. Não se preocupe que eu só faço isso em emergências. Você estava roncando, na beirada da cama, e de barriga para baixo. Isso é perigoso, por causa do refluxo. Então te ajeitei como pude e chamei o doutor, apenas por precaução. Enquanto ele te examinava, a camareira deu um jeito na bagunça. Por fim, ele te deu o cheirinho e você despertou na mesma hora. Isso quer dizer, nas palavras do doutor, que você vai ter de curtir uma ressaca brava e nada mais.

— Essa bagunça toda… — murmurei, olhando ao redor. — Não me lembro de quase nada. E o espelho?

— O que tem o espelho?

— Eu acho que quebrei o espelho do armário.

— Não tem nenhum espelho quebrado aqui — contestou, olhando para as portas abertas do guarda-roupa.

— Fiquei com essa impressão… — disse, hesitante.

Se eu contar o que realmente aconteceu comigo, desde que despertei do pesadelo neste quarto de hotel, ela não vai acreditar em uma única palavra que eu disser. Nem ela nem ninguém. Ajeitei o pijama e o robe no meu corpo e me sentei na beirada da cama. *Ora bolas!*, matutei. *Não vou insistir, mas eu me lembro direitinho do meu corpo fragmentado no espelho.*

— Você foi muito bem recomendado pelo casal que te trouxe ontem à noite e pagou suas diárias — disse, contrafeita. — Caso contrário, eu seria obrigada a pedir para você deixar a acomodação.

— Estou perdoado, então?

— Desde que isso não ocorra novamente — ameaçou, fazendo menção de retirar-se.

— Cá entre nós... — falei, segurando uma mão na outra e inclinando a cabeça levemente para baixo. — Eu fiz papelão na minha chegada, não é mesmo?

— Longe disso! — esclareceu, sorrindo. — Seus amigos levaram você rapidinho para o quarto. Ainda bem que o elevador estava no térreo.

— Desculpe-me, Eva — insisti, contorcendo a bochecha. — Você me viu chegar?

— Arthur, não se preocupe! — tranquilizou, persuasiva, elevando a palma da mão direita. — Ajudei seus amigos a te botarem no quarto. Eles ficaram te acomodando e, quando partiram, eu voltei aqui e você já estava dormindo.

— Deu um branco total! — declarei, vacilante. — Nem sei por que me trouxeram para cá.

— Você não se lembra mesmo? — questionou. — Não foi você que fez a reserva?

— Acho que não!

— Então foi alguém muito próximo — inferiu, sorrindo. — Quinze dias com pagamento antecipado. De qualquer maneira, você me encontra na recepção, no caso de alguma necessidade. Passe por lá e aproveite para assinar a ficha de hospedagem.

— Então tá! — pactuei, atulhado de incertezas.

— De repente você ficou pensativo… — disse, tirando-me de divagações aflitivas. — Você tem alguma dúvida?

— Uma coisa só! — tergiversei, afligindo-me com a assinatura da ficha de hospedagem. — Como eram os meus amigos? Não estou me lembrando de muita coisa.

— Não esquente a cabeça à toa — aconselhou, compenetrada. — Era um casal de meia-idade, muito atencioso e educado. Lembre-se de que o esquecimento é o lado perverso da bebedeira.

— Hum! Acho que comecei a me lembrar de alguma coisa — menti, cofiando a barba por fazer.

Três batidinhas discretas me assustaram novamente; porém, Eva seguiu resoluta na direção da porta para abri-la.

— É sua canja chegando! — anunciou. — Minha mãe sempre me dizia, quando eu estava com muita ressaca: "Esta canjinha recupera as forças de uma defunta!".

A camareira entrou, trazendo, na mesma bandeja de prata, dois pratos: um deles, fundo, exalando o cheiro delicioso de canja, e outro, pequeno, com uma porção de torradas; colocou-a na mesinha vazia, de onde havia sido removido o café da manhã intocado momentos antes; fez uma mesura e retirou-se.

— Agora é melhor você tomar sua canja, antes que ela esfrie — recomendou, segurando pela borda a porta entreaberta. — Tudo bem mesmo?

— Melhor é impossível — respondi, disperso. — Obrigado pela surpresa e pelos esclarecimentos. Continuo morrendo de vergonha! Isso tudo fica entre nós?

— Nosso segredo! — sorriu, me deu uma piscadela e fechou a porta.

Olhei o farto prato de canja fumegante, escutando o ronco aflitivo do meu estômago. Apesar da desordem mental que estava me afligindo, consegui dar uma trégua em meus pensamentos contraditórios e tomei a sopa com satisfação.

Em seguida, coloquei a bandeja na beirada da cama, voltei a me sentar na cadeira à mesinha, abri a gaveta, espalhei tudo novamente sobre o tampo e passei a observar cada documento e o talão de cheques. Comparei as assinaturas e observei que eram todas iguais, embora eu não conseguisse reconhecê-las como minhas.

Estiquei o braço e peguei o bloquinho de notas e a caneta esferográfica. Então, procurei copiar a assinatura firmada nos cheques e nos documentos; porém, com as mãos trêmulas e o espírito desassossegado, não consegui reproduzir nada remotamente semelhante.

Os últimos acontecimentos e a conversa embaraçosa com Eva haviam acabado comigo. Eu estava exausto. Apoiei os cotovelos em cima da mesa e segurei minha cabeça com as duas mãos, sentindo o suor deslizar pela testa e o pulsar frenético nas minhas artérias temporais.

Levantei-me e, num ritual instintivo, peguei a bandeja na beira da cama e a recoloquei na mesinha, fechei a janela e a porta do banheiro, apaguei as luzes, deitei na cama, me enfiei debaixo dos cobertores e fechei os olhos.

2

Eu despertei quando o sol já estava alto no céu e seus raios penetravam pelas frestas da persiana. Estava confiante de que estivera apenas sonhando e desejoso de avistar, sobre a mesa, apenas um lindo vaso de flores. No entanto, quando virei a cabeça, o que enxerguei mesmo foi o calendário, o reloginho e o cinzeiro que eu estivera manipulando algumas horas atrás. *Não era fantasia!*, ponderei, conformado.

Pulei da cama e caminhei até o banheiro. A imagem que surgiu no espelho não me surpreendeu como da primeira vez. Eu já sabia que era a minha. Passei as mãos pelo rosto, cogitei fazer a barba e abri o armarinho. Dentro, havia perfume, desodorante, escova e pasta de dentes, creme de barbear, aparelho com gilete e loção pós-barba. *Inacreditável!*, segui ponderando.

Dei um passo para trás, tirei o pijama e a cueca, utilizei o outro gancho atrás da porta para pendurá-los, ao lado do robe de chambre, e, pelado, caminhei devagar até onde eu tinha visto o espelho grande no reverso de uma das portas do armário.

Coloquei-me diante do artefato, sem rachaduras, e passei a esmiuçar meu corpo. Instintivamente, procurei alguma marca de nascença ou cicatriz que me trouxessem à memória alguma lembrança do passado. Encontrei apenas uma cicatriz abaixo do ombro direito e um hematoma escuro no dorso da mão esquerda. E não havia marcas recentes de aliança nos dedos anelares!

Absorto no devaneio investigativo, ainda pensando no que deveria ter causado o hematoma, optei por tomar uma longa chuveirada para desanuviar a mente confusa.

Durante o banho, curtindo a sensação agradável provocada pelo jato de água quente e direcionando-o a massagear minha cabeça, minha nuca, meu rosto e minha mão lesionada, senti um martelar incessante de pensamentos obscuros: *Eu não sofri nenhum incidente traumático recente e isso ficou bem claro na vistoria que fiz no meu corpo. Por mais que me esforce, não consigo lembrar de ninguém da minha família. Quem me hospedou no hotel e ainda pagou as primeiras diárias? Meu pai? Minha mãe? Eu mesmo? Por que não me lembro de nada? E o espelho? Foi substituído? Ou o que vi foi a imagem fragmentada de minha alma?!*

Daí, como a expulsar os pensamentos cruciantes, repercutiu na minha mente, em câmera lenta, o gesto da recepcionista Eva, dando-me aquela rápida piscadela marota ao despedir-se.

Senti uma movimentação mais contundente no baixo-ventre e, à mercê de meus instintos naturais, fui levado a desfrutar de inesperadas sensações de mansidão, prazer e alívio. Ainda com os olhos cerrados, fechei o registro da água e fiquei no box por alguns minutos, meditando sobre o que tinha acontecido.

Em seguida, me enxuguei, passei o desodorante e vesti algumas das roupas guardadas no armário. Notei que todas, até o sapato, serviram-me perfeitamente.

Olhei-me novamente no espelho. Repassei mentalmente os fatos recentes e a sensação era a de que tinham se passado dias, e não apenas algumas horas, desde o meu despertar assustador na madrugada de ontem.

Dei alguns passos em direção à porta de saída e, com a mão na maçaneta, voltei-me para observar mais uma vez o ambiente. Coloquei o meu polegar esquerdo entre os dentes, mordisquei o dedo e fiquei por alguns segundos roendo a unha. Forcei-me a pensar com racionalidade e constatei que a ansiedade que eu nutria para desvendar o mistério, de imediato, havia diminuído de intensidade.

Alguma coisa mexeu com a minha cabeça. Sentia-me ambíguo e, ao mesmo tempo, confiante de que tudo, a seu tempo, seria elucidado. Além do mais, eu já estava faminto.

Saí do quarto pela primeira vez. Tranquei a porta e guardei a chave no bolso. Meus olhos percorreram o corredor interno e observei que, além das portas iguais à de meu quarto, havia o acesso ao elevador e à escadaria.

Optei por descer a pé. Na escadaria pouco iluminada, passei por três pisos antes de chegar ao pavimento térreo, onde encontrei uma porta metálica reforçada e fechada. *Estou hospedado no quarto andar de um prédio!*, constatei.

Ao abri-la, divisei um ambiente simples, porém aconchegante. Uma saleta de estar, com uma mesa central e poltronas direcionadas para uma televisão volumosa desligada, o hall de entrada e, ao longe, a recepção do hotel, defronte à extensa porta envidraçada.

Eva estava tirando uma folha da máquina de escrever e entregou-a a uma pessoa encostada do lado de fora do balcão. Assim que me viu, deu-me um discreto sorriso e fez um sinal para que eu me aproximasse.

Ao passar pela porta de entrada transparente, olhei para o lado de fora e notei que a cidade estava em pleno agito, com automóveis e transeuntes se movimentando animadamente.

— Você está bem, Arthur? — perguntou, sorrindo. — Me deixa apresentar Jorge, meu marido. Ele é o gerente do hotel.

— Olá! — cumprimentou Jorge. — Seja bem-vindo! Que você desfrute de uma estadia agradável conosco. Se você precisar de alguma coisa, não deixe de falar comigo.

Em seguida, ele colocou o texto datilografado num envelope pardo, fez uma mesura cordial e afastou-se em direção à saída do hotel.

— Arthur — disse, sorridente. — Se você for sair do hotel, é melhor deixar a chave comigo. Sou obrigada a cobrar cinquenta cruzeiros novos do hóspede que perdê-la, para fazer uma cópia no chaveiro.

— É pra já! — exclamei, obediente.

Enfiei a mão no bolso, peguei a chave e entreguei a ela que, virando-se de costas para mim, pendurou-a num dos pinos abaixo do painel de recados.

— Eva, eu danifiquei o espelho do armário — insisti, ansioso em saber a verdade. — Gostaria de pagar pela substituição que vocês fizeram.

— Não vi nenhum espelho quebrado no seu quarto — disse, resoluta. — E não substituímos nada. Deve ter sido apenas uma impressão que você teve.

— Ah, sim! — expressei. — Quem sabe...

Ela cortou minhas palavras, franziu a testa ao observar o dorso da minha mão esquerda que repousava sobre o balcão e, sem mostrar o menor constrangimento, tomou-a entre as suas e passou a examiná-la cuidadosamente.

— Que mancha feia é essa na sua mão? — inquiriu, com zelo. — Algum tempo atrás, espetaram a minha com uma agulha de sonda, para ministrar medicamentos, e fiquei com uma mancha parecida com esta.

— Não sei não, Eva — respondi, simulando indiferença.

— Peraí, que eu já volto — disse, fazendo um sinal com a palma da mão para cima.

— Estou esperando! — respondi, sentindo a curiosidade aguçada.

— Vou buscar uma pomadinha que vai fazê-la desaparecer num passe de mágica — informou e desapareceu por entre as cortinas que substituíam a porta atrás do balcão.

Voltou com uma bisnaga e, antes que eu dissesse qualquer coisa, pegou minha mão novamente e passou, com delicadeza, uma camada fina da pomada no hematoma, provocando-me sensações prazerosas. *Eu já havia visto a mancha no espelho*, pensei. *Mas não me questionei a respeito! Que história é essa de medicamento por sonda? Preciso ficar mais atento.*

— Fica com o restante do remédio — disse, receitando. — Passe algumas vezes à noite, antes de dormir.

— Obrigado! — agradeci, sentindo o peito apertado, matutando sobre a mancha. — Você é muito gentil.

A seguir me afastei rapidamente e, apesar de muito curioso, não perguntei por que ela tinha tomado remédio pela veia. Perguntas atraem perguntas que poderão complicar, ainda mais, a minha vida desarranjada.

Quando abri a porta envidraçada do hotel, descortinou-se um panorama incrível. O som e o aroma da cidade atraíram meu interesse: o ronco dos motores dos carros, a buzininha insistente das lambretas, o apito do guarda na esquina, o latido dos cachorros, o vozerio indistinto dos transeuntes e o cheiro de combustível dos veículos, misturado com o da fumaça de cigarros e com o do óleo queimado dos pipoqueiros distribuídos pela praça.

Fixei-me, sobretudo, na imagem do chafariz impulsionando água vigorosamente de todas as bicas, como a comemorar o sábado ensolarado; cena bem diferente da que eu enxerguei pela janela de meu quarto durante a madrugada assustadora.

Ao me posicionar para atravessar a rua, minha atenção foi dirigida a duas garotas que pareciam olhar na minha direção; estavam sentadas ouvindo música alta e gesticulando ostensivamente no banco de um esportivo vermelho com a capota abaixada que, naquele exato momento, passava em frente à porta do hotel.

Sorri para elas, atravessei a rua e cheguei bem perto do chafariz. Senti no rosto, de modo aprazível, o chuvisco de gotículas espargidas pelos jatos d'água.

Um pouco mais afastada, uma jovem muito bonita vestindo jeans e ostentando um rabo de cavalo ruivo e comprido estava agachada ao lado de um carrinho de bebê. Apontava, por meio de gestos, o dançar intermitente dos esguichos d'água, provocando deslumbramento na criança, que reagia dando gargalhadas e batendo palminhas.

Estranhando o meu encantamento exagerado, contornei a praça e divisei um grupo de pessoas em torno de um homem idoso, com um hilário chapeuzinho verde, acionando a manivela de uma caixa, produzindo o som de uma música singela que me pareceu familiar.

Eu me aproximei e percebi que, em cima da caixa de som, havia uma gaiolinha com um periquito, que retirava um "bilhetinho da sorte" de um fichário e o entregava aos jovens e crianças consulentes — que, por sua vez, colocavam uma moeda na gavetinha embaixo da gaiola.

Não consegui driblar o meu desejo de comprar um bilhetinho para ler minha sorte. Peguei algumas moedas do bolso e as coloquei na gavetinha. O periquito me entregou o bilhetinho, onde estava escrito: "Você vai viver muito melhor se não ficar olhando para trás".

Ao me afastar, percebi, pelo ruído das portas metálicas sendo enroladas, que os comerciantes das lojas em volta da praça já estavam terminando o expediente da semana e que já estava na minha hora de procurar um lugar apropriado para almoçar.

Mal o pensamento transitou pela minha mente, independente de minha vontade, fui praticamente submetido ao campo magnético de um ímã gigantesco e atraído com força para um canto da praça onde um vendedor de algodão-doce mantinha o seu carrinho.

— É o último vermelho! — anunciou o vendedor, segurando um palitão na mão e olhando-me de forma instigante.

De repente, minha cabeça começou a pesar tanto que meu pescoço não conseguia mais mantê-la estável, minha visão passou a duplicar as imagens, um zumbido nos meus ouvidos foi se intensificando, uma incipiente tontura começou a se manifestar e minhas pernas fraquejaram. Instintivamente, dei alguns passos para trás.

Com uma das mãos segurando a testa e a outra apoiada numa pilastra, senti os objetos à minha volta se movimentarem, e os palitões de algodão-doce coloridos dançarem, espetados nos encaixes de uma base do carrinho. Uma luminosidade intensa dominou a cena, momentaneamente. O vendedor de algodão-doce, jovem e simpático, transmutou-se num senhor com as bochechas vermelhas, alegre e bem-humorado. Com a vista embaçada, percebi quando a figura de uma garota angelical com os cabelos negros compridos, rindo e empunhando o palitão amarelo, olhava em minha direção e convidava, com a voz deformada: "Pegue a sua espada vermelha e vamos lutar. Venha logo!"

Num piscar de olhos, o zumbido nos meus ouvidos estancou, o clarão de luz esvaiu-se e tudo voltou a ser do jeito que era antes, com o vendedor sorridente me oferecendo o palitão vermelho.

— Ah, mil desculpas! — expressei. — Me lembrei de que está na hora do almoço. Fica para a próxima vez.

Eu percebi que minha fome se esvaiu com o susto que havia tomado com a miragem repentina. *O que foi isso?*, perguntei a mim mesmo, assombrado. *Quem é a garota? Que história é essa de espada vermelha?*

Voltei para o hotel, refreando o enjoo e o mal-estar. A boa disposição física, psicológica e espiritual que eu estava desfrutando fora apenas um mero descuido da realidade nua e crua. Eu necessitava desvendar, de uma vez por todas, o que acontecia comigo. Parei do outro lado da rua defronte do hotel e, pela primeira vez, notei que, ironicamente, ele se chamava "Pousada Renascer".

Quando a porta de entrada fechou-se à minhas costas, o relógio acima da bancada da recepção marcava catorze horas. Eva não se encontrava no local.

Avaliei ascender pelo elevador, mas logo desisti e resolvi subir, bem devagar, os três lances da escada. No ambiente desalumiado da escadaria eu alternava os degraus, assim como presságios sombrios e expectativas promissoras.

Não saí mais do quarto e, sem fome, resolvi me deitar novamente.

Quando acordei, o sol já havia se posto e os ponteiros do reloginho, em cima da pequena mesa, apontavam vinte horas. Dormi profundamente e o ruído estomacal indicava que eu não havia comido nada desde... *Desde quando?*, me perguntei.

Eu não me lembrava de nenhuma ocasião em que houvesse me alimentado, fosse lá qual fosse, antes de minha chegada ao hotel. Porém, recordava muito bem do caldo de galinha com arroz que a camareira me trouxe, assim que o doutor deixou o dormitório. *Não há o que fazer!*, refleti. *Não vou perder mais tempo tentando decifrar sozinho um enigma evidentemente paradoxal. Estou convencido de que, quando menos esperar, toda maquinação será devidamente elucidada.*

Não resta dúvida de que houve uma vida antes de minha chegada ao hotel e que, por algum motivo, desapareceu da minha memória. No entanto, se eu ficar olhando para trás, acabarei estragando meus dias atuais como os que, alegremente, ensaiei viver antes do apagão, na compra do algodão-doce. Tenho de acreditar em alguma coisa e, como não tenho nada mais consistente, vou me apegar ao bilhetinho da sorte que o periquito me entregou: "Você vai viver muito melhor se não ficar olhando para trás".

3

Ainda deitado, dobrei os joelhos, apoiando os pés na cama, e me empurrei para trás até ficar sentado, com as costas apoiadas na cabeceira. Meus olhos percorreram cada detalhe do ambiente inusitado do quarto, enquanto meu cérebro processava tudo o que havia acontecido até agora e pressagiava o que viria a seguir: *Vou sair da cama, escovar os dentes com um modelo de escova que nunca usei, me vestir adequadamente com as roupas que jamais experimentei, colocar na carteira que não é minha o dinheiro que não ganhei, descer para tomar o café da manhã no hotel que não escolhi e depois vou sair para dar uma caminhada na praça de uma cidade para a qual não planejei viajar. Como se fosse a coisa mais natural do mundo! Será que eu consigo? Mas, é o que vou fazer!*

Depois da rotina matinal, desci pelo elevador, passei pela recepção, acenei com a mão para Eva, que retribuiu com um sorriso, e fui para o salão onde era servido o café da manhã.

Havia seis mesas de quatro cadeiras distribuídas pelo local; a maioria ocupada por pessoas mais velhas que eu. O aroma de café e o vozerio sussurrado convidavam a uma refeição compartilhada agradável.

Ao fundo, sobre um amplo aparador, garrafas térmicas de café e leite, pães, torradas, bolo caseiro, manteiga, queijos, cereais, iogurte e ovos cozidos.

Preparei um generoso prato sortido, enchi uma xícara grande de café com leite, sentei numa das mesas vazias e empanturrei o meu estômago até que ele parou de roncar.

Revigorado, saí disposto a conhecer melhor as cercanias. Notei que a maioria das lojas estava fechada, mas exibiam, em suas vitrines decoradas, os produtos que negociavam. Passei ao longo das calçadas em torno da praça, observando os mostruários para ver se alguma coisa estimulava o meu interesse ou alguma recordação do passado. Apenas a loja de aeromodelos, com uma série de aviõezinhos pendurados no teto, provocou-me uma espécie de deslumbre infantil.

Ao me aproximar da esquina, observei um fluxo numeroso de pessoas, vestidas com esmero, dirigindo-se à igreja católica da região. No contrafluxo, a multidão de fiéis que saía ao final da missa anterior provocava uma aglomeração em frente à igreja, onde o simpático vendedor de algodão-doce estava em plena atividade, cercado de crianças. *Hoje eu compro*, pensei, destemido. *Aconteça o que acontecer! Se eu perder a consciência novamente, quero estar preparado para identificar algo ou alguém durante o delírio.*

Fiquei observando, a uma pequena distância, como ele manipulava os palitões para recolher e embobinar as nuvens doces que surgiam da máquina rotativa, até que se formasse um grande chumaço colorido.

Quando o movimento das pessoas se aquietou, eu me aproximei devagarinho e atento a qualquer movimentação estranha. Tenso e envergonhado, solicitei um vermelho.

— Não precisa ficar acanhado, moço — declarou o vendedor, sorrindo. — Tem muito marmanjo comprando algodão-doce, escondido da mulher!

Dessa vez, porém, não senti nada tenebroso. Paguei com uma nota de cinco cruzeiros novos e recebi o troco em moedas. Nem conferi. Lambuzando-me da guloseima, continuei a ronda pelas vitrines, sentindo o prazer da liberdade de depender só de mim mesmo. Voltei para o hotel depois de almoçar em um dentre os vários restaurantes e pensões da região, convencido de que a cidade era muito acolhedora.

Por alguns dias, perambulei pelas cercanias, em percursos cada vez maiores, sem expectativas ou objetivos específicos; apenas para conhecer e me habituar com o jeito da cidade e de seus habitantes.

Nesta manhã alentadora, com o sol banhando a cidade com raios amenos e agradáveis, passei a acenar timidamente para um ou outro morador e para os comerciantes da região. Notei que todos reagiam com prudência, suspeição e discretos sorrisos. *Devem estar percebendo que há gente nova no pedaço*, pensei, bisbilhoteiro.

Tagarelei com algumas pessoas e, pouco a pouco, percebi que os assuntos sociais e políticos pululavam em todos os ambientes propícios a um bom bate-papo, fossem nas esquinas, nas praças ou nos botecos. Havia um clima de acautelamento e curiosidade acerca dos rumos que o país estava tomando no decurso do recém-instalado regime militar. Ouvi, com meus sentidos em alerta total, argumentos contra e a favor da intervenção e dos protestos estudantis que tomavam as ruas e avenidas das grandes cidades brasileiras.

Por outro lado, eu ficava muito atento às plaquinhas oferecendo ou procurando serviços, expostas nas fachadas ou nas vidraças das casas e prédios comerciais. Eu procurava saber se alguma despertaria lembranças de minha antiga profissão: advogado, engenheiro, dentista, contador, alfaiate, médico etc.

Como não poderia deixar de ser, uma plaquinha, fixada ao lado da porta de entrada de um sobradinho bem próximo à pousada, chamou minha atenção. Estava escrito: "Dr. João Kalil - Médico de Família". Era justamente a do médico que me atendeu naquele desalentado dia de meu despertar solitário no quarto da Pousada Renascer.

De nada adiantaria eu fazer uma consulta extra com o doutor, se não me dispusesse a contar todo o acontecido naquela primeira manhã no hotel, antes da chegada de Eva. E isso eu não comentaria com ninguém sem correr o risco de me mandarem para o hospício ou, dependendo das circunstâncias, até para a prisão. *Ah, se eu pudesse simplesmente entrar, abrir meu peito e deixar ver o que está aqui dentro*, ponderei, utopístico. *Mas precisa falar... aí eu não consigo!*

Continuei minha caminhada e, quando ascendia a Avenida Principal, observando as pessoas se movimentarem apressadas e com expressões sisudas no rosto, me ocorreu que era nesta avenida que se localizava o Banco Brasileiro de Rotunda, onde meu hipotético dinheiro estava depositado. *Eu poderia passar por lá agora mesmo*, pensei. *E enfrentar esse dilema de uma vez por todas.*

O pensamento ainda persistia no meu cérebro quando minha boca se encheu de saliva e minhas mãos tornaram-se trêmulas, úmidas e frias, evidenciando o pavor que eu sentia naquele momento.

Caminhei hesitante em direção à majestosa porta de entrada do banco e, ao me aproximar, levei um baita susto quando ela se abriu de modo automático, descortinando um ambiente inédito e sistêmico, com pessoas indo, vindo e se cruzando, exibindo a firmeza de quem sabia exatamente o que estava fazendo.

Dei dois ou três passos em direção ao interior do banco e mal tive tempo de tomar uma primeira atitude. Captei o instante em que uma jovem recepcionista notou minha presença no saguão e, dirigindo-me um olhar persuasivo, induziu-me a ir até o pequeno balcão central onde ela acolhia os clientes.

Expus meu propósito de conversar sobre minha conta e apresentei meus documentos. Ela fez uma rápida ligação telefônica, convidou-me a acompanhá-la pelo saguão até uma saleta e indicou uma poltrona para que eu me sentasse.

— O gerente de sua conta irá conversar com você em instantes — informou-me, risonha, ao se retirar.

Do lugar onde eu me encontrava, observei o senhor de cabelos brancos, pela porta entreaberta da sala contígua, gesticulando ao telefone, de uma maneira ríspida e irada; do outro lado, visualizei parte do ambiente luxuoso do saguão, em discrepância com o olhar severo e perscrutador dos seguranças, sobrecarregando meu desconforto.

— Arthur! — expressou o gerente, assim que desligou o telefone. — Entre e vamos conversar. Desculpe a demora.

Percebi a profunda alteração de sua expressão facial, tornando-a alegre e carismática. Recepcionou-me com um sorriso largo e me convidou, por meio de gestos, a sentar-me na poltrona frontal à sua mesa de trabalho.

— Tudo bem, senhor Peixoto? — perguntei, atento à plaquinha com seu nome em cima da mesa.

— Nada de *senhor* — respondeu. — Afinal de contas, não sou tão velho assim; aliás, hoje em dia não é muito comum os jovens me chamarem de senhor. Eles esqueceram-se das boas maneiras e da importância da família. Só querem protestar. Contra tudo e contra todos. Eu até estranho quando me tratam com respeito.

— Bem, senhor...

— Não tenho a menor dúvida de que você está longe desse grupo — afirmou, deslocando o olhar para o porta-retratos com a foto de um jovem sobre a mesa.

— Eu só...

— Os ânimos estão exaltados — interrompeu-me, melancólico. — Acabei de falar com meu filho único que estuda na capital. Não tenho a menor ideia de onde aprendeu a falar tanta bobagem. Não conhece nem os rudimentos da política e se acha o guru da sabedoria. Quando encontro um jovem como você, eu fico mais conformado. Nem todos estão contaminados pela cegueira em relação ao governo militar.

— Pois é! — exclamei, matutando o que falar a respeito.

— Desculpe o desabafo — rogou o gerente e fez um aceno para a secretária que, num piscar de olhos, entregou-lhe uma ficha, fez um delicado rapapé e saiu apressada, deixando um agradável rastro perfumado. — O problema é que meu pirralho me exaspera. Não há de ser nada. Vamos falar da sua conta?

— Vamos! — concordei, aliviado.

Enquanto o senhor Peixoto fazia uma explanação sobre as vantagens que o banco oferecia aos clientes diferenciados, desloquei-me da realidade e me perdi em pensamentos, quimérico: *Será que esse dinheiro me pertence? Claro que sim. Os talões de cheque estão no meu nome. E se eu cometi algum crime para consegui-lo? Será que foi o motivo de eu estar em Rotunda? Foi minha família que depositou o dinheiro em meu nome? E se a secretária voltar com um segurança?*

Não conseguia parar de pensar, até que observei o senhor Peixoto, sorridente, mexendo os lábios e dirigindo-me um olhar insistente.

— Arthur, você aceita?

— Ah, sim! — expressei, ao perceber que a secretária estava me oferecendo uma xícara de café numa bandejinha. — Obrigado.

Enquanto eu saboreava o café, o gerente, de olho na ficha, me esclareceu sobre os valores da conta-corrente, da caderneta de poupança e perguntou se eu desejava fazer algum saque.

— Não! — respondi, abalado pelo alto valor depositado na minha conta e afoito para cair fora dali o mais depressa possível. — Hoje não, obrigado!

— Arthur! — expressou, mostrando-me um cartão. — Você poderia me fazer a gentileza de conferir os seus dados pessoais e assinar três vezes nas linhas tracejadas?

— Sr. Peixoto — falei, disfarçando o susto que eu havia tomado. — Prefiro fazer isso amanhã ou depois, pode ser?

— Não há problema algum!

— Então tá! — falei, levantando-me. — Boa sorte com seu filho.

A seguir, abaixei a cabeça num discreto cumprimento, mirei ao longe a secretária expedita, sorridente e perfumada e, com o coração a mil, iniciei a inusitada travessia do saguão em direção à porta de saída.

No momento em que deixei o banco, a ideia fixa de treinar minha assinatura até a perfeição dominou totalmente minha mente. Desci a avenida, procurando desmanchar o nó que eu sentia na garganta e rastreando a lojinha que dispusesse do material que eu necessitava de imediato.

Assim que me deparei com uma pequena loja chamada Bazar Avenida, intuí que havia encontrado o local adequado. Entrei, percorri as diversas prateleiras e escolhi duas canetas esferográficas e um caderno escolar de papel pautado, com a imagem do Rei Arthur na capa. *Assim, não esqueço que é meu e o que tem dentro!*, matutei, debochado.

Sem mais delongas, fui correndo para o hotel e, assim que adentrei o quarto, espalhei na mesa os documentos e o talão de cheque com "minha" assinatura e passei a copiá-la compulsivamente nas pautas do caderno.

No dia seguinte, seguro de que a assinatura estava perfeita, assinei a ficha de hospedagem na pousada e, numa rápida visita, o cartão de assinaturas do banco.

Sexta-feira, logo cedo, deixei o hotel com a firme convicção de caminhar até a loja de aeromodelismo, a fim de escolher um dos modelos para montar. Eu precisava arrumar alguma coisa para me distrair e acalmar os pensamentos obsessivos de que havia cometido um crime no passado; que o dinheiro depositado no banco não era meu; que eu iria acabar na cadeia; que jamais recuperaria a memória...

Atravessei a praça, colecionando pensamentos positivos e, ao chegar à loja, experimentei a mesma sensação de fascínio que as crianças ostentavam ao admirar os aviõezinhos expostos nas vitrinas ou pendurados harmonicamente pelo teto.

— Gostaria de montar um aeromodelo? — inquiriu-me a expedita atendente, alardeando simpatia.

— Algum protótipo simples... — informei. — Apenas para hobby.

— Você já montou algum? — indagou-me, alcançando uma caixa comprida. — Este é o mais procurado pelos jovens adultos... Cessna Asa Alta com motorzinho a explosão.

— Por que é tão procurado? — perguntei, curioso. — É o mais barato?

— Não é pelo preço — respondeu ela, mostrando a caixa. — É que desperta curiosidade por ser a réplica do modelo mais utilizado no aeroclube.

— Eu não sabia que havia um aeroclube em Rotunda!

— É programa tradicional por aqui — disse, sorridente. — Piquenique aos domingos de sol, observando os aviões decolarem, fazerem estripulias no céu e pousarem. Eu mesma já fui algumas vezes.

— Você me convenceu — decidi, procurando a carteira no bolso. — Vou levar este mesmo. Quanto custa?

— Cento e trinta cruzeiros novos — respondeu, prontamente. — E se você for montar em cima de uma mesa e não quiser apanhar da sua mulher, é melhor levar uma chapa de cortiça para forração e uma fita-crepe para prendê-la. O restante do que você vai precisar está dentro da caixa.

— Obrigado! — externei, pensando no aeroclube.

Paguei a conta e fui para o hotel, sentindo-me prazenteiro como uma criança feliz. Cheguei atrapalhado, com os embrulhos quase caindo, e, quando me viu, Eva veio em socorro e ajudou-me a colocar tudo no hall.

— Uau! — expressou, exibindo seu sorriso maroto. — Qual é a novidade que temos aí? Vou te ajudar a levar para cima.

— Não é necessário! — respondi, galhofeiro. — É desajeitado, mas muito leve. Vou montar um avião; se não for proibido fazer isso no quarto.

— Me dá a caixa e você leva o embrulho grande — determinou, com o rosto contraído e a voz autoritária. — O elevador não está funcionando.

Eva pegou a caixa, seguiu para a escadaria e começou a subir os degraus; eu enxerguei o Jorge, de soslaio, na recepção e fui atrás dela.

Foi um verdadeiro sufoco subir degrau por degrau, admirando o rebolar sensual de Eva durante toda a "escalada". Quando cheguei à porta do quarto não precisava mais montar avião nenhum — já estava nas nuvens. Entramos e ela colocou a caixa em cima da mesinha. Eu entrei a seguir, fechei a porta com o calcanhar e coloquei o embrulho da cortiça encostado na parede do armário.

— Assunto resolvido! — anunciou, com aquele jeitinho que estava me deixando doido.

Eva fez menção de ir embora, porém quedou-se e desviou o olhar para a mesa. Pegou meu caderno, observou a capa por alguns instantes e dirigiu-me um olhar faceiro, enquanto meu coração quase parou de bater com receio de que ela abrisse o caderno e encontrasse centenas de assinaturas iguais.

— É uma pintura do rei Arthur? — indagou, abanando-se com o caderno. — Você gosta de histórias antigas como a dos Cavaleiros da Távola Redonda?

— Nada disso — respondi, defensivo. — Eu o escolhi aleatoriamente numa pilha de cadernos escolares com temas históricos.

— Eu tenho de parar com essa mania de ser intrometida — declarou, envergonhada, e lançou o caderno em cima da mesinha sem abri-lo.

— Eu também tenho minhas manias! — falei, pensando na real necessidade de ela ter me acompanhado até o quarto.

— Então, bom dia, meu rei! — despediu-se, colocando o pé direito atrás do esquerdo, dobrando de leve os joelhos e mantendo o tronco e o pescoço verticais, numa reverência real.

Já de costas e com a mão na maçaneta, observei que ela titubeou por alguns segundos antes de abrir a porta e sair do quarto. Eu, sem conseguir me controlar, me aproximei e toquei levemente os seus ombros com as duas mãos. Logo que iniciei o movimento de encostar meu corpo no seu, ela desvencilhou-se graciosamente, olhou-me por cima dos ombros e disse com calma: "Um rei sábio afasta aquilo que não pode ter".

Em seguida, abriu a porta, sorriu com um sorriso afogueado e foi-se embora. Eu dei alguns passos para trás e fiquei paralisado, olhando a porta fechada, tentando entender de onde havia tirado coragem para incentivar tanta ousadia.

Assim que desci para o hall, dirigi o meu olhar para a recepção, mas quem estava lá era o Jorge que, ao me ver, fez um sinal para que eu me aproximasse. *Pronto!*, presumi. *Vou tomar uma carraspana e ser expulso do hotel.*

— Arthur! — expressou, bem-disposto. — Hoje vencem as diárias pagas na reserva; até quando devemos prever a sua estadia conosco?

— Pelo menos até o final do mês — respondi, aliviado.

— São duzentos e cinquenta cruzeiros novos — declarou, após fazer uma conta à mão. — Ao final do dia, você pode entregar o dinheiro ou o cheque para a Eva.

— Posso pagar agora? — indaguei, já com a carteira na mão, acovardado pela possibilidade de revê-la tão logo após o incidente erótico.

Ele assentiu com um leve movimento da cabeça; eu retirei duas notas de cem e uma de cinquenta cruzeiros novos e lhe entreguei.

— A propósito, você está gostando da estadia? — questionou de modo protocolar.

— Cada vez mais! — esclareci, disfarçando um sorriso intrínseco pelas emoções fortes que eu havia acabado de sentir.

— Obrigado! — agradeceu e guardou as notas na gaveta. — Boa sorte.

4

No sábado seguinte, eu tomava o café da manhã no refeitório, quando um jovem hóspede "boa-pinta", que eu já havia visto conversando com a Eva na recepção, aproximou-se carregando sua bandeja e perguntou-me se poderíamos compartilhar a mesa.

— Claro que sim! — acatei prazerosamente o ensejo, levantando-me e estendendo minha mão para cumprimentá-lo.

— Eu sou o Matheus!

— Meu nome é Arthur — falei, com um sorriso informal, apontando a cadeira para ele sentar.

— O que o trouxe a Rotunda? — indagou, ao sentar-se.

— Alguns eventos circunstanciais me trouxeram para cá — respondi, vagamente. — Vou aproveitar que disponho de algum tempo e procurar uma ocupação que me agrade.

— Estamos em pleno milagre econômico — respondeu, animado. — Emprego é o que não falta.

— Mais um motivo para não ter pressa!

— Que área você está cogitando?

— Algo que não me obrigue a trabalhar engravatado num escritório.

— Também não gosto disso — falou, arrumando a bandeja. — Eu trabalho na administração de um kartódromo.

— Caraca! — expressei, elogiando. — Gostei da sua ocupação.

— Dê uma passada por lá — convidou-me. — O ambiente é agradável e dá para assistir a alguns "pegas" emocionantes, na pista.

Posso apresentar-lhe alguns amigos e até amigas solitárias que, em tempos de liberação sexual feminina, estão bem assanhadinhas.

— Um ótimo motivo para eu aparecer por lá — respondi, divagando sobre o significado de liberação sexual feminina. — Obrigado pelo convite. Você pode deixar o endereço com a Eva?

— Claro que sim — concordou, malicioso. — Por falar em Eva, é impressão minha ou você anda esticando os olhos para ela?

— Não sou Adão — tergiversei, procurando mudar de assunto. — Nem quero saber de encrenca. Você está hospedado aqui há muito tempo?

— Quase seis meses — informou, resignado. — Assim que pintar alguma grana extra, vou alugar um apartamento.

— Estou no mesmo clima — falei por falar.

Continuamos conversando sobre a montagem dos aeromodelos que eu estava começando a fazer, sobre a rotina do seu trabalho no kartódromo e sobre o ambiente de paquera em Rotunda. Quando o bate-papo amainou, ele apanhou a bandeja e se despediu, apertando a minha mão. Insistiu para que eu não deixasse de fazer uma visita ao kartódromo. Deixou-me satisfeito o fato de ele ter sido discreto e não ter me massacrado com perguntas sobre meu passado, que poderiam me colocar numa situação embaraçosa.

A conversa com o Matheus e o convite para visitar o kartódromo na periferia, aliados à minha curiosidade de conhecer o aeroclube (também não muito perto da Praça do Hotel) e ao fato de que não me faltava dinheiro na conta bancária, animou-me a comprar uma moto, usada mesmo, para minha locomoção. Afinal, se a carta de habilitação de moto foi colocada dentro da carteira é porque eu devo saber dirigi-la!

Para aquele dia, eu tinha planejado iniciar a montagem do avião. E pretendia estender o serviço pelo fim da semana. Voltei para o quarto, desocupei e forrei a mesa com a placa de cortiça, prendendo-a fortemente com a fita-crepe. A seguir, estendi o projeto executivo do aeromodelo sobre a cortiça e o prendi com durex. À medida que eu fixava com alfinetes e colava as varetas de madeira balsa sobre o projeto, o aviãozinho foi tomando forma e experimentei um sentimento de que alguma coisa me era familiar. *A montagem do aeromodelo?*, pensei. *A fotografia do avião na capa da embalagem?*, segui pensando. *O cheiro característico da cola?*

Passei um fim de semana de muita serenidade, concentrado em desvendar os detalhes do projeto executivo do avião. Permaneci curtindo um pouco a solidão, o que ajudou a minha mente a afastar, por um bom tempo, os pensamentos obsessivos que estavam me atormentando.

Na segunda-feira, logo cedo, apanhei o talão de cheques, a carta de habilitação, a carteira de dinheiro e coloquei tudo no bolso da calça. Estava determinado a comprar a moto numa das lojas especializadas que eu havia visto quando subia pela Avenida Principal em direção ao Banco Brasileiro.

Apressei-me a tomar logo o café da manhã e segui caminhando em direção à loja, controlando a ansiedade e o receio. Logo encontrei a fachada envidraçada, com suas motos expostas de uma forma extravagante: em cima de uma rampa à frente de um painel colorido, mostrando trilhas desafiadoras em lugares remotos ou ao lado de recepcionistas de tirar o fôlego de qualquer cliente.

Fui atendido por um dos vendedores e, depois de trocar algumas ideias, escolhi uma moto usada e fraquinha para experimentar. Havia uma praça de testes atrás da loja. Logo que montei na moto, senti que estávamos em perfeita harmonia. Depois de algumas voltas pela pista rústica, procurei o vendedor e escolhi outra moto nova e mais potente. Uma Honda 1968. Nem precisei fazer o teste. Preenchi e entreguei o cheque assinado para o vendedor que, depois de telefonar para o gerente do Banco Brasileiro, liberou-me o equipamento.

— Você pode pilotar por alguns dias com a nota fiscal — informou-me, entregando-me um envelope. — Assim que o certificado chegar do despachante, providencio a entrega no seu hotel.

— Ok! — expressei, ansioso para sair com a moto.

— Preciso apenas que você assine o termo de entrega — falou e passou-me às mãos um documento.

Nessa hora me deu um "branco total" e só não perdi a compostura porque avistei a folha do cheque que eu havia entregue; tomei-o nas mãos e, simulando conferir o valor, copiei adequadamente a assinatura, com o coração prestes a explodir, de tão nervoso que fiquei! *O que aconteceu comigo?*, pensei, surpreendido. *Esqueci que já havia decorado a assinatura? Por que o pânico? Preciso ficar mais focado no que estou fazendo!*

— Taí — respondi, entregando o documento assinado.

— Boa sorte! — desejou o vendedor, com uma expressão amistosa no rosto. — Espero que você fique satisfeito com o equipamento.

— Obrigado! — respondi, tenso com a hesitação.

Saí da concessionária e passei a percorrer, sem destino, as ruas da cidade. À medida que fui me sentindo mais confiante, experimentei caminhos inexplorados, em direção à periferia, até que parei para descansar à sombra de uma amendoeira.

Desfrutava momentos de bem-estar e satisfação quando, contemplando o céu azul sem nuvens, passei a observar os voos de pequenos aviões, planando, fazendo acrobacias e depois seguindo, sempre baixando, em direção a uma touceira de bambu nativo ao longe. *Certamente a pista do Aeroclube de Rotunda é atrás da touceira*, ponderei. *E é para lá que eu vou agora mesmo!*

Senti um peso extra no coração, logo que encontrei o aeroclube. O hangar limpo e organizado estava com seis aeronaves estacionadas lado a lado. Numa das paredes laterais, uma placa grande onde estava escrito "Inscrições abertas para o curso de pilotagem comercial" deixou-me embasbacado. Eu ansiava descobrir uma ocupação entusiasmante. Saboreei as palavras escritas na placa com um prazer especial. *Caraca!*, pensei com meus botões. *Não é possível que eu nunca houvesse estado num lugar como este.*

Estava apreciando a esquadrilha aérea estacionada no interior do hangar, quando um sujeito vestido com um macacão branco se aproximou, limpando as mãos com um chumaço de estopa.

— Não sei qual é o mais bonito — disse ele, aproximando-se. — Meu nome é Bruno.

— Eu sou o Arthur — falei, virando-me em sua direção. — Pela cor do macacão, você deve ser o mecânico, não é verdade?

— Ah! — expressou, sorrindo francamente. — Não dá para disfarçar.

A seguir, voltei meu rosto para continuar admirando as aeronaves enfileiradas e foi nesse exato instante que senti uma leve tontura; com a visão duplicada após alguns flashes cerebrais, passei a notar que as hélices de todos os aviões começaram a girar, silenciosamente, ao mesmo tempo. Rompeu um clarão repentino; uma luminosidade tão intensa que fez desaparecer todas as aeronaves e surgir, bem no meio do salão, a imagem de um jatinho executivo, com um homem bem-apessoado ao lado. O zumbido foi intensificando-se paulatinamente, obrigando-me a colocar as duas mãos nos ouvidos, até que cessou, de repente. Observei o sumiço da imagem fantástica e a volta das aeronaves, imóveis, como estavam em suas posições naturais.

Muito assustado, virei-me novamente para Bruno. Ele gesticulava com as mãos e com a cabeça. Seus lábios moviam-se sem emitir nenhum som. De modo repentino, o ruído natural do ambiente se fez ouvir e comecei a discernir sua voz destoante, expressando: "aproveitar a alta procura por pilotos…".

— Não entendi direito, Bruno — falei, segurando no seu braço. — Eu estava nas nuvens. Me desculpe. Você pode repetir o que estava dizendo?

— Apenas isso mesmo, Arthur — falou risonho. — O curso começa na semana que vem e só há mais uma vaga. Seria bom aproveitar a alta procura por pilotos, atualmente.

Com a boca seca e o coração a mil, dei um jeito de me despedir do Bruno e vaguei pela pista, pela área social e pelo setor administrativo até que enxerguei um bebedouro público. Esguichei um pouco d'água em meu rosto, matei a sede e senti meu coração estabilizar. *Já é a segunda vez, em menos de quinze dias, que eu enfrento esse estado de alienação*, pensei, atormentado. *O que significa o jatinho no meio do hangar lotado? E aquele senhor, olhando-me nos olhos?*

Voltei para o hotel com o recibo da reserva na mão e com o prospecto informativo básico do curso de pilotagem comercial. As aulas teóricas serão noturnas e terão início em meados do próximo mês. Eu estava convicto de que a realização do curso despontaria um raio de sol no meu horizonte nebuloso e até me proporcionaria uma ocupação permanente.

O mês de junho corria para o seu final e a dedicação à montagem do aeromodelo aumentou bastante depois da visita ao aeroclube. Eu já havia executado toda a estrutura do avião e estava me preparando para revesti-la com papel celofane e pintá-la. Era o último domingo do mês e passava um pouco das onze horas da manhã, quando as batidinhas na porta do quarto retiraram-me da abstração. No olho mágico avistei Eva com um envelope na mão, sorrindo entusiasmada.

— Deve ser boa notícia — anunciou, quando eu abri a porta. — Por isso, decidi trazê-lo pessoalmente.

— Oba! — expressei, saí da frente para ela passar e empurrei a porta com o cotovelo, fechando-a. — Você é sempre bem-vinda!

De imediato, peguei o envelope de sua mão e o abri imediatamente, já sabendo o que continha, mas simulando surpresa.

— Que ótimo! — expressei com alegria, levantei o braço e balancei o envelope com a mão ao alto. — É o documento da moto.

— O rei está progredindo! — disse, achegando-se à mesinha. — E isso é uma boa notícia para seus súditos.

A seguir, colocou as duas mãos abertas na mesa e aproximou o rosto do projeto como a ler as letras mais miúdas. O resultado foi a exibição maliciosa dos seios robustos e perfeitos por debaixo do decote generoso. *Só pode ser de propósito!*, conjecturei, ressabiado. *Esta mulher está me provocando demais!*

— Nossa! — expressou, sem tirar os olhos do projeto. — Eu não imaginei que fosse tão complicado. — Já está quase pronto?

— Falta revestir com papel celofane — informei, procurando recuperar-me da emoção contemplativa. — E depois pintar, enfeitar e instalar o motorzinho.

— Haja paciência!

— Logo ele estará prontinho — falei, decidido. — Daí, vou buscar um local adequado para testá-lo.

— Você não conhece o Lago Azul?

— De passagem — respondi. — O que é que tem o lago?

— Ora bolas! — expressou. — Tem um campinho para isso ali por perto e está quase sempre vazio.

— Eu não sabia — menti.

— Se você quiser… — disse, aprumando o corpo e mirando a porta. — Eu gosto de passear sozinha, vez ou outra, ao redor do lago e, neste sábado à tarde, estarei por lá. Se você aparecer, eu te mostro.

— Então… — falei, respirando de modo profundo e abri a porta, estreitando levemente a passagem para roçar meu corpo no dela. — Eu te encontro no sábado.

# 5

O complexo acabamento e a motorização do aeromodelo deixaram-me ocupado o resto da semana; além do mais, isso subjugou-me a mente, refreou-me a ansiedade e livrou-me temporariamente dos pensamentos aflitivos. As poucas vezes que deixei o quarto advieram para me alimentar, para comprar um ou outro produto necessário à continuidade da montagem e para dar uma espiadela na Eva, que sempre retribuía com olhares cúmplices.

Enfim, chegou sábado, embalando-me na expectativa e na curiosidade que o dia ensolarado e sem vento prometia. *Caraca!*, pensei, compenetrado. *Estou há quarenta e cinco dias em Rotunda e nem me dei conta disso.*

No início da tarde, cruzei a praça na diagonal e segui caminhando ladeira abaixo, em direção ao Lago Azul. Na medida em que me aproximava do lago, pela rua estreita e cheia de curvas, eu procurava assumir o controle de meu coração ansioso, pulsando freneticamente na goela, e desviá-lo para o devido lugar, no peito.

A meio caminho, defrontei com um charmoso edifício residencial de quatro pavimentos, cuja plaquinha discreta, amarrada na grade de proteção metálica, anunciava um apartamento para alugar. Achei a localização perfeita. *Aqui eu poderei manter uma vida privada discreta; convenientemente afastado do centro histórico mas ainda perto de alcançar, rapidamente, a Praça do Hotel e a Avenida Principal.*

A área frontal era ornada por um pequeno jardim florido, muito bem cuidada. Do lado direito da edificação, um local coberto, destinado ao estacionamento de veículos.

Cheguei alvoroçado ao Lago Azul e passei a caminhar pelo gramado ralo, às suas margens, apreciando as águas cristalinas espelharem o céu azul sem nuvens. Encontrei, nas cercanias, algumas casas em que os terraços superiores praticamente se debruçavam sobre as águas e, por certo, proporcionavam uma vista deslumbrante aos seus ocupantes.

Quando eu retornava ao ponto de partida, a figura inequívoca de Eva despontou ao longe, com seus cabelos loiros esvoaçando ao sabor do vento suave e fresco que soprava rente à superfície do lago. Ao nos aproximarmos, reparei que ela caminhava descalça, levando uma sandália em cada mão. A brisa esvoaçava, graciosamente, a saia rodada laranja estampada com bolinhas brancas. De repente, uma rajada de vento mais forte levantou-lhe a saia e ela, resguardando-se com os braços estendidos ao longo do corpo, reagiu surpresa:

— Valha-me Deus! Vento indiscreto!

— Juro que não fui eu que soprei — brinquei, risonho.

— A trilha para o campinho é logo após o bambuzal — esclareceu, ignorando a brincadeira.

— Que caminhada agradável! — comentei, procurando dissimular meu embaraço pela brincadeira inoportuna. — Não é à toa que você gosta tanto deste lugar.

— Eu também acho! — concordou, mostrando-se enigmática.

Assim, sentindo-me pouco à vontade, caminhamos lado a lado pela margem do lago, perdidos em trivialidades e sem nenhum contato físico. Observei que o comportamento debochado, que sempre foi característico dela, estava contido. Ela caminhou durante todo o trajeto com as mãos às costas, até chegarmos ao atalho estreito e íngreme que nos levaria ao campinho.

— Arthur! — expressou, baixinho, e estendeu sua mão em minha direção. — Me ajude a colocar as sandálias.

— Segure firme — propus, aliviado.

Daí, ela se agachou, segurou minha mão para colocar o calçado e para se levantar. No trajeto, levemente acidentado, por várias vezes nos tocamos e, sempre que sua mão relava na minha, o aperto que eu sentia no peito expandia-se.

Perto do fim do atalho, o som característico dos motores dos aviõezinhos já podia ser ouvido. No campo espaçoso, alguns grupos de espectadores assistiam à performance dos aeromodelistas, controlando os cabos com a empunhadura e girando elegantemente no centro de cada roda.

— Ideal para a prática de aeromodelismo — falei, sorridente, sem deixar de estudar o seu rosto cabalístico.

— Que bom que deu certo! — celebrou, um pouco alheia.

— Também acho! — concordei, encenando um estilo circunspecto e profissional. — Eu sempre me preocupo em não machucar ninguém.

— Por que machucaria? — indagou, exibindo um par de olhos maliciosos.

— Se o aviãozinho despencar no chão e atingir alguém! — expliquei, simulando apreensão nos olhos.

— Seu hobby é tão perigoso assim? — questionou, debochada.

— Ainda não sei — respondi, olhando nos seus olhos. — É minha primeira vez; mas eu sei que é importante que a minha parceira esteja segura do que está fazendo.

— O que faz a parceira? — perguntou, exibindo o sorriso maroto.

— Segura firme o aviãozinho com o motor em funcionamento — expliquei, descarregando a tensão com uma gargalhada. — Solta, quando eu mandar, e sai correndo antes de ser atingida.

Ao voltarmos pelo mesmo atalho, comentei a satisfação que teriam os moradores das raras casas construídas ao redor do lago, com o silêncio e a vista permanente admirável.

— Você quer uma para você? — perguntou, com a voz lamentosa. — Estão todas abandonadas. Construíram sem autorização e a prefeitura confiscou todas. Vão ser demolidas.

— Putz! — expressei, com a ansiedade atingindo o clímax. — Será que podemos olhar alguma por dentro?

— Acho que sim! — afirmou com a voz sufocada, retirando as mãos das costas e passando-as nervosamente no vestido. Qual você escolhe?

Escolhi a casa azul, mais próxima de onde estávamos. Segurei sua mão e nos encaminhamos para a porta da frente. Estava fechada. Demos a volta em torno da casa e verificamos que a porta de trás estava destrancada.

Entramos e mal deu tempo de fechar a porta. Sem dizermos palavra alguma, abraçamo-nos a um só tempo e, com os lábios colados avidamente, fomos nos apoiando, agachando e deitando no asseado chão rústico, iniciando uma dança frenética e sensual que só chegou ao final quando, saciados e exaustos, restamo-nos lado a lado de mãos dadas e com meios-sorrisos interrompidos, nas faces ruborizadas, ofegando prazerosamente.

Então, meio que adormeci.

Ainda sonolento e com o olhar inebriado, observei-a se recompor, ajoelhar-se ao meu lado, segurar minha face com as duas mãos e beijar docemente meus lábios. Após um singelo sorriso, levantou-se e caminhou até a porta. Antes de fechá-la pelo lado externo, mirou longamente os meus olhos, deu outro sorriso e deixou a casa, sem dizer nada.

Eu continuei deitado por um longo tempo, os olhos mirando o teto de madeira envernizada, os fios elétricos saindo, aos pares, de pequenos furos nos locais onde deveria haver luminárias, as paredes nuas cheias de pregos onde pinturas emolduradas estariam enfeitando o local, e o chão limpo recém-varrido, que outrora abrigava mesas, cadeiras, sofás, cristaleiras.

Levantei-me, vesti minhas roupas espalhadas pelo salão, caminhei até a escada de madeira para acessar o pavimento superior e subi devagar, escutando, a cada pisada, os degraus prematuramente condenados rangerem de solidão e desprezo.

No terraço superior da residência, contemplei a prainha contornando o lago por onde, há pouco tempo, eu havia caminhado, remoendo pensamentos ambíguos e receosos; do outro lado do lago, o sol se despedia, esgueirando-se por trás da selva florescente.

Nesse clima de despedida solar, minha mente foi dominada por uma tristeza vaga indecifrável e o sentimento de adeus, no derradeiro olhar de Eva, ao fechar a porta da casinha, impregnou-se de forma categórica em minha mente confusa.

Na manhã da segunda-feira seguinte à insensata peripécia amorosa, eu desci ao pavimento térreo com a intenção de encontrar Eva, saber do seu estado de espírito, comentar que eu havia terminado a montagem do aeromodelo e que o aviãozinho estava pronto para a estreia.

Todavia, quem estava na recepção era Jorge, e minha mente foi invadida por emoções desordenadas de entusiasmo, deleite, expectativa, culpa, remorso; só parcialmente desanuviadas à noite, quando retornei da aula teórica de pilotagem e encontrei Eva na recepção.

Assim que me viu entrar, ela sorriu e fez um aceno para que eu me aproximasse. Um pouco sem jeito e receoso, fui ao encontro dela, ao mesmo tempo que tentava interpretar o significado de seu olhar melancólico.

— Arthur! — expressou, exibindo um sorriso comedido. — Estava ansiosa para te encontrar! Terminou o seu avião?

— Falta muito pouco! — esclareci, enquanto notava a aproximação do Jorge.

— Querida, vou trocar um fusível no terceiro andar! — gritou, de longe, fez um simpático salamaleque e subiu pela escada.

— Fico na recepção até você retornar — Eva respondeu e voltou seu olhar para mim.

— Pois é! — confirmei, aliviado por não ter provocado abalos na relação entre os dois. — Meu primeiro avião está quase pronto. Logo poderei testá-lo no campinho.

— Você não precisa ir até lá! — disse, em meio a um sorriso envergonhado, levantando os ombros e baixando levemente a cabeça para o lado direito do corpo. — Existe outro bem pertinho!

— Onde? — perguntei, sentindo o gosto amargo da despedida.

— Ladeira abaixo, na rua da igreja! — informou, com os olhos lacrimejando.

— Eu acho que vou preferir fazer minha estreia no campinho do lago, mesmo — falei, com a voz titubeante.

— Por falar em campinho... — lembrou, deixando fluir uma lágrima solitária pela face. — A prefeitura iniciou as demolições. Todas as casinhas do Lago Azul desaparecerão em breve. Fim do sonho, entendeu? *Eu já havia percebido*, recordei, consternado. *Desde o momento da despedida profética à porta dos fundos da casinha azul.*

— Entendi perfeitamente! — respondi, nostálgico, afastando-me com lentidão, após tocar, de leve, suas mãos trêmulas e frias. — Fim de um sonho que mal começou.

6

No decorrer da semana, meus contatos breves com Eva, na recepção do hotel, ficaram cada vez menos embaraçosos e mais descontraídos. Tornou-se evidente que a tórrida paixão vespertina do último sábado estava se convertendo numa aceitação mútua de afeição desapegada e sincera.

No sábado, o tempo estava auspicioso e, pela hora do almoço, fui conhecer o kartódromo onde o Matheus trabalha. Eu havia cruzado, com ele algumas vezes no hall do hotel, rapidamente, e dei a entender que logo lhe faria uma visita.

O panorama que eu avistei do alto da colina, ao chegar nas proximidades do kartódromo, foi estimulante. Até desacelerei a moto e pilotei bem devagarinho, para apreciar melhor as instalações lá de cima. A pista de corridas era extensa e serpenteava em meio a uma vasta área de vegetação rasteira, tendo, como pano de fundo, o arvoredo cerrado da floresta nativa.

Ao chegar ao kartódromo, estacionei a moto no meio-fio em frente ao acesso à recepção e atravessei o jardim frontal, que ocupava toda a extensão do prédio da administração, através de um passadiço de cerâmica decorada.

Uma jovem recepcionista ocupava a mesinha num dos cantos da saleta e, no lado oposto, duas garotas estavam contemplando uma vitrine, com acessórios de pilotagem para vender. Uma delas, morena de olhos verdes, vestia-se com esmero, era falante e demonstrava muita firmeza; a outra, ruiva de cabelos curtos, parecia tímida e trajava com simplicidade uma calça jeans desbotada e uma blusa branca com bolinhas vermelhas.

Quando perguntei para a recepcionista onde se encontrava o Matheus, a garota morena virou-se para mim sorrindo e perguntou:

— Você é amigo do Matheus?

— Sim! — asseverei. — Meu nome é Arthur. Estamos hospedados na mesma pousada. Vim conhecer o kartódromo.

— Meu nome é Tereza e minha amiga é a Sandra — disse, estendendo o braço para cumprimentar-me. — O Matheus acabou de encerrar o seu turno de trabalho. Foi tomar uma chuveirada e já vem se encontrar com a gente.

— Podemos dar uma volta? — indaguei. — Gostaria de dar uma olhada nas instalações.

— Ok! — expressou Tereza. — Vamos ser suas cicerones.

Realmente era um ambiente muito agradável. No piso inferior, uma garagem enorme com vários karts nos boxes e, na parte superior, acessível por uma escada em caracol, uma lanchonete aprazível, além da varanda com mesas, de onde era possível assistir às corridas, desfrutando de uma privilegiada vista panorâmica. O ambiente era ideal para, nos intervalos entre as corridas, um bate-papo tranquilo, ouvindo o fundo musical de boa qualidade.

Quando Matheus nos encontrou, estávamos sentados numa das mesinhas do terraço, bebericando uma cuba-libre e degustando deliciosos petiscos.

— Ora, viva! — expressou, saudando a todos, gesticulando com as mãos. — Veja só onde eu encontro vocês! Com meu companheiro de hotel!

— Promessa é dívida — afirmei, com a mão no peito. — Eu te disse que viria.

Dessa forma, após as devidas saudações, passei a desfrutar de uma tarde muito agradável, na companhia de Matheus e das garotas. Ao mesmo tempo que tentava me esquivar de manifestar minha opinião em qualquer assunto que exigisse conhecimento prévio, eu prestava muita atenção na conversa entre eles.

Assim, fui mantendo-me ileso, nessa minha primeira reunião a quatro, sem correr o risco de me colocar numa situação embaraçosa, uma vez que eu não estava familiarizado com os assuntos que debatiam.

— Por que você está tão quietinho? — perguntou Tereza, franzindo as sobrancelhas e tocando levemente sua mão na minha.

— Gosto mais de ouvir do que de falar — respondi, sorrindo, e com a mão no queixo. — Além do mais, estou gostando de ouvir o debate que vocês estão travando.

Quando a conversa passou a convergir para as corridas de kart e para a curiosidade de todos a respeito do meu hobby do momento, o aeromodelismo, eu fiquei mais à vontade.

— Arthur! — expressou Tereza, com a mão na boca, exibindo um sorriso hilário. — Como você faz para montar os aviõezinhos?

— Pelo seu jeitinho de falar, certamente você está insinuando que o que eu faço é brincadeira de criança! — resmunguei, divertido. — Vou pilotar no próximo sábado, quer ser a copiloto?

— Qual é a função da copiloto? — questionou, sem conseguir conter a gargalhada.

— A importante missão de segurar o avião com o motor funcionando — completei, sorrindo e com o dedo em riste apontado em sua direção. — Enquanto eu me preparo para a decolagem!

— Você não está falando sério, não é mesmo? — inquiriu Sandra, com um meio-sorriso lamentoso.

— Por que não?

— Como você consegue perder tempo com seus aviõezinhos no momento em que tantos camaradas estão sendo presos e torturados nos porões clandestinos da ditadura militar? — perguntou, com a fisionomia irada.

— Montagem e pilotagem de aeromodelos é meu hobby — retruquei, passando em revista a conversa do gerente do banco com seu filho ao telefone. — O que posso eu fazer, sozinho, aqui em Rotunda?

— Sandra! — expressou Tereza, aborrecida. — Pega leve! Você acabou de conhecer o cara.

— O que é isso, mulher! — interpelou Matheus, tirando um sarro. — Calma aí. Peça desculpas a meu amigo.

— Eu sinto o cheiro dos riquinhos alienados de longe — declarou Sandra, levantando-se e ameaçando ir embora sozinha. — Eu tenho coisas mais interessantes a fazer.

— Escute aqui, pirralha! — falei alto, me levantei também, apoiei as duas mãos com os dedos esticados na mesa, ouvindo o bater frenético de meu coração no peito. — Onde é que você aprendeu a falar tanta bobagem? Ainda estou sentindo o cheirinho do cueiro em que sua mãe te enrolou com tanto carinho e você já está se achando o guru social e político da nação. Eu é que vou embora. Eu é que não tenho nenhum minuto a perder.

— Ninguém vai embora! — bradou Tereza, levantando-se. — Desculpas coletivas e imediatas. Vamos respeitar a opinião de todos e pedir uma rodada extra de cuba-libre.

Sentei-me ao mesmo tempo que as duas jovens e observei, de soslaio, Matheus soltar a gargalhada que estava contendo. Foi o sinal para todos seguirmos o mesmo caminho, inclusive Sandra — que o fez, constrangida.

Eu procurava avaliar de onde saquei tanta ousadia para enfrentar a situação imprevista, tão pouco informado a respeito da matéria. Com a situação apaziguada, entretanto, em algum momento os três discutiam calorosamente temas sociais e políticos, não só do Brasil como de Paris. Eu, muito constrangido com o destempero da Sandra, consegui evitar o meu envolvimento no bate-papo, sem despertar suspeitas de que eu não estava entendendo bulhufas.

Ao despedir-me do Matheus, salientei meu desejo de passar uma manhã dirigindo um kart e perguntei se havia alguém para orientar-me.

— Não se preocupe — respondeu, abrindo um sorriso espontâneo. — Faço questão de acompanhá-lo pessoalmente. E desculpa o destempero da Sandra. Ela é muito fanática e se mete em encrenca toda hora.

Embora aliviado com o desfecho do meu primeiro encontro social inesperado, fui embora preocupado em inteirar-me, rapidamente, dos assuntos políticos e sociais mais comentados pelos jovens e adultos da minha idade. *Não me lembro de nada*, saí pensando. *Não tenho a menor ideia do que está ocorrendo no Brasil. Como vou saber o que está acontecendo na França?!*

Quando abri a porta da pousada, carregado de jornais e de revistas, ainda estava apreensivo com minha ignorância a respeito de muita coisa. Todavia, desfrutava do entusiasmo e da disposição de quem, em breve, estaria preparado para conversar, normalmente, sobre os temas que eu havia escutado pela manhã. Nada muito polêmico nem assustador!

Finalmente chegou o dia da aula inaugural do esperado curso de pilotagem no aeroclube. Dirigi minha moto pelas ruas sem calçamento da periferia da cidade, sentindo no corpo o vento frio do anoitecer em Rotunda. Estacionei na rua, de frente para o hangar, onde já se podiam notar a movimentação e o vozerio das muitas pessoas presentes.

Ao entrar nas instalações, observei um senhor de cabelos brancos, vestido com uma camisa branca de mangas compridas, com quatro faixas douradas costuradas em pano preto nas alças dos ombros, característica dos aeronautas graduados. Ele conversava, de prancheta na mão, com alguns assistentes, enquanto os prováveis alunos ficavam circulando entre as aeronaves estacionadas.

A aula inaugural foi ministrada no hangar do aeroclube, junto aos aviões enfileirados, pelo ex-comandante de jato comercial que eu avistei na minha chegada. Os demais alunos e eu formamos uma roda em frente a uma das aeronaves, onde instrutores se revezavam no detalhamento dos conteúdos expostos pelo comandante, à medida que eram abordados.

Não me surpreendeu a explanação, da mesma forma que eu não havia tido dificuldade na assimilação da apostila de conhecimentos elementares de pilotagem, que me forneceram com os demais documentos do curso. *Será possível que eu já tenha assistido a uma aula inaugural semelhante ou estudado numa apostila como esta?*, perguntei a mim mesmo, superdesconfiado. *Não consigo me lembrar, evidentemente. Mas tudo isso me é bastante familiar!*

Fiquei muito tenso ao longo de toda a aula. A lembrança da miragem que padeci, durante a primeira visita que fiz ao aeroclube, ainda estava viva na minha mente confusa, e o temor de uma recorrência, na frente de todo mundo, me deixava com os nervos à flor da pele.

No final do evento houve uma confraternização entre os monitores e os alunos, em torno de uma mesa, onde foram servidos refrigerantes e salgadinhos, ao mesmo tempo que meus colegas de curso e eu tirávamos fotografias juntos, ao lado das aeronaves estacionadas.

Fui embora desconfiado e com um gosto amargo na boca. A sensação era de que tudo o que havia sido exposto pelo comandante e seus instrutores, impressionando meus cinco colegas, não havia sido nem extraordinário nem incomum para mim.

Assim que entrei no hall da pousada, tarde da noite, Eva mostrou-me, da recepção, um envelope em sua mão. E fez um sinal para que eu fosse buscá-lo.

— Arthur! — expressou, com o olhar carregado de malícia. — Parece que você começou a quebrar corações!

— Achei que já havia quebrado unzinho — falei, pegando o envelope de sua mão. — Mas parece que foi num sonho.

— Sonhar é tão bom! — declarou, sem tomar conhecimento do comentário íntimo. — É uma pena que dure tão pouco. A morena que deixou o envelope se chama Tereza.

— Ok, obrigado!

— Bons sonhos! — desejou Eva, despedindo-se.

A seguir, me afastei com o coração apertado, sem saber se era pelo efeito do sorriso da Eva ou pela angústia de não conseguir imaginar, de imediato, o que Tereza poderia ter colocado no envelope. *Uma coisa é certa!*, matutei, conformado. *Pela postura da Eva, meu caso com ela havia se encerrado definitivamente.*

Subi pelo elevador e, assim que fechei a porta do quarto, me atirei na cama, com o envelope na mão, tentando imaginar o que haveria dentro. Rasguei uma das extremidades bem devagarinho, filando, até que abri o envelope — sentindo exalar uma fragrância discreta, de imediato, do papel dobrado que eu segurava entre os dedos. Desdobrei o papel perfumado e, antes de ler o que estava escrito, observei o capricho da letra e a forma de escrever a mensagem:

"Meu enigmático amigo Arthur,
Gostaria de discutir os detalhes de minha contratação como copiloto de seu primeiro voo aeromodelista, amanhã, no fim da tarde, no lugar mais agradável do Bosque do Lago: Quiosque do Magrão!"

Levantei-me e dei alguns passos pelo quarto, abanando-me com a carta perfumada. Depois a recoloquei no envelope e guardei tudo na gaveta da mesinha. *Será que eu estou preparado para um bate-papo a dois, sem entrar em contradição?*, pensei. *Vou conseguir evitar, com elegância, perguntas inoportunas sobre o meu passado?*, segui pensando. *Afinal, eu estou na cidade há menos de dois meses! Sou um completo desconhecido!*

Por fim, avaliei que eu era um sujeito de muita sorte. Nunca passaria pela minha cabeça dar uma cantada em Tereza e, do nada, surge a oportunidade de me encontrar com a garota mais bonita e agradável da cidade nas proximidades do lago, que tão boas recordações me trazem à lembrança. Iria encontrá-la, mas não sem antes visitar o barbeiro para cortar os cabelos e aparar a barba recém-despontada.

No dia seguinte, cheguei mais cedo ao Bosque do Lago e me acomodei em uma das mesas ao ar livre do Quiosque do Magrão. Havia acabado de pedir uma Coca-Cola quando ela chegou, pedalando uma bicicleta.

— Oh, Arthur! — expressou, ao descer da bicicleta e apoiá-la numa árvore. — Você chegou há muito tempo?

— Agora mesmo! — respondi, admirando seu corpo esguio e suado, brilhando ao refletir a luz do sol escaldante. — Acabei de pedir um refrigerante. O que você quer beber?

— Soda limonada — respondeu, tirando as luvas esportivas e sentando-se na cadeira à minha frente. — Por favor, com muito gelo. Estou morrendo de calor e de sede.

— E então? — falei, admirando seu rosto afogueado. — Como surgiu a ideia da carta?

— Como seria diferente? — respondeu, simulando mau humor. — Afinal, trata-se, ou não, de um contrato de trabalho?

— Você trouxe referências?

— O que eu trouxe, senhor Arthur... — disse maliciosa. — Chegou em cima daquela bicicleta!

A conversa foi transcorrendo de uma forma natural, agradável e não demorou muito para que nossas mãos se tocassem levemente, provocando-me sensações de arrepio e ansiedade. O tempo passou rapidamente, o sol já se declinava sobre o arvoredo e Magrão já começava a recolher as cadeiras e mesas.

— Tereza! — expressei, surpreso. — Que lugar adorável você descobriu!

— É meu preferido em Rotunda — disse, elucubrando. — Às vezes, venho sozinha, para estudar. O Magrão não se importa se a gente fica aqui, horas e mais horas, tomando uma Coca-Cola.

— O que você estuda? — perguntei impulsivamente e me arrependi, de imediato, receoso de uma réplica embaraçosa. *Arthur*, insisti comigo mesmo. *Evite perguntas, cretino.*

— Botânica — respondeu, resoluta. — A vida das plantas é mais fácil de entender do que a vida das pessoas.

— Realmente — disse, pensando que estava na horinha de mudar de assunto.

— Estudo na Faculdade de Biologia de Rotunda — acrescentou, célere. — Pertinho do pensionato feminino onde resido.

— Que bom que você já decidiu o que fazer da vida — falei, sentindo que havia perdido uma ótima chance de ficar quieto. — Eu reservei um tempo para pensar nisso tudo.

— Azar de quem está esperando você decidir.

— Não há ninguém dependendo de minhas ações.

— Eu estou! — afirmou, franzindo os lábios e as sobrancelhas.

— Como assim? — perguntei, com o coração acelerado e um gosto amargo de expectativa na boca.

— Não vai me dizer que você já esqueceu o motivo de nosso encontro — disse, abrindo um sorriso tranquilizador.

— Ah, me perdoa! — disse com as sobrancelhas levantadas, a testa levemente enrugada e um sorriso tímido no rosto. — Esqueci que você veio pela vaga de copiloto!

— A lembrança não é o seu forte, não é mesmo?! — afirmou Tereza, levantando-se. — Arthur, não gosto de pedalar no escuro.

— Podemos marcar um teste no campinho do Lago Azul? — perguntei, sentindo um aperto inevitável no coração.

— Eu adoraria!

— Que tal domingo, no início da tarde?

— Estamos combinados! — confirmou, sorrindo, beijou-me no rosto, montou na bicicleta e saiu pedalando, cheia de graça e elegância.

7

Naquela noite encontrei o Matheus sentado numa das poltronas da saleta de televisão do hotel, lendo alguma coisa no jornal. Sentei-me no sofá e, em poucas palavras, comentei a minha aventura quase romântica com a Tereza, no Bosque do Lago, e cobrei dele a aula de pilotagem de kart.

— Apareça amanhã cedo no kartódromo — falou e ergueu a mão com o dedo polegar para cima. — Nas sextas pela manhã o movimento é bem fraco e ficaremos à vontade para transformá-lo no melhor piloto de todos os tempos!

— Ótima notícia! — comemorei, levantando-me. — Hoje vou dormir mais cedo para acordar bem-disposto. Boa noite!

— Até amanhã, campeão! — brincou Matheus, sorridente.

A noite foi bem tranquila, em meio a sonhos eróticos com Tereza. Tomei o café da manhã mais cedo do que o habitual, peguei a moto e rumei direto para o kartódromo, com a firme convicção de aproveitar bem o dia esportivo, uma vez que já estava me sentindo um pouco "enferrujado", sem praticar nenhum esporte.

Logo que cheguei fomos até os boxes. Matheus escolheu um dos modelos e chamou um funcionário para levá-lo até a pista. A seguir, eu me acomodei no banco do kart, calcei as luvas, coloquei o capacete e afivelei o cinto de segurança. *Qual o quê!*, constatei surpreso. *Não é possível que eu nunca tenha me sentado no banco de um equipamento como este!*

Ouvi pacientemente as explicações preliminares do Matheus, avaliando se tudo aquilo era absolutamente novo para mim. Assim que ele me liberou, eu saí dirigindo como se fosse a coisa mais natural do mundo.

Dei algumas voltas tranquilas, para me acostumar com o jeitão do veículo e da pista. Com o passar dos minutos, experimentei sensações inusitadas e emocionantes. É como se eu estivesse parado num ponto estratégico da pista e, pelo visor de meu capacete, assistisse a um filme, onde as imagens se alteravam cada vez mais depressa: o edifício da administração, o grid de largada, apenas os dois lados da pista, a mata cerrada da floresta nativa, os boxes lotados de carros coloridos e, de novo, o edifício da administração...

Em estado de êxtase, levei um susto tremendo quando avistei Matheus, aparentemente preocupado, balançando, com frenesi, a bandeira amarela ao lado da pista. *O que aconteceu?*, perguntei a mim mesmo. *Preciso estar focado no que estou fazendo, senão vou acabar provocando uma tragédia!*

Diminuí a velocidade, terminei a volta e estacionei num dos recuos apropriados da pista, perto dos boxes; retirei o capacete e as luvas enquanto observava, pelo retrovisor, Matheus e o mecânico se aproximando.

— Você está de brincadeira comigo? — perguntou, ao chegar mais perto.

— Eu não! — respondi, temeroso. — Fiz alguma cagada?

— Que nada! — disse, com as mãos apoiadas na cintura. — Você dirige bem melhor do que eu!

— Pare de me bajular! — afirmei, convicto de que não tinha realizado nenhuma proeza.

— Bajular, nada! — contradisse, afobado. — Vou buscar um carro de competição e o cronômetro.

Não demorou muito tempo e Matheus chegou, pilotando um kart, com o mecânico, de carona, empoleirado no chassi do equipamento.

— Dirija este kart da mesma forma que você fez com o outro! — falou. — Dê voltas, cada vez mais rápidas, sempre dentro dos limites de segurança da pista, que eu vou cronometrar.

— Pra que, isso?

— Depois eu te conto — respondeu, ao movimentar rapidamente as mãos, direcionando-me para o kart.

Assim eu procedi. Saí bem devagar e fui acelerando gradativamente a cada volta. Desta vez, percebi o vento uivando no encontro com o meu capacete, o motor rangendo, a cada mudança de marcha, e a cabeça sendo jogada para os lados, nas curvas, pelo efeito da força centrífuga.

Notei ainda que, a cada vez que eu passava pela linha de chegada, Matheus acionava o cronômetro, ao mesmo tempo que girava o corpo, num movimento elegante e ritmado.

Assim que eu encostei, ao seu comando, ele se aproximou do kart e, enquanto eu descia e tirava o capacete, ele anunciou de modo entusiástico:

— Vou te apresentar ao Lacerda!

— Quem é o Lacerda?

— Meu patrão — respondeu, olhando para o cronômetro. — O dono do kartódromo.

A seguir, subimos à lanchonete para tomar um refrigerante e para comentar a respeito do que acabara de acontecer.

— Caramba, Matheus! — exclamei, surpreso. — Eu só queria dar uma voltinha de kart! O que está acontecendo?

— Acontece que você dirigiu muito bem e rápido! — explicou, eufórico. — Você está procurando emprego, não é verdade? Ao ar livre?

— Sim — respondi. — O que tem a ver com tudo isso?

— Tudo a ver! — respondeu. — O Lacerda está formando uma equipe profissional e está tendo dificuldade de encontrar pilotos competitivos.

— Você acha que ele vai se interessar por mim?

— Quando eu lhe mostrar o seu relatório de tempos, não tenho dúvida de que gostará de conhecê-lo — afirmou, convicto.

— Ok! — expressei. — Vamos aguardar.

— Estou certo de que você logo estará empregado! — disse, com um convincente sorriso, esbanjando simpatia.

Conheci o Lacerda no dia seguinte.

Marquei um encontro com o Matheus na recepção do kartódromo e fomos juntos ao seu escritório, numa das dependências do prédio da administração. Na sala vazia, em que as paredes eram cobertas de fotografias e pôsteres de karts, além de diplomas e recomendações, havia também, atrás da mesa do Lacerda, um armário envidraçado enorme, expondo troféus, taças e quadros de medalhas.

Matheus ouviu um ruído característico próximo e me fez um sinal para acompanhá-lo até o canto da sala, onde, por uma porta aberta seguida de uma escadinha, acessamos a oficina particular do chefão.

Ele estava entretido na análise de uma peça do motor e, ao nos avistar, desabrochou um sorriso natural e cheio de carisma.

— Bom dia, Matheus — cumprimentou, animado. — Prazer em conhecê-lo, Arthur! Venha inspecionar meu esconderijo secreto.

Do alto da escadinha, fiquei admirado ao ver o capricho e a limpeza da oficina. Havia um kart, que reconheci pelas cores da lataria e pelo tamanho dos pneus, literalmente desmontado — e seus componentes estavam distribuídos, de forma organizada, pelo chão.

Na parede, atrás da bancada de serviço onde Lacerda estava encostado, estavam dispostas, em um painel, todas as ferramentas e utensílios necessários para a execução do trabalho de um mecânico profissional.

— Olá, senhor Lacerda — cumprimentei-o, enquanto descia a escadinha e me encaminhava em sua direção. — Nesta oficina dá para entrar só de meias brancas e não sujar o solado!

— Tem de ser assim mesmo, Arthur — explicou, enquanto limpava as mãos com um chumaço de estopa. — Para entender direitinho o funcionamento dos karts, só desmontando peça por peça e montando novamente! É um hobby muito agradável. Vamos subir ao escritório?

— Vamos, sim! — respondi e me dirigi à escadinha.

Lacerda sentou-se na poltrona de sua mesa e pegou, em uma pasta, alguns papéis, enquanto o Matheus e eu sentamo-nos nas cadeiras em frente. *Que chefe mais carismático!*, pensei. *Deve ser agradável trabalhar com ele.*

— Matheus mostrou-me o relatório de tempos que você realizou ontem — afirmou Lacerda, observando as anotações. — Notei que você iniciou com sessenta e cinco e cravou noventa e sete, na oitava volta.

— Bem... — expressei, quase me desculpando. — Não sei muita coisa sobre a velocidade dos karts.

— Eu diria que são velocidades de um piloto promissor, não de um estreante! — pressagiou, com os olhos transbordando de excitação.

— Pois é! — afiancei, preocupado com perguntas inoportunas. — Acontece que nem sou estreante. Vim aqui só para me distrair.

— Se não é experiência, só pode ser talento natural — afirmou, passando por cima de minha observação.

— Nunca se sabe! — falei, sem dar-me conta do que eu quis dizer com isso.

— Você poderia dispor das manhãs, durante uns quinze ou vinte dias, para avaliarmos o seu potencial? — inquiriu, cauteloso. — Eu te pagaria uma ajuda de custo que, certamente, vai ser suficiente para financiar a paquera noturna.

— Por que não? — respondi, com um sorriso acanhado.

— Matheus! — expressou Lacerda, serenamente. — Leve o Arthur para conhecer o Emerson. Parece que o nosso amigo está disposto a começar logo!

— É o treinador dos pilotos e ótimo fisioterapeuta — disse Matheus, ao nos retirarmos da sala. — Você vai gostar dele.

Assim, depois de trocar algumas ideias com o Emerson e me despedir do Matheus, voltei para o hotel com mais dúvidas e incertezas, porém, satisfeito por Lacerda não ter me perguntado em qual lugar eu havia aprendido a dirigir karts. *De uma coisa estou seguro*, pensei. *Não teria a menor condição de responder a essa pergunta. Será que eu desejo ser piloto profissional de kart?*, continuei pensando. *Eu não senti que minha performance na pista foi tão digna de mérito. Ou o Lacerda é um visionário ou eu tenho qualidades inimagináveis.*

8

O voo de estreia do Cessna Asa Alta, no campo de aeromodelismo perto do Lago Azul, foi carregado de emoções lúbricas. Tereza chegou pedalando sua bicicleta, entusiasmada e sexy, vestindo uma blusa creme e uma saia rodada verde-clara e branca, estilo floral de rosinhas coloridas, com um decote pra lá de generoso. *Se ela se veste assim para ir a um campinho...*, matutei. *Imagina como deve ser sua aparência de lingerie, antes de ir para a cama.*

— Que bom que você veio! — celebrei, enquanto trocávamos um longo abraço.

— Por que não viria? — indagou, olhando-me nos olhos. — Não foi o combinado? Além do mais, eu não desperdiçaria a oportunidade de arrumar um emprego!

— Gostei do seu uniforme de copiloto — enalteci, bajulador. — Certamente o público optará por assistir à sua performance e não à minha atuação, na pilotagem.

— Ainda bem que não tem muita gente hoje — observou, apontando o campo com meia dúzia de gatos pingados, e ignorando meu galanteio. — Para um domingo de sol, como este, imaginei que o espaço estivesse lotado.

— Então, você é toda minha! — exclamei, malicioso. — Vamos ver o avião?

— Uau! — expressou, assim que avistou o aeromodelo posicionado na pista. — Não imaginei que fosse tão bacana!

— Pois é! — ponderei, abrindo o meu melhor sorriso. — Mas não basta ser bonito; tem que voar! Vamos colocá-lo nas nuvens?

— Claro! — respondeu. — Estou à sua inteira disposição.

— Não fale assim! — adverti, alcançando a garrafinha de combustível na mochila. — Porque, deste jeito, quem vai parar nas nuvens sou eu!

— Exagerado! — expressou, colocando as mãos nos quadris.

Em seguida eu lhe expliquei os procedimentos básicos de decolagem, abasteci o motorzinho e a conduzi até a traseira do aeromodelo. Tereza ajoelhou no solo, sentou-se sobre suas pernas dobradas, segurou as asas com firmeza e olhou em minha direção, provocando, cabelos castanhos compridos soltos ao vento, uma visão tentadora e sensual de seu decote ousado.

Assim que o motor foi acionado, exalando o embriagador aroma de acetona do combustível, deixei-a retendo o aviãozinho e corri para o meu posto de comando, no centro da roda. Estiquei os cabos, segurei firme a empunhadura e gritei: "Solta devagar as duas asas, ao mesmo tempo, e corra para longe!".

O avião decolou perfeitamente e comecei a andar à roda, fazendo-o subir e descer. Ao mesmo tempo observava Tereza, de soslaio, batendo palminhas e dando pulinhos, empolgada com o espetáculo.

Ao término do combustível consegui, ainda, realizar um looping e um pouso perfeitos, sem qualquer dano na fuselagem nem na hélice do aeromodelo.

— Adorei a experiência! — exclamou, com entusiasmo, abraçando-me e beijando meu rosto de forma barulhenta.

— O melhor é que você foi aprovada com galhardia — atestei, exultante. — Uma copiloto, com este grau de perfeição, eu não conseguiria em lugar algum do país. Agora preciso fazer uma arrumação!

— Depois que você guardar tudo direitinho... — disse, alvoroçada. — Vamos dar uma volta em torno do lago? Ainda é cedo!

— Claro que sim! — concordei prontamente, sentindo a aceleração de meu ritmo cardíaco.

Embalei toda a parafernália e levei a mochila e a bicicleta da Tereza para perto da moto, amarrei tudo junto e dirigimo-nos à descida do atalho para o lago. *Será que fui escolhido para ser a pessoa mais afortunada do planeta?*, perguntei a mim mesmo. *Tomara! Mas um raio não cai duas vezes no mesmo lugar*.

E não cai mesmo!

Assim que chegamos à beira do lago, avistei, ao longe, todas as casinhas transformadas em amontoados coloridos de entulho.

— Nossa! — expressou Tereza, aparentemente surpresa. — De repente, você ficou disperso! Saiu fora da casinha?

— É a acetona do combustível — menti e caí na real. — Me deixa meio tonto!

Demos longas voltas ao redor do lago, conversamos sobre diversos assuntos do cotidiano de Rotunda, a amizade com o Matheus, o destempero da Sandra, a faculdade de botânica que ela estava cursando e, no final, acabei mencionando que havia iniciado um curso de piloto profissional e profetizei: "Se fosse para eu escolher, hoje, uma profissão que realmente me realizaria, acho que escolheria ser comandante de aviação".

— Ah! — expressou, ressabiada. — Agora entendi o porquê do interesse pelos aviõezinhos. Você é do tipo que não dá ponto sem nó!

— Você está insinuando alguma coisa?

— Estou apenas procurando te conhecer melhor — esclareceu, no momento em que chegamos ao local onde estavam os nossos pertences.

O lago estava abrilhantado com os últimos raios de sol quando nos despedimos, ao lado de nossos respectivos equipamentos de locomoção. Fiquei em dúvida se lhe dava, agora, um beijo para valer, deixava um convite para um encontro em aberto, ou ambas as coisas.

— Que tal um cineminha na quarta-feira à noite? — arrisquei, reservando o beijo para uma ocasião mais propícia. — Nesta quarta não tenho aula.

— Acho ótimo! — respondeu, deu-me outro beijo barulhento na face e saiu pedalando, dengosa e faceira.

Na quarta-feira, logo depois do café da manhã, montei a moto e dirigi pelas ruas tortuosas da periferia da cidade, em direção ao Lago Azul. Eu queria porque queria alugar aquele apartamento no prédio charmoso.

Estacionei em frente, toquei o interfone, pedi informação sobre o apartamento e fui recepcionado pelo zelador, solícito e atencioso.

— O apartamento é para você? — questionou-me, sorridente.

— Perfeitamente, senhor — respondi, apreensivo. — Ainda está vago?

— Sim — informou, enquanto caminhávamos até a recepção.

— Posso vê-lo?

— Claro! — expressou e entregou-me o porta-chaves plástico com o número sessenta e seis grafado na etiqueta.

— Veja se é de seu gosto — sugeriu, com um olhar persuasivo. — Tem uma vista agradável para a mata, é silencioso e muito bem conservado.

— É pra já!

Peguei a chave, fui para o elevador e apertei o botão do sexto andar. Assim que abri a porta social do apartamento e avistei a sala, intuí que ficaria com ele. Passo a passo, entre inebriado e esperançoso, percorri cada cantinho do "casulo", cada vez mais convicto de que tudo o que imaginei de conveniente e agradável na almejada moradia estava diante de meus olhos comovidos. Não havia mais nada a considerar. *Mesmo sem lembranças do passado, minha vida vai recomeçar, pra valer, no momento em que eu puser o pé direito na sala deste apartamento*, pressagiei, esperançoso.

Fechei a porta devagarinho, memorizando a imagem na minha mente, girei a chave na fechadura e desci para conversar com o zelador.

— Quero alugar!

— Já olhou tudo? — observou o zelador. — Não tem nem dez minutos que você subiu!

— Foi o suficiente para eu decidir — falei determinado. — Posso conversar com o proprietário?

Saí de lá com o apartamento alugado. Como eu não tinha fiador, fui obrigado a depositar, antecipadamente, o aluguel de três meses. Poderia me mudar a partir do primeiro dia de setembro, três meses após minha chegada em Rotunda.

À noite, encontrei-me novamente com Tereza. Substituímos a aventura aeronáutica de domingo por uma sessão de cinema. Fomos assistir ao filme *Psicose*, de Alfred Hitchcock e, quando houve a cena do chuveiro, em que o psicopata esfaqueia a protagonista tomando banho, Tereza, muito assustada, agarrou minha mão e eu não permiti que ela largasse mais.

Confiante, passei o braço esquerdo em torno de suas costas e, vez ou outra, roubava um beijinho até que consegui dar um beijo "para valer", consentido e partilhado, o que me deixou alvoroçado.

Num ato de impetuosidade, larguei sua mão delicadamente e coloquei a minha sobre o seu joelho, protegido pela meia de nylon. Daí fui deslizando-a sob seu vestido, bem devagarzinho, sentindo o calor progressivo na lateral do dedinho à medida que avançava.

— A cinta-liga é o limite máximo permitido! — disse, baixinho, e deu-me um beijinho na orelha que disparou meu coração.

— Que limite é esse? — sussurrei, aturdido.

— Limite imposto pelos "lanterninhas" — declarou, fingindo apreensão e apontando um deles, que passava no corredor lateral, iluminando o piso com uma lanterna e, vez ou outra, jogando o facho de luz para uma fileira aleatória de poltronas. — São verdadeiros censores do regime militar no escurinho do cinema, em defesa da moral e dos bons costumes sociais.

Depois de assistirmos ao filme, ela levou-me a um barzinho da moda. Não era muito longe e fomos caminhando de mãos dadas.

O local era frenético, com muitos jovens de ambos os sexos espalhados pela calçada, bebendo cerveja pelo gargalo das garrafas, batendo papo e gesticulando de forma espalhafatosa. Tereza segurou minha mão com força e se infiltrou na massa ébria, abrindo uma fresta por onde penetramos espremidos, até atingirmos o pórtico adornado do recinto elegante. Na parte interna, encontramos um clima bem diferente. Requintado e aconchegante, era embalado pelo fundo musical de bom gosto e pelo burburinho das múltiplas vozes dos frequentadores, distribuídos nas várias mesas espalhadas pelo ambiente. Escolhemos uma, num lugar mais discreto, e, quando a garçonete nos abordou, pedimos as tradicionais cubas-libres e uma porção de salgadinhos.

Deveras curioso, eu olhava discretamente para os lados, ansiando por me adaptar aos hábitos das pessoas com a minha idade; o que conversavam, o que comiam, o que bebiam, como se comportavam. No íntimo, eu desejava sair da esfera protetora em que me encontrava e me expor diante das pessoas, de uma vez por todas, sem medo de me contradizer ou agir de uma forma inadequada.

Quando eu "caí na real", o prejuízo já estava quase consolidado. Minha companheira dava sinais de que estava sentindo menosprezo de minha parte e refletia isso em sua fisionomia, de modo inequívoco. Correndo atrás do prejuízo, coloquei suas mãos entre as minhas e falei com a maior delicadeza possível: "Eu achei que você já havia me mostrado o lugar mais interessante de Rotunda quando fomos ao Quiosque do Magrão; mas confesso que me enganei. Este é mais cativante ainda".

— Não me diga que você é comunista! — perguntou, largando minha mão.

— Por que isso?

— É um bar da esquerda festiva! — explicou. — Olha lá a cabecinha ruiva da Sandra! Aqui, a maioria das pessoas discute política. Você vê alguém namorando?

— Ainda não! — respondi. — Mas espere para ver o que vai acontecer neste cantinho depois da segunda rodada! Aqui, o "lanterninha" não vai me intimidar!

— Tonto! — xingou e voltou a segurar minhas mãos. — Não tem "lanterninha", mas tem os infiltrados do "CCC".

— O que é isso?

— Não banque o desentendido — afirmou, simulando medo. — É o Comando de Caça aos Comunistas.

— O que fazem?

— Denunciam! — disse, baixinho. — Por isso que todos só murmuram. Os alienados, lá fora, não têm nada a esconder.

— Você está me assustando! — sussurrei. — Ai, que medo!

— Vamos mudar de assunto — propôs. — Você é muito fechadinho. Não vai me contar nada da sua história?

— Como o quê?

— Não sei, Arthur! — disse, externando impaciência. — O que se fala normalmente…

— Sei lá! Sei lá…

— Que há com você?

— Ando meio desligado — respondi, fixando longamente seus olhos verdes.

Ficamos, então, em silêncio, bebericando as nossas cubas-libres e trocando olhares por um bom tempo. *O que falta nesse olhar esverdeado maravilhoso?*, matutei. *Eu não deveria estar doidinho com a chance de namorar a garota mais desejada da cidade?*, segui matutando. *E a Eva? O que ela tem que essa criaturinha não mostrou até agora?*

— Você está pensando em disputar campeonatos com a equipe do Lacerda? — perguntou, mudando de assunto e tirando-me da comparação erótica.

— Não deveria?

— Muitas vezes as competições são demoradas... — comentou. — E ocorrem em regiões bem distantes.

— Ainda não tenho ninguém para deixar esperando! — falei, cabisbaixo, fazendo beicinho e fingindo tristeza.

— Não vai demorar muito tempo para ter! — pressagiou, olhando no meu rosto e apertando minhas mãos com força.

Mas não era mesmo ela que ficaria me esperando. Meu interesse por Tereza foi perdendo o vigor, à medida que os limites impostos pelos bons costumes sociais e a curiosidade sobre meu passado não davam sinais de esmorecerem.

9

Depois de treinar arduamente na pista escorregadiça do kartódromo de Rotunda, durante toda a manhã daquela sexta-feira chuvosa, recolhi meu kart ao box da equipe e fui até o terraço, para descansar um pouco e tomar um refresco. Encontrei o Matheus, sentado a uma das mesas, folheando com atenção as páginas de um dos jornais esportivos entregues semanalmente ao Lacerda, e fazendo anotações em um caderno. Assim que me viu, ao longe, levantou a mão e, com gestos entusiásticos, convidou-me a lhe fazer companhia.

— Olá, Matheus! — saudei-o, bisbilhoteiro. — O que você está lendo aí e tomando nota com tanto empenho?

— Está começando a temporada das maratonas de kart — informou, dispondo a caneta e o jornal em cima da mesa. — Certamente o Lacerda vai se interessar por alguma e estou analisando as mais interessantes. E então, cansou de derrapar na lama?

— Nada a ver! — expressei. — Eu até que gosto.

— E a paquera? — sondou-me, malicioso. — Tá de vento em popa e ancorou com a Tereza em alguma ilha paradisíaca do Lago Azul?

— Estou na calmaria do mar! — falei. — Foi só fogo de palha. Além do mais, estou quase sem tempo para namoricos. Iniciei um curso de aviação comercial no Aeroclube de Rotunda e as aulas teóricas são noturnas.

— Céus! — exclamou, admirado. — As garotas adoram os aviadores! Quando essa notícia se espalhar, vai começar a chover forte na sua horta!

— A chuva não vai me atrapalhar — comentei, sorridente. — Aluguei um apartamento em um prédio, na descida para o Lago Azul. Até o fim do mês deixo a pousada. Acontece que está difícil lidar com as garotas. Não consigo passar dos tais limites impostos pelos bons costumes sociais e fico, às vezes, bem "apertado".

— Sai dessa! — disse, sorridente. — Vou te levar a um lugar onde os "bons costumes" não são respeitados! E digo mais: hoje, sexta-feira, é o melhor dia para irmos. Não vai quase ninguém! Vai encarar?

— Claro! — expressei, levantando-me para voltar ao treinamento. — Já estou morrendo de curiosidade.

À noitinha, Matheus e eu deixamos a pousada e percorremos, com seu automóvel, o trajeto até uma comunidade com ruas de terra batida e sem calçamento, nas cercanias da cidade. Notei a luminosidade, fraca e amarelada, oriunda de luminárias antigas instaladas em postes de eucalipto, ao longo do caminho.

Em uma das ruas mais afastadas, o som discreto de música caipira quebrava o acentuado silêncio noturno, oriundo de uma das casinhas avarandadas, cujo interior desconhecido emanava um feixe de luz vermelha, através da porta entreaberta.

— Aquela ali é a casa da Veruska — murmurou Matheus, apontando o sobradinho. — A mais conhecida da zona. Que você acha?

— Não acho nada! — respondi, com o coração batucando forte no peito. — Hoje quem manda é você. Falou tá falado. Não tem discussão.

O primeiro sentimento que me causou a imagem da casinha foi de que o feixe de luz que fluía pela fresta da porta havia penetrado no meu cérebro inebriado, colorindo-o de vermelho sangue. Certamente havia despertado a chama que mantém vivos o desejo, a paixão e a excitação sexual, que há muito vagavam sem rumo, no caos que se transformou minha mente interrompida.

Veruska animava-se numa cadeira de balanço alojada na varanda e incitava-nos, gesticulando e sorrindo, a adentrar a sala encarnada. Foi o que fizemos. Eu observei algumas prostitutas de idades, formas e estilos diferentes sentadas, uma ao lado da outra, em cadeiras encostadas numa das paredes da sala. No lado oposto, acomodamo-nos a uma mesa redonda muito antiga, de frente para a fileira de prostitutas. Matheus tomou a dianteira e fez um sinal para a moça que cuidava dos comes e bebes; pediu cerveja e um prato de petiscos, que ela prontamente foi buscar na cozinha. Então, fez outro sinal e Veruska aproximou-se da mesa e foi logo dizendo com autoridade de cafetina:

— Quando vocês decidirem é só me avisar!

— Veruska! — expressou Matheus, simulando aborrecimento. — Você sabe que eu detesto variar e não estou vendo a Sheila no salão.

Veruska deu um passo atrás, para permitir que a garçonete acomodasse a bandeja carregada e colocasse as garrafas de cerveja, os copos e os pratinhos de petiscos na mesa; saindo depois, rebolando os quadris com exagero, de volta à cozinha.

— Logo mais ela aparece — esclareceu Veruska, retomando a conversa. — Subiu para se enfeitar, assim que viu você surgir na porta. Você sabe muito bem que ela é vaidosa, não é mesmo?

— Quem você sugere para o meu amigo? — perguntou, mais para me arreliar. — É marinheiro de primeira viagem!

— A moreninha com cara de índia, sentada no cantinho direito — sugeriu e piscou o olho, demonstrando segurança. — Seu nome é Iacy; não faz muito tempo que chegou e é muito próxima da Sheila.

— Arthur, o que você acha? — perguntou-me Matheus, insinuando, com os olhos, a sua aprovação.

— Parece uma ótima sugestão! — respondi, morrendo de vergonha.

— Quando a Sheila descer, mando as duas juntas para vocês — disse Veruska, e voltou para a sua cadeira de balanço.

Enquanto aguardávamos as moças, Matheus relatou-me que, vez ou outra, deixava a namorada no portão da casa dos pais e vinha ao puteiro da Veruska para descontrair. *Como é que eu vou saber se aprovo a sugestão*, pensei, indeciso, *se não me lembro de ter descontraído assim alguma vez na vida!*

— As garotas de família gostam de namorar, de passear e até permitem um amasso — continuou falando, disperso. — Mas "na hora do vamos ver", elas amarelam e não deixam que se passe do tal limite. Tempos difíceis!

O programa com a Iacy foi formidável. Logo que se sentou ao meu lado, foi atenta e carinhosa, bebeu com moderação e não deu nenhuma impressão de se tratar de uma prostituta. Fiquei entusiasmado quando ela me convidou para irmos ao seu quartinho, nos fundos da casa. Era minúsculo, e eu, muito envergonhado, sentei na beirada da cama, meti as duas mãos entre os joelhos e abaixei a cabeça. Ela logo percebeu meu desalento e tratou de facilitar o programa.

— Eu vou te dar um cigarrinho, meu bem — falou, pegando dois pacaus na gaveta da mesinha da cabeceira. — Nós vamos fazer isso bem gostosinho. Você vai ver!

Sem forçar a barra, tornou o encontro discreto, sensual e agradável. Nada contou de sua vida particular e não perguntou coisa nenhuma da minha. Depois de uma longa e agradável chuveirada compartilhada, voltamos para o salão a fim de nos encontrarmos com a Sheila e o Matheus.

Lá pelas tantas, quando fomos embora, eu estava um pouco bêbado e azoado por causa do cigarrinho de maconha, mas me sentia muito bem por saber que havia uma alternativa para os meus "apertos". Matheus, apesar de ter bebido bastante, estava "inteiro" para dirigir com tranquilidade de volta ao hotel.

Quando chegamos, o relógio de parede, acima da mesa da recepção onde Jorge estava de plantão, marcava duas horas da madrugada. Saudei-o de longe e ele retribuiu com um sorriso conivente.

A perua Kombi fretada já havia transportado meus pertences, inclusive os aeromodelos cuidadosamente embalados, então voltei para levar a moto e para dizer um tchau sereno e afetuoso ao enigmático casal de hospedeiros. Eva, com os olhos avermelhados lacrimejantes, deu-me um abraço apertado, beijos barulhentos e ofertou-me, maliciosa, o calendário triangular com um coraçãozinho desenhado em torno do sábado em que ocorreu nossa peripécia amorosa; Jorge, sempre protocolar, despediu-se discreta e cerimoniosamente.

Chispei para o meu apartamento, com o coração apertado e a mente abarrotada de esperança de que dias melhores estavam ao meu alcance, num horizonte próximo.

Acomodei tudo nos devidos lugares: roupas nos armários, toalhas e apetrechos de higiene pessoal no banheiro, aviõezinhos pendurados no teto ou sobre a mesinha do quarto de hóspedes, o calendário, o cinzeiro e um relógio maior, que comprei no bazar, enfeitando o aparador junto à porta de entrada.

No fim da tarde, senti a enlevação e a felicidade inéditas de desfrutar, sozinho, de uma cervejinha gelada e quitutes recém-adquiridos no mercadinho, confortavelmente acomodado em uma poltrona Berger, na sala de meu apartamento.

Cerrei os olhos e passei em revista os dias assombrosos e surpreendentes, vividos nos últimos cinco meses; celebrei o longo período sem as alucinações assustadoras, constatei a falta de interesse em desvendar o mistério de minha memória perdida e regozijei-me com a confiança para enfrentar o que desse e viesse a acontecer.

Não foi difícil eu me acostumar com a nova rotina, após a minha mudança. Durante o mês de setembro, a montagem dos aeromodelos motorizados tornou-se mais frequente e menos amadora. Poderia fazer a bagunça que fosse necessária sem receio de reprimendas. O teto do quarto de hóspedes foi recebendo os protótipos motorizados e o cheiro da acetona do combustível, que eu mesmo produzia, não incomodava mais ninguém.

Nos fins de semana, convidava uma das garotas da turma a me acompanhar ao parque, onde eu gostava de me distrair, pilotando os aviõezinhos que montava no apartamento. Gostava de me exibir, fazendo algumas manobras radicais, como looping ou voo invertido.

As competições de kart com a equipe do Lacerda estavam ocorrendo de forma cada vez mais frequente e eu já havia conseguido subir ao pódio algumas vezes, classificado em quarto, terceiro e até, uma vez, em segundo lugar, na corrida.

Nessa ocasião, o Lacerda inscreveu-me e também a outros três pilotos numa maratona nacional de kart, que se estenderia por mais de sessenta dias seguidos, numa cidade da região Nordeste chamada Piraquara, e partiríamos dentro de poucos dias.

As aulas teóricas de pilotagem do Aeroclube de Rotunda haviam chegado ao fim e fui obrigado a adiar o início das aulas práticas de voo com instrutor.

Fechei o apartamento, acomodei minhas coisas numa mala, coloquei a argolinha imantada em torno do dia 10, na cartela de setembro, e parti de moto até Piraquara, a seiscentos quilômetros de Rotunda.

10

Eu escolhi uma pousadinha familiar no centro histórico de Piraquara como minha morada transitória, durante o período das competições. Não era longe do kartódromo e era bem próxima do buchicho da cidade: a praça central, os barzinhos da moda e vários locais para uma refeição ligeira.

Nos primeiros dias, enquanto a equipe trabalhava na montagem dos karts de competição e punha em ordem o box designado à nossa equipe, eu vagava a pé pelas ruelas do centro, apreciando o calçamento de pedra irregular e o vai e vem dos telhados, cobertos de relva, dos casarios coloridos seculares, grudados uns aos outros. Entrava num barzinho, flertava com uma ou outra garota ao acaso e assistia aos amantes de aeromodelismo, praticando seu hobby favorito nos campinhos dos parques da cidade.

Véspera da primeira etapa de classificação da maratona, e a movimentação já era intensa nos bastidores do kartódromo. Os treinos livres tinham acabado de ser encerrados e os vinte e oito pilotos da categoria, inclusive eu, ocupavam-se em acompanhar as últimas checagens nos componentes dos respectivos karts. No fim da tarde desse agradável sábado ensolarado, saí para dar uma caminhada pelas imediações da praça principal, com o propósito de desanuviar meu cérebro e amenizar a tensão da estreia iminente.

E foi ouvindo o som estridente das portas metálicas dos estabelecimentos comerciais sendo baixadas, o ruído das buzinas dos automóveis, conduzidos por motoristas impacientes, e o vozerio animado de funcionários engravatados, deixando seus escritórios para se reunirem em happy hour, que ouvi, em contrapartida, a sonoridade singela de uma música "exalando" delicadeza e suavidade.

Esquadrinhei o local e fui caminhando, passo a passo, em direção ao ponto de origem do som harmonioso. Lá chegando, notei que uma jovem de cabelos negros bem curtos, de vinte e poucos anos, tocava violino, sentada em uma banqueta, no aninho da marquise de uma edificação localizada num dos cantos da praça. Os espectadores, mostrando atenção e regozijo, retribuíam, depositando notas e moedas no estojo do instrumento, aberto e disposto no piso, ao seu lado.

O som daquele violino encantou-me de tamanha maneira que não consegui me afastar do lugar. Eu já tinha depositado minha contribuição e continuava imóvel, encostado num pilar da marquise.

Quando a jovem finalizou a interpretação daquela partitura e procurava encaixá-la entre as outras que já havia tocado, desviou o olhar em minha direção, por entre os espectadores que, pouco a pouco, deixavam o local.

Seu olhar provocou-me sensações inéditas de tal intensidade que desatinei e quase perdi o equilíbrio, obrigando-me a abraçar, com o braço esquerdo, o pilar onde estava encostado. Por sua vez, a violinista sustentou o olhar por alguns segundos, sorriu brevemente e perguntou baixinho:

— Gosta de música erudita?

— Até este momento eu não havia notado o quanto me agrada! — respondi, sem conseguir tirar meus olhos dos seus. *Um olhar castanho cor de mel, intenso e penetrante, propagando meiguice e afetividade, como eu nunca havia imaginado*, pensei, aturdido. *Estranho e, ao mesmo tempo, íntimo.*

— Já nos conhecemos de algum lugar? — questionou, enquanto começava a guardar suas partituras numa pasta.

— Quem sabe numa outra encarnação! — brinquei, mantendo a postura. — Estou em Piraquara há poucos dias e ainda não deu tempo de conhecer alguém por aqui. Posso continuar ouvindo você tocar?

— Está na hora de parar — informou, lamentosa. — Amanhã eu retorno, no final da tarde. Qual é o seu nome?

— Arthur — respondi. — E o seu?

— Júlia.

A seguir, ela juntou o dinheiro ofertado, colocou tudo em uma bolsinha e acomodou lentamente o violino no estojo. Levantou-se, bateu com as mãos a saia rodada branca com bolinhas verdes, colocou as alças do estojo do violino nos ombros, sorriu de um jeito encantador e saiu caminhando devagar. *Até amanhã!*, transitou pelo meu cérebro a ideia de balbuciar essas palavras, mas logo desisti da atitude idiota! *Vou me aproximar e incentivá-la a conversar comigo*, segui pensando. *Porém, a tempo, abortei a iniciativa mais estúpida ainda.*

Instintivamente desejei adormecer, nesta noite, com a imagem do primeiro olhar e do sorriso discreto que ela dirigiu a mim. Deixei a praça e voltei caminhando sem pressa pelas ruas devolutas em direção à pousada, com meu estado emocional carregado de sentimentos discordes de encantamento e nostalgia.

Assim que fechei a porta do quarto, deitei na cama por algum tempo, vestido mesmo, com os braços cruzados atrás da nuca, olhos fixos no teto, sentindo a atividade cerebral em marcha lenta. Estava sendo subjugado pela ideia fixa de que o fortuito encontro musical pudesse ser o prenúncio da eclosão de algo primordial em minha vida.

Só então comecei a inquietar-me com as três baterias classificatórias do campeonato, no dia seguinte, no início da tarde. Pulei da cama, corri para o banheiro para tomar uma ducha fria e espantar os pensamentos fantasiosos.

Na primeira bateria, desfocado e ansioso, eu penei um desempenho medíocre. Apenas décimo oitavo lugar. O Lacerda me encontrou no box e indagou-me, surpreso: "Arthur, o que é que há? Alguma coisa te aflige?".

— Não se preocupe, Lacerda! — respondi, envergonhado. — Nas próximas baterias, eu dou o troco!

De fato, consegui a desejada recuperação, classificando-me em oitavo lugar na segunda e em sexto, na terceira. A equipe do Lacerda conseguiu colocar, no grid de largada da segunda fase da maratona, três karts: o meu, de raspão na última vaga disponível, o do Chico e o do Paulão. O kart do Rubens foi desclassificado.

Com a ideia fixa de voltar o mais rápido possível ao cantinho da praça em que a violinista havia se apresentado ontem, tomei banho no kartódromo mesmo, me vesti às pressas e, quando me preparava para sair, avistei o Lacerda conversando com alguns companheiros da equipe. Assim que me viu, fez um gesto enérgico com a mão, para que eu me aproximasse.

— Você fez milagres na última bateria — disse, animado. — Meus parabéns. Vamos fazer uma pequena comemoração, aqui mesmo, na lanchonete do kartódromo, e gostaria de ter você ao meu lado!

Eu me preparei para declinar o convite, pensando no desejo ardente de rever a Júlia, porém ele me deu um abraço tão forte e se expressou de uma maneira tão sincera e convincente, que não tive coragem de estragar sua festa.

— Então tá! — concordei, sentindo um aperto fundo no coração desapontado.

Todavia, assim que o rega-bofe amainou, dei um jeito de cair fora de mansinho, montei na minha moto e disparei em direção à pracinha. Estacionei a uma distância segura, de modo que o ruído do motor não atrapalhasse o som da audição.

No entanto, ao chegar ao local, a apresentação já havia terminado e o recinto encontrava-se desocupado. Eu retornava em direção à moto quando, pelo canto do olho, vislumbrei Júlia ao longe, de pé, ajeitando as alças do estojo do violino nos ombros, conversando animadamente com um indivíduo elegante, alto e forte. À primeira vista, com bastante intimidade.

Fui tomado pela decepção e pelo inédito sentimento de ciúmes. Quando eles se abraçaram e, em seguida, o sujeito lhe deu um beijo no rosto, o desespero tomou conta de minha alma entristecida. Fui para a pousada, ruminando suposições, cada uma mais absurda que a outra. *O que eu queria que houvesse acontecido?*, perguntei a mim mesmo. *Encontrá-la sozinha, com os olhos umedecidos e louca de saudade, me esperando sentada no banquinho, depois da audição? Estúpido! Calhorda!*

Passei uma noite desassossegada e, assim que amanheceu, fui direto para o kartódromo. Treinei vigorosamente o dia todo. Ao entardecer, fui para a pousada, tomei um banho demorado e carreguei meu cérebro com o firme propósito de não voltar à praça, esquecer a violinista e me dedicar plenamente ao trabalho que eu me propus a fazer para o Lacerda.

Saí de moto, procurando decidir se iria a um barzinho tomar uma cuba-libre ou a uma confeitaria, para comer alguma coisa salgada. Mas, por mais que me esforçasse, acabei parando a moto no mesmo lugar que eu havia estacionado ontem, nas proximidades da praça.

Assim que cheguei embaixo da marquise, meu coração quase explodiu de raiva de mim mesmo. Não é que a Júlia estava com o mesmo homem que eu havia visto com ela ontem! Eu estava dando as costas e já havia desistido de assistir à audição, condenando-me a passar uma temporada no inferno, quando ouvi uma vozinha radiante:

— Arthur, venha aqui!

— Olá, Júlia! — cumprimentei-a, ao me aproximar.

— Quero lhe apresentar um cara genial! — disse, sorrindo. — É o maestro da Kameratta, a escola de música onde eu estudo.

— A Júlia não consegue estudar música sem público — declarou o homem, estendendo a mão fina e delicada. — Mesmo que seja para se apresentar em praça pública. Meu nome é Thomas.

— Eu sou o Arthur — respondi, acanhado. — Não tenho sido um espectador privilegiado. Ainda não assisti a uma audição completa da Júlia.

— Na verdade, não nos conhecemos ainda — disse Júlia, virando-se para Thomas. — Mas senti uma interação harmônica tão nítida com ele, que deu a impressão de que tocávamos juntos!

— O que você estava interpretando na ocasião? — questionou Thomas, enrugando a testa.

— Uma das quatro estações de Vivaldi — informou Júlia, desprendendo as alças do violino dos ombros.

— Por certo, eu fiquei em imersão intensa — comentei, meio sem graça. — Tenho certeza de que permanecerei desanuviado.

Thomas sinalizou a sua satisfação em ouvir-me e aproximou-se de Júlia, segurando seus ombros. *Por que eu falei isso?*, pensei, envergonhado. *Estou ficando mentiroso? Eu não me lembro de ter ouvido música clássica alguma vez na vida*, segui pensando, mais envergonhado ainda. *Se eu fiquei imersivo, foi pela aparência de Júlia e pelos seus olhos sedutores! Ora bolas!*

— Apareça para assistir a uma apresentação da Kameratta — convidou-me Thomas, despedindo-se de Júlia com um beijo. — Amanhã à noite, no Teatro Municipal de Piraquara.

— Obrigado pelo convite — respondi, deferente.

Thomas começou a se afastar. De repente, interrompeu a caminhada e disse, virando-se para mim e piscando o olho:

— Aproveite a oportunidade porque, depois das apresentações formais, a Júlia se ausenta dos ensaios públicos por alguns dias, para estudarmos a renovação do repertório.

— Obrigado pela dica — respondi, de olho na Júlia.

— Muito bem! — expressou Júlia, enquanto esticava o pescoço, observando os espectadores ocuparem o espaço público. — Vou sentar no meu banquinho!

— E eu vou encostar-me no "meu" pilar!

Em seguida, ela sentou-se no banco, ajustou o cavalete telescópico na altura apropriada e arranjou as partituras no suporte vertical. Depôs o estojo no chão, retirou o violino e o deixou aberto ao seu lado, para receber as contribuições dos espectadores. Respirou fundo, invocando a imprescindível brandura e, delicadamente, iniciou o ensaio, interpretando uma peça de Mozart.

O público foi se aconchegando e as partituras foram sucedendo-se numa atmosfera de fascínio e magia. A cada troca de partitura, um olhar e um sorriso me eram sutilmente direcionados e comecei a me sentir enfeitiçado pelo irresistível poder de sedução que Júlia mostrou possuir.

Quando terminou a apresentação, fiquei paralisado e sem saber o que fazer ou dizer. Os espectadores haviam se dissipado e eu, a duras penas, me aproximei e perguntei, meio que gaguejando:

— Posso acompanhá-la até sua casa?

— Moro perto — comunicou-me, baixinho. — Por que não tomamos um sorvete? Estou morrendo de calor. Você gosta?

— Tanto quanto de música erudita — respondi, aliviado e satisfeito.

Eu nem mencionei que minha moto estava estacionada ao lado da marquise. Caminhamos devagarinho até uma das ruas detrás da praça onde um luminoso extravagante, mostrando uma bola de sorvete vermelho, enterrada numa casquinha de aspecto crocante, convidava os transeuntes a conhecerem as delícias da casa.

Sentamo-nos nas cadeiras confortáveis de couro marrom de uma das mesas e Júlia acomodou seu violino no canto da parede. Ela pediu um sundae de morango, cobertura de marshmallow e biscoito champanhe espetado entre as bolas, como na tentadora fotografia da parede sobre o balcão. Eu, depois de consultar o cardápio por um tempão, sorrindo e trocando uma ou outra ideia com ela, pedi a mesma coisa, só que de chocolate.

Conversamos por mais de uma hora, ambos evitando assuntos pessoais e, muito menos, familiares. Quando comentei o meu entusiasmo por estar participando de um campeonato de corridas de kart, na cidade, ela perguntou, admirada:

— Quer dizer que estou diante de uma celebridade?

— Você está tomando sorvete com um estreante — asseverei, irônico. — É meu primeiro campeonato. E com um carro que foi construído para crianças!

— Você já ganhou alguma corrida? — indagou, contendo a gargalhada.

— Pretendo ganhar, na próxima etapa, domingo que vem — profetizei, tocando minha mão, de leve, na mão dela. — Mas vou precisar de torcida para valer!

Ao final do encontro, ela permitiu que eu a acompanhasse até o portão de seu prédio e aceitou o beijo de despedida que lhe dei no rosto; mas quando olhei na direção de seus lábios ela se desvencilhou, dirigiu-me novamente aquele olhar enfeitiçado e, antes de entrar, murmurou docemente:

— Amanhã a audição no teatro começa às vinte horas e o quarteto de violinos se apresenta no lado esquerdo do palco! Tchau, campeão!

— Tchau! — expressei, abobalhado, me afastei um pouco e parei para assistir seus últimos passos em direção à porta de entrada social do prédio.

Voltei caminhando para o lugar onde eu havia estacionado a moto, flanando nas nuvens imaginárias. Não conseguia esquecer a expressão do rosto da Júlia, intercalando a visão da partitura e o olhar penetrante em minha direção. *O que está acontecendo comigo?*, matutei. *Estou apaixonado por essa garota?*, segui matutando. *Por que não consigo tirar os olhos dela? E esse buraco no peito? Fiquei com ciúme do maestro? Mesmo sem conhecer nenhum dos dois?*

Esse estado de leveza me proporcionou uma noite de sono tão tranquilo e profundo que não trago na memória alguma lembrança de haver experimentado tanta paz de espírito noturna.

O dia seguinte se desenvolveu numa marcha lenta tão acentuada que me deu a impressão de ter transcorrido uma semana (e não um só dia) até que eu, finalmente, chegasse às proximidades do Teatro Municipal de Piraquara.

Cheguei no momento em que as portas foram abertas e o público começava a adentrar a plateia. A cortina estava fechada, todavia eu me lembrei da dica que Júlia deu-me no portão do prédio e escolhi um lugar no lado esquerdo, bem perto de onde deveria se posicionar, no palco, o quarteto de violinos.

Após alguns avisos sonoros, o cortinado foi deslizando e os músicos adentraram o palco e se posicionaram ao lado dos respectivos instrumentos.

Ao assumir o lugar que lhe foi atribuído, Júlia olhou diretamente em minha direção, sorrindo de modo discreto, como se já soubesse onde eu estaria sentado. *Será que ela espiou pelos espaços entre as cortinas e comentou com as colegas músicas, aos risinhos, o encontro inesperado de seu príncipe encantado?*, conjecturei. *Ai, meu Deus, aguenta coração!*

Por fim, entrou o maestro Thomas que, após o protocolar cumprimento ao primeiro violinista, ocupou seu lugar na regência. A iluminação do teatro foi diminuindo de intensidade e a audição teve seu início. As sinfonias foram sucedendo-se, envolvendo a plateia num clima de silenciosa expectativa e, em especial, me abarcando num tal estado de inspiração que me proporcionou uma sensação de amor intenso e profundo.

Ao término da apresentação, não consegui acompanhá-la até seu apartamento, uma vez que estava cercada pelos convidados e pelos demais músicos da orquestra; todos numa farra eufórica e comemorativa. Thomas a abraçou e a beijou várias vezes, e isso despertou em mim, outra vez, a sensação inusitada do ciúme.

Eu já estava no hall de entrada do teatro para deixar o ambiente festivo, quando uma jovem se aproximou, falando:

— É a primeira vez na vida que me encontro diante de um piloto apaixonado por música erudita!

Assustado, reconheci que se tratava de Tereza, a amiga elegante de Matheus, com quem eu havia saído algumas vezes em Rotunda. Trocamos abraços e beijos e perguntei curioso:

— O que você está fazendo, tão longe de casa?

— Se Maomé não vai à montanha, a montanha vai a Maomé — declarou, sorridente.

— Por que a parábola?

— Não foi o que eu prognostiquei um dia? — afirmou, zombeteira. — Que essas corridas distantes promovidas pelo Lacerda fariam você deixar alguém te esperando em Rotunda?

— Não me diga que você veio até aqui por minha causa? — indaguei, contraindo o rosto, demonstrando surpresa.

— Brincadeira! — revidou, em tom de deboche. — Não vim pegar no seu pé. O Paulão e eu estamos namorando. Ele também é piloto do Lacerda. Está na cidade para fazer você respirar poeira na pista!

— Eu conheço o Paulão — afirmei, olhando nos seus olhos e colocando a mão direita no seu ombro. Mas não o encontrei na plateia.

— Ele não gosta de música clássica — afirmou, contraindo o rosto, denotando contrariedade. — Preferiu ficar jogando sinuca, na pousada.

— Não me diga que vocês estão hospedados juntos? — questionei, carregado de malícia. — E os limites impostos pela cinta-liga e pelos "lanterninhas?"

— Perderam a validade, Arthur! — afirmou e completou. — Os tempos mudaram!

A iluminação do teatro começou a ser desligada e despedimo-nos com um beijo. Notei, de esguelha, que Júlia estava olhando fixamente em nossa direção, sem o característico sorriso benevolente. *Vingança intencional pelos beijos permitidos ao maestro Thomas*, pensei, maldoso. *E na torcida para que Júlia estivesse se incomodando.*

Durante o retorno noturno em direção à pousada, eu ria à toa, montado na moto, como uma criança que havia praticado uma travessura bem planejada. *Não há dúvida de que a Júlia ficou com ciúme de mim com a Tereza*, refleti. *Ai meu Deus! Isso tudo está acontecendo comigo?*

Thomas havia comentado que, após as apresentações formais da Kameratta, os músicos se ocupam, em ensaios coletivos, com o repertório do próximo concerto; por esse motivo, Júlia se ausenta por alguns dias das apresentações na praça. Assim, só nos encontramos novamente no domingo da competição, quando ela chegou, em cima da hora, no início da terceira bateria.

Eu estava na formação dos pilotos, ao longo da pista, e todos os karts já estavam alinhados nas posições de largada, quando a vi na arquibancada. *Não acredito nos meus olhos!*, constatei raivoso. *Ela veio com o Thomas!*

Então, quando foi acionada a sirene de largada, eu disparei, soltando mais faíscas que o kart. Larguei no meio do pelotão, mas, com o sangue fervente nas veias, fui ultrapassando um a um, até permanecer na quarta posição, logo atrás do Paulão.

Iniciamos um emocionante pega doméstico, tocando rodas várias vezes nas curvas até que, na última volta, cruzei a linha de chegada com apenas meio carro na frente dele. Conquistei o terceiro lugar na bateria e, também, a última vaga dentre os doze concorrentes na disputa final da maratona.

Tomei um banho ligeiro, vesti uma roupa de domingo e fui até o terraço para encontrar-me com os animados torcedores e, principalmente, com a Júlia. Todos estavam acomodados, em torno de uma mesa grande, cheia de petiscos e garrafas de cerveja.

Lacerda, ainda de pé ao lado da Júlia, estava radiante, como jamais o vira antes, e dominava o ambiente festivo. Quando me viu, declarou solenemente, com o braço no ombro da Júlia:

— O piloto azarão dominou o espetáculo. Não sei se foi o rendimento do carro ou a torcida desta morena aqui, que não tirou os olhos dele!

— Haja torcida, hein! — respondi por responder.

Após receber o elogio efusivo de Matheus, que veio de Rotunda para acompanhar a corrida, foi a vez das congratulações dos outros convidados e do beijo barulhento de Tereza — evidentemente para causar um rebuliço na cabeça da Júlia. O Chico e o Paulão, pilotos desclassificados na prova, reconheceram discretamente o mérito da minha classificação para a final.

Por fim, consegui ficar a sós com a Júlia. Encostamo-nos à grade frontal do terraço e, contemplando o finalzinho do pôr do sol por trás da pista deserta, segurei sua mão, olhei nos seus olhos e fui direto ao assunto que estava provocando-me um nó asfixiante na garganta.

— Júlia! — desabafei, afetado pela grande quantidade de adrenalina que ainda percorria a minha corrente sanguínea. — Sei muito bem que nos conhecemos há pouco tempo, mas você me mata de ciúmes quando está com o Thomas!

— Ainda não te cumprimentei pela grande conquista! — anunciou, colocando as mãos nos quadris. — Mas parece que o seu cérebro é bem mais lento que o motor de seu kart. Ainda não notou que o Thomas não gosta de garotas?

— Dirigi com sangue nos olhos! — disfarcei, observando o maestro, ao longe, exorbitando os gestos delicados com as mãos. — O ciúme é um sentimento insensato e, às vezes, nos torna cegos e destemidos!

— E imprudentes! — expressou. — A amiguinha que você encontrou agora há pouco é a mesma que você encontrou no hall do teatro?

— Sim! — confirmei, lembrando que, no teatro, ela estava de arrasar! — É a Tereza, namoradinha do Paulão. Não me diga que você ficou com ciúmes!

— Nem um pouco! — avaliou, voltando a apresentar aquele sorriso envolvente. — Só que me deu um pouquinho de vontade de quebrar o violino na cabeça dela.

— Hoje posso levá-la para casa? — supliquei, com as palmas das mãos juntas, simulando uma prece.

— Gostaria muito que você me acompanhasse até o portão do prédio onde eu moro! — frisou, olhando-me nos olhos.

— Desconfio que entendi, mais ou menos, o que você insinuou — falei, cofiando o queixo com a mão direita e exibindo um sorriso maroto.

— Só que estou com um pouquinho de fome.

— Que tal uma passadinha pela pizzaria?

— Pode ser! — reagiu, pensativa. — Mas nada de pizzas complicadas. Eu gosto da napolitana bem queimadinha e com bastante tomate.

— Você se incomoda se formos de moto? — perguntei, observando seu vestido rodado.

— Eu nunca me sentei numa moto — revelou. — Acho que tenho medo!

Dirigi com todo cuidado, adorando seus braços quentinhos em torno da minha barriga, como se estivesse conduzindo uma princesa no banco de uma carruagem. Ao chegarmos à pizzaria, simples, mas acolhedora, sentamo-nos à mesa e, compartilhando olhares enamorados, pedimos uma pizza napolitana de quatro pedaços, bem queimadinha, com bastante tomate; e duas taças de vinho branco da casa.

— Júlia — falei, pisando em ovos. — É a primeira vez que me sinto enciumado. Ainda não havia sido tocado pelo amor, à primeira vista, até encontrá-la na praça.

— Nossa! — expressou. — É uma declaração de amor?

— Sem dúvida! — respondi, tentando expandir em um grau a nossa intimidade. — Você já se sentiu assim?

— Não é cedo demais para trocarmos confidências pessoais? — replicou, suspirando e desviando o olhar para sua taça.

— Perdão! — expressei, sentindo-me inoportuno. — Não estou conseguindo controlar minha ansiedade.

Nesse instante, como um anjo caído do céu para amenizar minha situação embaraçosa, o garçom surgiu, fazendo brincadeiras e gestos performáticos.

— Pizza napolitana para o casal enamorado! — anunciou, colocou a forma de ferro fundido no apoio da mesa e abriu a tampa, proporcionando deliciosos vapores aromáticos.

— Arthur! — expressou, escolhendo um pedaço de pizza. — Por que a ansiedade, meu amor? Acabamos de nos conhecer!

— O mundo está girando rápido demais para mim — respondi, servindo o pedaço escolhido no seu prato. — Não consigo tirar da cabeça que já nos conhecíamos há muito tempo.

— Menos de dez dias — disse, contemporizando os ânimos. — Dez dias! Arthur, você está me deixando nervosa.

— Então tá!

— Não vamos brindar à sua classificação? — convidou, levantando a taça de vinho.

— Chega de brindes pela corrida — respondi, brincalhão. — Vamos brindar ao meu amor incondicional por você!

— Exagerado!

No restante da estada na pizzaria, trocamos olhares cúmplices o tempo todo e, sempre de mãos dadas, trocamos amenidades ou usamos a sabedoria do silêncio por algum tempo, até que chegou a hora de irmos embora.

Na porta do seu prédio, despedimo-nos com um abraço apertado e um beijo molhado, sem dizer palavra alguma, ficando subentendido que minha pretensão de encontrá-la na noite seguinte não necessitava de acordo prévio.

Com o sentimento de quem havia perdido uma grande oportunidade de ficar quieto, arrependido de ter desarmonizado um momento prazeroso na pizzaria, prometi a mim mesmo que deixaria fluir livremente o caminho que nos foi designado trilhar, e que não faria mais perguntas cretinas.

11

Segunda-feira cheguei bem cedinho ao kartódromo. Iniciaria um novo ciclo de treinamento solo, visando a prova final da maratona, no domingo. Eu já havia vestido o macacão e colocava as sapatilhas quando Lacerda entrou, de supetão, me abraçou afetuosamente e me lascou um beijo na bochecha.

— Vamos partir agora para Rotunda — falou, esbaforido. — O Matheus, os demais pilotos da equipe e eu retornaremos no sábado para assistir à sua última sessão de treinos e, evidentemente, para torcer pela vitória no domingo.

— Você não está querendo demais do azarão? — reagi. — Afinal de contas, o gaúcho e os dois mineiros não deixaram ninguém subir, até agora, no lugar mais alto do pódio.

— Arthur, você se expressou muito bem — admitiu. — Até agora! Quando eu te convidei para vir a Piraquara, foi para que você começasse a se habituar com o ambiente caótico das competições. Eu não esperava que você passasse da primeira etapa. No entanto, você se sustentou bem no meio do pelotão e se deu melhor do que três dos mais experientes pilotos da equipe.

— Foi muita sorte! — sentenciei, vestindo o gorro de proteção e alcançando o capacete.

— Apenas sorte não vence corridas — afirmou, forçando um abraço. — Você correu uma barbaridade na última bateria. Bons treinos e até o nosso retorno!

— Vou dar o melhor de mim! — prometi, retribuindo o abraço. — Boa viagem a todos.

Eu tinha pela frente uma semana das mais relevantes, antes de enfrentar o estresse da disputa final da maratona. O Emerson, com a equipe técnica, ficou em Piraquara para acompanhar os treinos na pista, assim como o condicionamento físico na academia.

Todos os dias da semana decisória, eu ia direto à pousada, depois do treino, tomava uma ducha refrescante e me aboletava no cantinho da praça, me inebriando com a música antiestresse e acompanhando o toque sensível de Júlia, ao violino.

Depois das audições, eu colocava as alças do estojo do violino da Júlia em meus ombros e caminhávamos, de mãos dadas e sem destino, pelas cercanias da praça, até decidirmos por um café, um sorvete ou uma balada discreta em um barzinho acolhedor.

Numa das noites, decidimos ir ao "Carinhoso", tradicional casa noturna da cidade, afamada pelo bom gosto da seleção musical. Chegamos às onze da noite e não pretendíamos ficar por muito tempo, visto que os treinos da manhã começavam bem cedo.

Escolhi uma mesa num cantinho discreto, sentamo-nos confortavelmente e, quando o garçom chegou, pedimos as tradicionais cubas-libres e um prato de salgadinhos. Realmente, o ambiente era para lá de agradável. Nas poucas mesas ocupadas, casais conversavam baixinho e, vez ou outra, saíam para dançar na pista central de vidro. *Ai, meu Deus!*, constatei, sobressaltado. *Eu não tenho a menor ideia de como se dança!*

Não deu tempo de molhar o bico com a cuba-libre quando ocorreu o que eu mais temia. Ao repercutirem os acordes iniciais da música "Hey Jude", dos Beatles, Júlia levantou-se, segurou minhas mãos e puxou-me em direção ao meio do salão, sussurrando e gracejando:

— Vamos dançar. Adoro esta música!

— Não é minha praia — respondi, envergonhado.

— Vamos! — ordenou com autoridade. — É apenas um abraço musical.

E foi mesmo. Não demorou quase nada para que eu abraçasse o seu corpo pela cintura e ela colocasse delicadamente as duas mãos em torno do meu pescoço. Os primeiros beijos foram roubados, no cantinho de sua boca, até que os beijos longos e compartilhados acontecessem, deixando-me todo arrepiado e com o corpo formigando.

— Júlia! — murmurei ao seu ouvido. — Estou irremediavelmente apaixonado por você.

— Que bom ouvir isso! — celebrou, virando o rosto e olhando nos meus olhos. — Será que somos almas gêmeas? Não parei de pensar em você desde o dia em que te espiei, pela primeira vez, encostado no pilar, lá na praça.

Voltamos para a nossa mesa, aos nossos drinques, e trocamos juras de amor até que as atitudes dos garçons começaram a insinuar que a noitada estava por terminar.

— Depois que terminar a maratona, eu gostaria que você conhecesse o meu hobby — falei, segurando suas mãos com ternura.

— Que hobby é esse que você está me escondendo? — perguntou. — Pensei que fossem as corridas de kart!

— Pilotar karts é meu trabalho remunerado — expliquei, raspando a testa com o dedo indicador da mão direita. — Meu hobby, mesmo, é fazer voar miniaturas de aviões.

— Querido! — expressou, admirada. — Quero conhecer isso.

— Não só conhecer — afirmei, empolgando-me. — Você vai desempenhar uma função importantíssima. Aeromodelismo não é um hobby solitário.

— Por falar em solidão, você percebeu que estamos sozinhos no bar? — indagou, olhando ao redor. — Você prefere sair agora mesmo ou aguardar a nossa expulsão iminente?

— É pra já! — expressei, levantando-me. — Vou te levar até o portão do prédio onde você mora, me despedir com um beijo bem gostoso e iniciar a minha concentração total para a corrida de domingo.

No treino da manhã no kartódromo, a ressaca da noite anterior foi compensada pelo entusiasmo da paixão compartilhada com a Júlia. A equipe técnica considerou excelente meu desempenho na pista. Passei a tarde toda na academia com o Emerson, forçando a barra com os alongamentos tediosos e doloridos.

Ao cair da tarde, compensei o esforço diurno com uma sessão de músicas eruditas da melhor qualidade. E, assim, de uma maneira metódica, eu conduzi minha jornada cotidiana até o domingo caótico da disputa final da maratona.

O clima de competição, até há pouco restrito aos limites do kartódromo, espalhou-se por toda a cidade; e os espectadores, incentivados pelo domingo ensolarado, tomaram quase todo o espaço acessível em redor do kartódromo.

Eu fiquei o tempo inteiro dentro dos boxes ou na oficina do Lacerda, que chegou acompanhado do Matheus e de vários pilotos da sua equipe. Ele ficou riscando o quadro com o mapa do circuito, de marcador vermelho, apontando os trechos mais importantes e os cuidados a serem tomados. Papeamos até que um sinal sonoro indicou que os carros já estavam alinhados no grid de largada e todos os pilotos deveriam assumir seus respectivos lugares. O meu kart estava na quarta fila à esquerda da pista, correspondente à sétima posição de largada.

Em breves minutos, os doze pilotos classificados estavam em seus karts, aguardando a sirene que autoriza a largada; o que acabou acontecendo, provocando a aceleração conjunta das doze máquinas, num happening empolgante de rugido, fumaça e chispa.

Cruzei a penúltima volta em quarto lugar, o que me deixou bastante entusiasmado. E foi nesse momento que meu corpo e minha alma sublimaram e voltaram a lançar-me num estado de alucinação exorbitante, em que a única percepção identificável era a movimentação frenética do panorama externo, incidindo sobre o visor do meu capacete. De súbito, a pista ficou cada vez mais umedecida e o vapor expelido formou uma névoa fantástica, de onde surgiu a imagem incorpórea e desproporcionalmente grande de um homem, mexendo a bocarra, dizendo com a voz metálica dissonante: "Você vai acabar se matando [...] vou travar o acelerador dos jipes...". Eu já não sentia o ronco do motor, nem as marchas sendo trocadas manualmente, nem o sacolejar do corpo nas curvas; apenas um ruído irreal, uníssono e constante. Abruptamente, a imagem ilusionista desapareceu, a pista secou e o ressoar estrondoso dos motores e da multidão explodiu nos meus ouvidos, retirou-me do estado imersivo e me colocou à tona, onde, com o coração a mil, eu percebi que estava na terceira posição.

"Com a faca entre os dentes", morrendo de raiva pela aparição da imagem fantástica indecifrável, voei em direção aos dois mineiros que se encontravam na minha frente, não muito longe. Tanto e tantas vezes pressionei, ora de um lado, ora do outro, que os dois se confundiram, se tocaram fortemente numa das curvas e eu aproveitei a chance para ultrapassar os dois de uma só vez. *Vai começar tudo de novo?*, lamentava sem parar. *Outra vez?*

Quando passei pela última vez em frente ao terraço, na última volta da corrida, vislumbrei Júlia, pelo rabo do olho, dançando e pulando de alegria. Lamentei não ter condições de dar a ela uma vitória categórica, visto que o gaúcho, à minha frente, levava uma vantagem impossível de ser zerada em uma única volta.

Qual o quê! Não é que, na derradeira curva do circuito, antes da reta dos boxes, eu observei aquela fumacinha milagrosa saindo do motor do seu kart, reparei seu desempenho indo para o espaço e, aos berros, cruzei a linha de chegada! Ainda acompanhei os mineiros, pelos retrovisores, conquistarem o segundo e o terceiro lugares, deixando o gaúcho enjoado, respirando poeira, lá para trás.

— Júlia, Júlia! — berrava, mas não escutava minha voz. — É um presente para você, meu amor!

A confusão é total no terraço do kartódromo. Todos os pilotos da maratona, inclusive os dois mineiros e o gaúcho, que foi ultrapassado na última curva da corrida, fizeram uma festa enorme para mim. A Júlia, sempre ao meu lado, chorava de alegria; e o Lacerda, em estado de êxtase, cumprimentava todos os convidados, gritando sem parar:

— Eu não acredito! Eu não acredito!

Mas, por fim, os ânimos foram perdendo a exaltação. Eu aproveitei a chance. Agarrei a mão da Júlia e falei baixinho ao seu ouvido:

— Vamos cair fora de mansinho!

— Por quê?

— Você gosta de papo furado de bebuns?

— Claro que não!

— Então eu vou primeiro e te encontro no estacionamento.

— Então vai!

Júlia chegou à garagem e, ao me encontrar perto da moto, declarou, entre gargalhadas:

— Deixamos no terraço um grupo de animados marmanjos embriagados, procurando por você!

— Ninguém deve ter notado! — ponderei, abraçando-a.

— Claro que não! — concordou. — Nossa fuga foi cinematográfica.

— Nem sei o que dizer — falei, ajeitando a moto. — Foi muito azar do gaúcho!

— Sorte de novato?

— Posso te confessar uma coisa? — falei, colocando a mão direita no peito. — A corrida, minha sorte na última volta, a taça, a festa e tudo o mais foi muito emocionante, mas não deixou aquele desejo de "quero mais!"

— Ah! — expressou, surpresa. — Pelo seu jeito de falar, você ainda não encontrou o que lhe dá prazer na vida.

— Quero ter sorte no amor que estou sentindo por você — confessei, ligando o motor da moto. — Nada mais!

Circulamos pelas ruas vazias da madrugada em Piraquara e, quando chegamos à frente de seu prédio, falei, de supetão: "O Lacerda me deu quinze dias de bônus pela vitória. Estou de férias. Quero ficar grudadinho em você".

— Eu faço o sacrifício — respondeu Júlia, com o melhor de seus sorrisos. — Conte comigo!

12

Pela manhã, o circo foi desativado.

Lacerda e toda a equipe retornaram para Rotunda, de ônibus. Os karts e a parafernália dos boxes foram transportados, de volta, em caminhões.

A partir de então, Júlia e eu fomos nos tornando cada vez mais unidos. Eu gostava de assistir a todos os seus ensaios públicos e ela não perdia nenhuma sessão de aeromodelismo no campinho. Passei a conhecer muitos musicistas da Kameratta e a participar de vários eventos desse pessoal: encontros musicais, festas de aniversários, jantares; assim, fui me aproximando, cada vez mais, do cotidiano da Júlia e, evidentemente, esvaiu-se o ciúme estúpido, provocado pela presença do Thomas.

Alguns dias antes do término de minhas férias de quinze dias, Júlia e eu passeávamos no parque, depois de um agradável almoço no kartódromo; e eu, brincando, procurava convencer Júlia a me deixar conhecer o seu apartamento.

— Júlia! — declarei, com a voz suplicante. — Você já imaginou a gostosura que seria um soninho ao entardecer, só nós dois, no aconchego romântico do seu apartamento?

— Só se você relaxar no quartinho de hóspedes — condicionou, sem esconder sua iminente aprovação. — Estamos combinados?

— Perfeitamente! — concordei, titubeante. — Você vai ter a companhia de um gentil cavalheiro. Sem segundas intenções!

Assim que chegamos ao edifício, Júlia chamou o zelador pelo interfone da portaria e solicitou que ele abrisse o portão da área de estacionamento. Eu adentrei de moto e estacionei no lugar indicado por ele.

— Severino, gostaria que você conhecesse o Arthur — sorriu e completou: — É o meu namorado! Quando ele vier sozinho, pode deixá-lo usar minha vaga no estacionamento.

— Boa tarde, Arthur — disse o zelador, estendendo a mão. — É um prazer conhecê-lo. Sinta-se à vontade!

— Obrigado — agradeci, pensando na referência de namorado que a Júlia mencionou.

O vestíbulo do prédio era pequeno, muito aconchegante e decorado com esmero. Abri a porta do elevador, Júlia entrou e apertou o botão do quarto andar. Assim que a porta se fechou, eu a abracei com força e beijei seus lábios com incontida paixão.

— Quer dizer que eu sou seu namorado?! — indaguei. — Depois não vai me dizer que sou eu o apressadinho.

— Você acha que trago qualquer um para minha casa? — sussurrou, pegando a chave do apartamento na bolsa. — Tem que ser marido, noivo ou, no mínimo, namorado firme!

Assim que Júlia abriu a porta do apartamento, mostrando a sala de visitas, arranjada com muito bom gosto, experimentei um princípio de tontura, a visão duplicou e os objetos vislumbrados fizeram uma pequena movimentação. Felizmente, os sintomas, assim como vieram, esvaíram-se rapidamente, antes mesmo de a Júlia fechar a porta. *Só me faltava ter um chilique*, pensei. *Bem na hora de entrar pela primeira vez no seu apartamento!*

Estabilizei o meu olhar e me surpreendi como, num espaço tão pequeno, Júlia conseguiu desenvolver tanta harmonia. As cores e a estampa das cortinas combinavam com as do conjunto de sofá e poltrona; a mesinha central de madeira escura, em conformidade com o tapete bege; o rack, encostado na parede, com uma televisão pequenina; a prateleira, também de madeira escura, com alguns livros alinhados, um relógio de mesa antigo do tipo "Chapéu de Napoleão" e o porta-retratos com a fotografia da Júlia, ao violino. *Júlia de cabelos compridos!*, observei. *Como é linda!*

Em seguida, Júlia mostrou-me o quartinho de hóspedes, onde se encontrava o seu cavalete para as partituras, o suporte para o violino, um sofá sem encosto e uma mesa retangular. De seu quarto, assim que ela abriu a porta, exalou uma mistura de seu perfume marcante, que eu já conhecia e adorava, com o aroma de jasmim proveniente de um incensário sobre o criado-mudo de sua caminha de solteiro. Havia, ainda, um armário para roupas e uma cômoda com quatro gavetões.

Essa visão produziu no meu corpo um carregamento de hormônios tão intenso, que me fez duvidar se eu cumpriria meu propósito de vestir o figurino do gentil cavalheiro, sem segundas intenções. Eu estava em estado de graça. Por outro lado, quando me virei na direção da Júlia, notei que era nítido que ela dissimulava a sensação de calor que lhe subira à face.

Depois de acompanhar a "vistoria" do banheirinho e da cozinha, Júlia se aproximou da janela da sala, abriu as duas folhas venezianas e convidou-me a apreciar a paisagem. Eu me aproximei dela por trás, passei os dois braços em torno de sua cintura, colei minha face à sua e apoiei o queixo no seu ombro, no lugar onde fica apoiada a ombreira do violino.

— Caramba! — expressei, deslumbrado. — Quem imaginaria que, nos fundos de seu prédio, existisse uma floresta? E, ainda, com um ribeirão de águas cristalinas correndo ao lado?

— Você está vendo aquele pedaço de tronco de árvore, pertinho da pitangueira? — indagou, apontando o braço em direção à mata. — Eu me sento lá e toco para os pássaros!

— Pássaros felizes! — expressei, beijando o seu cabelo.

— Venha se sentar, campeão — convidou, afastando-se da janela e apontando a mão para a poltrona. — Gostou do meu refúgio?

— A primeira impressão que tive foi a de que eu já conhecia esse lugar — falei, ignorando sua indicação e sentando-me no canto do sofá.

— Querido! — disse, sentando-se na outra ponta. — Não tenho nenhuma bebida alcoólica. — Você toma um refrigerante?

— Que tal você preparar um chá bem gostoso — respondi, com o olhar fixo na prateleira.

— Você gostou do meu cabelo comprido? — perguntou, ao perceber que eu havia notado a sua fotografia no porta-retratos. — Estou pensando em deixá-lo crescer novamente!

— Não consigo imaginar você com o cabelo comprido — retruquei desconfiado. — Não vai penetrar entre as cordas do instrumento?

— Essa foto foi tirada antes da minha estreia na Kameratta — disse, nostálgica. — Logo depois, resolvi mudar o visual. E não foi por causa do violino.

— Então não faz tanto tempo assim! — interpelei, perscrutando.

— Não! — respondeu, com a intenção manifesta de mudar de assunto.

Levantou-se e foi para a cozinha. Mas eu havia deixado de prestar atenção na conversa e meus olhos estavam fixos na fotografia. Levantei-me do sofá e me encaminhei, passo a passo, até as proximidades da prateleira, sem tirar o foco da imagem. Peguei o porta-retratos, com as duas mãos, posicionei-o de frente para o rosto e passei a examiná-lo nos mínimos detalhes.

De repente, a imagem ficou trêmula e embaçada, pequenas chamas fantásticas chamuscavam os cabelos negros que foram extinguindo-se, lentamente, de baixo para cima. Meu coração disparou, obstruiu-me o gorgomilo, impedindo a passagem do ar pela minha garganta, e a tontura atingiu-me com tanto rigor que mal deu tempo para entrar no banheiro e fechar a porta. A bacia sanitária, a pia e o espelho começaram a rodar, cada vez mais rápido. O zumbido nos ouvidos foi aumentando de intensidade, à medida que a rotação acelerava. Eu me encontrei no centro de um ciclone, pressionado contra a porta, pela força de um rotor; o banheiro se encheu de névoa relampejante e, a cada vez que um flash detonava, eu percebia uma figura fantasmagórica cinza-escuro, gritando, com voz gutural, rouca: "Um retrato queimado! Um retrato queimado! É o que sobrou do incêndio".

Subitamente, tudo paralisou ao mesmo tempo; o zumbido desapareceu e o panorama voltou a ser como era antes. Entretanto, meus joelhos, esbodegados, perderam a força; eu me ajoelhei, abracei o entorno gelado da bacia sanitária e regurgitei, o mais silenciosamente possível, o almoço que alegremente compartilhei com Júlia no início da tarde.

Apertei o botão da descarga e observei, ainda ajoelhado, atônito, o rápido movimento circular no pequeno poço de água encardida fazendo sumir meus dejetos, em direção ao sifão da bacia. Apoiei-me, então, no assento sanitário e me pus de pé. Joguei água da pia no meu rosto e nuca algumas vezes, enxuguei tudo direitinho, arranjei meus cabelos do jeito que pude e olhei para o espelho, simulando uma fisionomia de alacridade. *Sem motivo, imbecil!*, pensei.

Eu sabia que minha pretensa e sonhada tarde romântica tinha ido para o brejo. E, em vez disso, eu havia arrumado um problemão, que não tinha a menor ideia de como resolver.

Abri a porta e despenquei, começando a suar em bicas novamente, no mesmo lugar do sofá da sala de onde havia saído minutos antes. Ouvi o tilintar de xícaras e pires na cozinha e, a seguir, Júlia surgiu, trazendo uma bandeja de prata, com chá e biscoitos, colocando-a em cima da mesa.

— Meu amor! — manifestou-se, surpresa, sentando-se ao meu lado e segurando minhas mãos. — O que há com você?

— Alguma coisa... no almoço... — respondi, passando a mão na barriga.

Júlia olhou-me com ternura, passou a mão pelo meu rosto suado, levantou-se devagarinho, foi até o banheiro, voltou com um termômetro e instalou-o debaixo da minha axila sem dizer nada. *Acho que ela não percebeu o "carnaval" que eu aprontei no banheiro*, pensei. *Que voz foi aquela? E a história de retrato queimado?*

— Anjo meu! — disse. — Você está com as mãos geladas e suando tanto, que molhou sua camisa; mas não tem febre. Que estranho, querido. Ainda retenho na cuca sua imagem radiante de alegria, quando fui para a cozinha! Deita um pouco no sofá e respira fundo.

— Acho que foi um mal-estar súbito — justifiquei, tentando aparentar tranquilidade. — Não é a primeira vez que me acontece. Você nunca teve um desconforto assim?

— Nem parecido com isso! — respondeu, de modo ríspido. — A única coisa esquisita que eu sinto, mesmo assim, só de vez em quando, é um pouco de ansiedade, antes do início das audições da Kameratta. Vamos até o postinho de saúde. Agora!

— Pra quê?

— Medir sua pressão.

— Já estou melhor — argumentei. — Juro!

— Arthur! — expressou, emburrada. — Sem teimosice, meu amor!

— Não quero que você se preocupe! — resmunguei, buscando recuperar-me do susto avassalador que tomei com a imagem transcendente do porta-retratos. — Foi apenas um faniquito e nada mais. A vida continua. Minha violinista vai ensaiar à noitinha?

— Pretendo! — disse, contraindo o rosto. — Mas estou agitada. Você está bem mesmo?

— Claro que sim — afirmei, com um sorriso amarelo, disfarçando o constrangimento que estava sentindo naquele momento. — Vamos direto?

— Eu quero tomar um banho demorado — explicou. — Prefiro te encontrar na praça.

— Então tá! — concordei, envergonhado. — Você vai encontrar uma alma revigorada. Prometo!

— Todo cuidado é pouco! — recomendou, assim que eu peguei a chave da moto. — Eu te amo muito, querido.

No final da tarde, e após tomar banho de banheira, na pousada, reciprocando autoincriminações e autocomiserações, fui para o centro da cidade, estacionei a moto no lugar costumeiro e caminhei, com o rabo entre as pernas, ao cantinho da praça, controlando a ânsia por começar a ouvir o vivificante som do violino da Júlia. *Deve estar injuriada e decidiu não comparecer*, avaliei, convicto e temeroso. *E não vai querer mais saber de mim; e com toda razão do mundo.*

Todavia, ao escutar a primeira nota musical, senti meu coração ressuscitar; plenamente agradecido. Eu não resistiria ao sofrimento de terminar esse dia sem conversar com ela; sem abraçá-la, beijá-la e pedir perdão pelos momentos aflitivos que a fiz padecer à tarde.

Assim que cheguei à marquise, permaneci no lugar habitual, ouvindo em silêncio a melodia que ela tocava, até que, ao final daquela partitura, Júlia fulminou-me com seu olhar perscrutador, para, em seguida a uma redistribuição de seus nervos e músculos faciais, fitar-me com o olhar doce de alívio e amor.

A seguir, e até o final da audição, a sintonia de sentimentos expressa pelo compartilhar de olhares, a cada mudança de partituras, refletiu um diálogo imaginário de tal intensidade que nada restou a esclarecermos, um ao outro, sobre o incidente lamentável daquela tarde.

Júlia passou, então, a organizar suas partituras e a guardá-las no estojo do violino, lentamente, como se estivesse à espera de que todos os espectadores se retirassem do ambiente. Eu, então, me aproximei, sem tirar os olhos de seu rosto, me agachei ao seu lado, segurei seus braços com as duas mãos, ajudei-a a levantar-se e abraçamo-nos apaixonadamente. Assim que eu cogitei dizer algumas palavras, ela colocou sua mão em meus lábios e disse, de um jeito firme e determinado:

— Não diga nada; apenas me acompanhe até o apartamento e vamos terminar o que iniciamos à tarde!

Foi uma noite digna de ser lembrada eternamente. Nada foi dito. Nada foi justificado. Em algum momento começamos a nos abraçar, beijar e dançar, silenciosamente, pela sala. Depois, nos espremos na caminha de solteiro da Júlia, com a sensualidade se manifestando delicadamente, provocando um clima de ternura, que logo veio embalar nossos corpos tensos e cansados, num sono compartilhado agradável e profundo.

No entanto, despertei assustado, durante a madrugada. Levantei-me com todo o cuidado para não acordá-la, fui até a sala e notei que os ponteiros do relógio "Chapéu de Napoleão", sobre a prateleira, indicavam quatro horas da madrugada.

Sentei na poltrona da sala e, mirando a fotografia de Júlia com os cabelos compridos, senti uma familiaridade tão intensa que me pus a pensar: *Será que nunca encontrei essa garota alguma vez na vida? Evidentemente, no meu estado de inconsciência, não vou conseguir me recordar de nada. Será que ela se lembraria, se eu a atiçasse? Só preciso aguardar uma ocasião mais propícia. De qualquer maneira, meu período de férias termina amanhã.*

Voltei para a cama e só acordei novamente depois das dez, com o aroma do perfume da Júlia mesclado ao cheiro agradável de café fresquinho. Suspirei longamente, com o coração agradecido, pelo fato de estarmos juntos. Passei a mão no lençol, a meu lado, e notei que ainda estava quentinho. Me pus de pé, entreabri a porta e observei Júlia terminando de ajeitar a mesa para o café da manhã.

— Um estranho dormiu na sua cama? — perguntei, acabando de abrir a porta.

— Não brinque assim, que eu fico envergonhada — respondeu, ruborizada, e abriu um sorriso encantador. — O estranho roncou mais que a sua motocicleta.

— Eu tenho os ouvidos seletivos — disse, brincalhão. — Ouvidos de piloto de kart. Só escuto o que eu quero e quando quero.

— Senta logo, pertinho de mim — replicou, divertida. — Já estou morrendo de saudade! Você viaja amanhã cedinho?

— Bem cedo! — afirmei categórico. — Rotunda não é perto e não desejo correr muito pelas estradas cheias de curvas.

— Bem! — expressou, tristonha. — Ainda temos este domingo para aproveitar. Vamos fazer um piquenique no parque?

— Hoje quem manda é você!

Sem mais delongas, saímos do prédio com a cestinha de quitutes, a bolsa térmica carregada de cervejas e fomos caminhando até o parque. Passamos o domingo ensolarado juntos e felizes, evitando, de parte a parte, fazer qualquer alusão aos recentes acontecimentos desagradáveis. Assim, o dia de despedida não foi triste nem melancólico.

Deixamos patente que a viagem de retorno à cidade de origem, depois de um campeonato, deve ser encarada como uma atividade normal de um piloto, assim como turnês de música erudita com uma orquestra de câmara incluem viagens de ida e volta do musicista ao "doce lar".

— Ah, meu amor! — disse, enternecida. — Vai ser tão difícil me concentrar, olhando o pilar vazio, durante os ensaios!

— Devemos nos acostumar...

— Não vai ser fácil.

— Não creio que eu me entusiasme, por muito tempo, com corridas de kart.

— E aí? — expressou. — Você já pensou em alguma coisa?

— Meu objetivo da hora é tornar-me comandante de aviação — falei. — O que dá no mesmo em relação às idas e vindas.

— Que novidade é essa?

— Não tivemos oportunidade de falar sobre isso! — justifiquei. — Tempos agitados! Mas eu já terminei o curso teórico de pilotagem comercial no Aeroclube de Rotunda. As aulas práticas devem começar na próxima semana.

— Pra falar a verdade — divagou. — Apesar de sua vitória, não achei que você se encaixa na turma que eu conheci no kartódromo.

— Você está coberta de razão! — disse, segurando seu rosto com as duas mãos e dando-lhe um beijo. — De uma coisa eu tenho certeza: eu me encaixo perfeitamente entre os seus braços.

Recolhemos as tranqueiras do piquenique, passeamos de moto por vários lugares da periferia de Piraquara até que, no fim da tarde, fiz a pergunta inevitável:

— Que tal um soninho de despedida?

— Excelente ideia, comandante! — respondeu, radiante. — Só que eu tenho que ensaiar à noitinha! O repertório está mudando outra vez e eu necessito praticar.

Passamos um fim de tarde agradável, com juras de amor eterno e, ao anoitecer, fomos juntos para o cantinho da praça, onde Júlia apresentou o mais comovente de seus concertos, levando-me (e a alguns dos presentes) a derrubar lágrimas de emoção.

Ao final da apresentação, deixei a moto por lá e fomos caminhando, em silêncio, até que chegamos ao prédio. Ela então falou, com os olhos brilhantes:

— Agora, você me dê um beijo de despedida e vá embora rápido!

— Por que isso?

— Para que eu não tenha tempo de pedir para você ficar!

Em seguida, colocou o violino que eu lhe entreguei nos ombros, abriu a bolsa, pegou a chave do apartamento, atravessou a passarela do jardim e adentrou o prédio, sem olhar para trás.

13

Pensamentos obsessivos, insensatos e repetitivos tomaram de chofre minha alma titubeante, tornando impossível o relaxamento, por um minuto sequer, durante as primeiras horas da viagem de retorno a Rotunda.

Por algumas vezes, conduzi a moto sem o capacete de proteção, sentindo a rajada de vento frio e poeira fustigando meu rosto crispado e dolorido, para me certificar de que eu estava desperto e não estivera sonhando. A cena da persecução suicida do meu kart ao dos competidores mineiros, movida por uma "força estranha", que acabou por me conduzir ao mais alto nível do pódio de premiação, ao final da disputada competição automobilística, não desgrudava de meu cérebro — e estorvava as recordações agradáveis dos meus momentos com Júlia.

Quando as primeiras paisagens naturais de Rotunda despontaram pelo caminho, passei a admirar a magnífica floresta tropical devoluta por onde a estrada subia, descia e serpenteava, descortinando recantos prazenteiros e, aí sim, eu passei a lembrar da sonoridade harmônica que ouvi na praça principal de Piraquara e que me pôs, frente a frente, com o grande amor de minha vida.

Nas cercanias da cidade, a lua minguava à meia altura, tremeluzindo sua face iluminada em semicírculo, convidando-me ao aquietamento e ao repouso. Meu coração serenou e o desejo de estar no apartamento, só meu, que deixei pouco tempo atrás, animou-me o espírito. *Lar doce lar!*, celebrei. *Não é o que dizem?*

Estacionei a moto na garagem e fiz um aceno ao vigia noturno para que me ajudasse a desamarrar as malas da moto e as colocasse no elevador. Assim feito, subi, ansioso, e encontrei meu apartamento do jeitinho que eu havia deixado ao partir.

Assentei as malas no piso da sala, fechei a porta, peguei uma garrafa de cerveja na geladeira, desmoronei na poltrona Berger e me pus a pensar: *Tudo foi tão desenfreado em Piraquara, que ainda não consegui processar todos os fatos ocorridos por lá*, segui pensando. *A vitória surpreendente na disputa final da maratona; na realidade injusta, visto que contei com a ajuda de "sei lá o quê" na pilotagem do kart. Mistério a ser desvendado! E a Júlia? Chacoalhou minha vida sentimental morna com a potência de um vulcão em erupção? Criatura frágil e singela, me atraiu com a magia de sua música e tomou de assalto meu coração, com um único olhar.*

Minhas pálpebras começaram a pesar, pisquei os olhos vagarosamente algumas vezes e a sonolência foi abraçando, sorrateira, minha alma. Como em um sonho acordado, a figura da Júlia surgiu, então, dançando, em direção à portaria do prédio, dando voltas e mais voltas em torno de si, enrolando no corpo etéreo a cauda imensa do vestido de noiva branco, espumoso. Deteve-se debaixo do batente da porta de entrada e estendeu os braços em minha direção, convidando-me a entrar no saguão do edifício em sua companhia, com acenos das mãos e com gestos lascivos com o rosto, parcialmente coberto pelo véu transparente, de exagerada sensualidade. Abri os olhos abruptamente e despertei da fantasia insensata suando em bicas, sentindo o coração pulsando no pescoço retorcido, tombado sobre o ombro.

Levantei e, como um sonâmbulo, fui para o banheiro; me despi, liguei o chuveiro e me sentei, com as pernas cruzadas e os joelhos abraçados, no piso frio do box. O fluxo do jato d'água quente na garganta retorcida acalmou-me do devaneio disparatado, mas não me impediu de continuar os pensamentos inelutáveis: *Já haviam decorrido mais de cinco meses desde meu despertar assustador, sem lembrança alguma, num quarto da Pousada Renascer. A partir daí, após um período difícil de experiências inusitadas, acabei por intuir que, implacavelmente, eu havia perdido toda memória de minha vida anterior e que fui levado a desenvolver uma nova forma de viver; no início com muita desconfiança, muito receio e algumas surpresas,* segui pensando. *Não é possível que a Júlia e eu não tenhamos algo em comum além da ojeriza a perguntas íntimas, da apatia em relação ao nosso passado e às nossas famílias e do amor categórico e instantâneo que sentimos, à primeira vista, um pelo outro. Sem dúvida, somos almas gêmeas. Júlia deve ter passado por uma situação semelhante à que eu passei. Cortou os cabelos radicalmente pelo mesmo motivo que eu deixei crescer a barba, para ficar um pouco diferente. Só que estamos tendo reações totalmente diversas. Ela aparenta a calma de uma monja e eu estou sofrendo de vertigens e alucinações sistêmicas. É temerário fazer qualquer comentário a esse respeito com a Júlia, sem arriscar-se a pôr tudo a perder. Tenho que elucidar tudo isso sozinho.*

Saí do box, me enxuguei, vesti o pijama e me deitei na cama fria. A falta do calor e perfume de Júlia afligiu minha alma e me impediu de pegar no sono rapidamente.

Pela manhã, quando pilotei a moto pela periferia da cidade, em direção ao kartódromo, meu estado emocional não era dos melhores. Passei uma noite intranquila, carregada de pensamentos recorrentes, intermediados por pesadelos sinistros, onde a fusão de fatos e ficções envolvia a perda gradual de algumas imagens, concomitantemente ao surgimento de outras, e profetizava que minha memória poderia estar em vias de se recuperar. *Eu desejo isso?,* me pus a pensar. *Não sei, não. Só sei que rejeito qualquer mudança que possa comprometer meu amor pela Júlia, mesmo que seja a re-*

cuperação das lembranças do passado, continuei pensando. *Quanta bobagem passa pela minha cabeça; é claro que não depende de mim.*

A primeira semana desde meu regresso a Rotunda estava chegando ao fim, assim como o mês de outubro. Eu ainda tentava, sem muito sucesso, habituar-me com as atividades cotidianas da vida na cidade. Treino na pista e fisioterapia na parte da manhã, aulas práticas de voo com instrutor, no aeroclube à tarde, e a curtição de uma saudade imensa da Júlia, à noite, bebericando uma cuba-libre nos barzinhos do centro, com o desinteresse manifesto em flertar com as garotas da região.

Por outro lado, eu estava empolgado com a primeira de várias viagens de fim de semana que eu pretendia fazer para ver Júlia, satisfeito por não haver tido nenhuma alteração psicológica mais grave no meu comportamento até então.

No treino livre desta sexta-feira, porém, eu estava lá pela décima volta cronometrada, sob sol abrasador, quando, ao contornar a curva da floresta, o ruído dissonante do motor do kart transformou-se no som monótono de uma aeronave em velocidade de cruzeiro num céu de brigadeiro, evocando-me a sensação de estar voando. À leve tontura e ao torpor que passei a sentir, seguiu-se um estado de euforia profunda. Ao acessar a reta oposta, margeando a floresta, eu gargalhava, a ponto de lacrimejar, e gritava, a plenos pulmões: "Acelere e acabe com isso de uma vez por todas!"

Repentinamente, em meio à densa neblina feérica que se elevava em borbotões, do asfalto esbraseante, parte da floresta em plena movimentação deslocou-se, bloqueando a pista com árvores gigantes, no instante em que uma voz esganiçada e desarmônica se fez ouvir: "Não breque, covarde. Não breque".

Mas eu breque i com violência, em cima da hora, e desviei das árvores a tempo de evitar a colisão fatal. O ruído do motor, mesclado com o da derrapagem, eclodiu, a um só tempo, nos meus ouvidos;

o kart fez vários giros na pista vazia, formou uma grande nuvem de fumaça pelo atrito dos pneus no asfalto, invadiu o gramado encharcado e atolou numa área alagada.

Eu vi quando os seguranças, munidos de extintores de incêndio e equipamentos para primeiros socorros, aproximaram-se rapidamente, cercaram o kart, instalaram-me um colar cervical, retiraram-me com cuidado e me estenderam sobre uma maca, no gramado.

— Não tive coragem de bater na árvore! — gritei, desesperado. — Outra vez! Mas não se preocupem! Eles já vêm me buscar com os cavalos. Eles sempre me encontram!

— Que houve, Arthur? — indagou Matheus, assim que chegou correndo. — Você ficou assustado com alguma coisa? Enxergou algum cavalo? Imaginou alguma coisa?

Deitaram-me na maca e rapidamente me encaminharam ao posto médico do kartódromo. Enquanto o socorrista me examinava, eu sentia uma enorme gratidão por estar sozinho na pista e por não ter sofrido nenhuma lesão grave. Naquele momento, não respondi a nenhum questionamento técnico e não dei nenhuma explicação; mas as árvores eram reais como era autêntica a minha vontade de me estatelar contra elas, só brecando na última hora.

Mais tarde, depois de tomar banho no vestiário do kartódromo, subi ao terraço e, com os braços postos no corrimão do guarda-corpo, contemplei a floresta intrêmula ao longe, certo de que sua movimentação durante a corrida tinha sido fruto da minha imaginação — e nunca um fenômeno natural. Não levou muito tempo e o Matheus chegou, complacente, e me acompanhou até a sala do Lacerda.

Eu esclareci que não me lembrava do que havia ocorrido e que só me dera conta do acidente quando estava sendo levado na maca. Pactuamos, então, que eu procuraria ajuda médica e ficaria provisoriamente afastado do treinamento. Só voltaria a pilotar quando ficássemos seguros de que as causas do incidente foram devidamente esclarecidas, de que a eventual enfermidade fora debelada e de que não haveria nenhuma possibilidade de que tal ocorrência voltasse a acontecer.

— Você não tem ideia do que aconteceu? — Matheus procurou saber, quando eu acomodava meus pertences na garupa da moto. — Estou doido de preocupação!

— Deu branco total — respondi, prostrado. — Estou tão surpreso quanto você. Hoje, não há mais nada a dizer.

— Se cuida, Arthur — aconselhou, despedindo-se. — Se você precisar de alguma coisa, seja lá o que for, conte comigo.

Não fui direto para o apartamento. Parei num dos barzinhos do centro, me sentei numa das banquetas do balcão e pedi minha tradicional bebida, acompanhada de um pratinho de azeitonas pretas. Das grandes! Precisava passar em revista minha situação inusitada. *Eu não tenho mais nada a fazer em Rotunda*, ponderei. *As aulas práticas de voo com instrutor poderão ser suspensas e retomadas no Aeroclube de Piraquara*, segui ponderando. *Será que a Júlia não vai estranhar que eu apareça no seu apartamento de mala e cuia? Por outro lado, não obstante meus problemas psicológicos, disponho de um mundo escancarado, me esperando em Piraquara. Enfim, seja o que Deus quiser...! É pra lá que eu vou o mais rápido possível.*

Na véspera de minha viagem definitiva a Piraquara, pulei da cama cedinho, para a primeira tarefa do dia: conversar com o proprietário do apartamento e notificá-lo de que eu entregaria o imóvel antecipadamente. Estabelecemos, de comum acordo, que eu poderia fazer a entrega de imediato, com o pagamento de uma multa compensatória que ele, gentilmente, reduziu pela metade.

Feito isso, fui até o Aeroclube de Rotunda, para solicitar um aval da administração, autorizando a continuidade do curso de pilotagem no Aeroclube de Piraquara.

Voltei, então, ao apartamento e acomodei minhas roupas e pertences maiores em duas malas grandes. A seguir, retirei cuidadosamente todos os aeromodelos pendurados no teto do quarto de hóspedes, desmontei e embrulhei um por um, e acomodei os embrulhos em caixas reforçadas. No fim da tarde, levei tudo para a transportadora — além de, evidentemente, deixar também a minha moto.

Na primeira saída da manhã, embarquei em um ônibus com destino a Piraquara, levando, na minha malinha de mão, além do necessário à longa viagem, o reloginho, o calendário triangular com a argolinha vermelha em torno do dia 30 na cartela do mês de outubro e um porta-retratos com minha imagem, ao lado do avião Cessna Asa Alta, fotografada na aula inaugural de pilotagem comercial do Aeroclube de Rotunda.

14

A viagem de ônibus foi tranquila. Consegui dormir durante a maior parte do percurso; cheguei a Piraquara no final da tarde e fui direto ao prédio da Júlia. Cumprimentei o Severino, que interrompeu a rega do jardim para dar-me as boas-vindas, rasgar seda pelo feito na maratona de kart e me acompanhar até o elevador. *Ele não sabe nem vai saber do fiasco desta semana!*, pensei, sarcástico.

Apertei a tecla com o número 4 e, à medida que o elevador subia, o som do violino se tornava mais nítido, e os batimentos do meu coração, mais acelerados; até que as três batidinhas tradicionais na porta de entrada do apartamento calaram a música e despertaram minha paixão.

Júlia entreabriu a porta e, pela pequena fresta, contemplei o par de olhos perscrutadores e o florescimento de um sorriso encantador.

— Eu estou sonhando ou um estranho se materializou na porta do meu refúgio?

— Este estranho aqui é o seu namorado! — esclareci. — Se não me falha a memória, evidentemente!

— Não esperava o meu namorado antes da semana que vem! — anunciou e deu um passo para trás, permitindo que eu entrasse.

Em seguida, ela fechou a porta, me abraçou pelo pescoço e deu-me vários beijos barulhentos nas bochechas. Eu abracei firmemente sua cintura, levantei-a do chão e demos voltas e mais voltas, morrendo de tanto rir. Por fim, descarreguei a Júlia e minha mochila no chão e me sentei num dos cantos do sofá da sala.

— Pois é! — expressei, aborrecido, contraindo o rosto e enrugando a testa. — Acontecimentos inesperados precipitaram a minha volta imediata e não deu tempo de te avisar. Qualquer hora vamos ter de comprar um telefone!

— Está doido, querido! — reagiu, surpresa, sentando-se no outro canto do sofá. — Uma linha telefônica custa uma nota! E demora um século para instalarem. Além do mais, eu adoro surpresas.

— Também gosto de surpresas e detesto telefones!

— Eu tenho chá gelado! — afirmou, fazendo menção de se levantar do sofá. — Você quer? É um ótimo remédio para quem chega cansado de viagem.

— Você é o meu remédio miraculoso — respondi. — E não estou cansado. Eu vim dormindo no ônibus.

— E a motocicleta?

— Despachei a moto, uma caixa reforçada com os aeromodelos e duas malas grandes com minhas roupas — esclareci. — Amanhã vou buscar tudo no galpão da transportadora.

— Não estou entendendo — conjecturou. — Você quer dizer que...

— Vim pra ficar — declarei. — De mala e cuia!

— Ah, meu amor! — exclamou, surpreendida, abrindo a boca e arregalando os olhos. — Eu não acredito no que estou ouvindo. E o seu apartamento em Rotunda?

— Devolvi ao proprietário — afirmei, buscando alguma reação adversa no seu rosto. — Não tenho mais nada que me prenda em Rotunda. Chega de corridas de kart. Deixe-me acabar de chegar e te conto tudo direitinho.

A seguir, ela me abraçou, me deu muitos beijos e foi pegar o chá na geladeira. Eu levei a mochila para o quarto, tomei uma ducha rápida, me pus à vontade e voltei correndo para o sofá da sala.

— Meu amor! — murmurou, docemente, acomodando a bandeja na mesa da sala. — Vamos ficar juntinhos para sempre?

— Júlia! — expressei, emocionado. — Não consigo mais viver sem você!

— E Rotunda?

— Águas passadas… — proferi, convicto — …não movem moinho! É assim o dito popular, não é verdade?

E assim, bebericando o chá gelado que a Júlia trouxe, fui discorrendo sobre minhas atividades em Rotunda, até relatar, com o mínimo de detalhes possível, o incidente sinistro que interrompeu meu programa de treinos e forçou meu afastamento inesperado das pistas de corridas.

— Nossa! — expressou, assustada. — Você poderia ter se machucado!

— Pois é! — falei, apertando suas mãos. — Seria bom eu procurar um médico especialista. Tenho certeza de que meu problema é mental e não físico.

— Onde devemos encontrar o tal médico?

— Estou pensando em me internar por alguns dias… — respondi, meditabundo — …numa clínica de saúde mental. Com especialistas em várias áreas. Pra ver se eles acham alguma coisa de errado com a minha cuca.

— Arthur, vamos ficar juntinhos — alentou, otimista, acariciando meu rosto. — Tenho certeza de que consigo cuidar sozinha de você! Sua vida teve muitos percalços em um período curto demais. Você deve estar estressado!

— Não fale assim! — disse, arqueando as sobrancelhas. — Senão vou achar muito bom ficar doente.

— Você não está muito cansado? — perguntou, acariciando a minha cabeça. — Eu preciso ensaiar hoje. Thomas quer ouvir uma composição que vamos apresentar no próximo concerto da Kameratta.

— Cansado do quê? — perguntei, debochado. — Estou louco para esquecer o ronco de motores e ouvir música! E, "ai do Thomas", se ele não gostar de sua performance!

Não obstante a minha preocupação com o incidente em Rotunda, Júlia e eu desfrutamos, durante toda a semana do meu retorno a Piraquara, dias frenéticos e noites bonançosas, levando-me a acreditar que o ocorrido em Rotunda não tinha passado de um episódio isolado.

Eu já havia pendurado todos os aviõezinhos no teto do quarto de hóspedes e arrumado a mesinha para montar outros. Acomodei meu porta-retratos, com minha fotografia no aeroclube, ao lado do dela, na prateleira sobre a televisão; coloquei o calendário triangular sobre a cômoda do quarto de hóspedes e o reloginho no criado-mudo, no meu lado da caminha.

A agitação do programa diurno era comutada pela serenidade noturna, quando os alegres aeromodelistas, metamorfoseados em melômanos inveterados, compartilhavam uma singela audição de música erudita, sempre interpretada com maestria pela Júlia, ao violino, e acolhida com encanto e satisfação, por mim e por seu público atencioso e fiel.

Eu estava muito animado com os voos circulares nos campos de aeromodelismo, sempre contando com a companhia e a colaboração da Júlia. As decolagens e os pousos foram se aperfeiçoando, e as acrobacias aéreas ficando cada vez mais radicais e perfeitas.

Na quarta-feira, dez dias após o meu retorno, em mais uma de nossas idas ao campo de aeromodelismo, eu pilotava o último aviãozinho que havia montado, quando, inebriado pelo cheiro forte de acetona do combustível, pisei em falso e perdi momentaneamente o controle dos cabos presos ao aeromodelo, que iniciou um mergulho inexorável em direção ao solo.

O que era para ser um pequeno ruído e a produção de uma fumacinha causou, às minhas vistas, um incêndio de grandes proporções.

Eu joguei a empunhadura dos cabos para longe e saí gatinhando, alucinado, em meio às chamas fantásticas que estavam consumindo o avião e provocando um ardor insuportável em meus olhos.

— O kamikaze está lá dentro! — berrei, insistentemente. — Juro! Vamos tentar salvá-lo! Depressa!

Estendido no chão, alcancei a carcaça fumegante do avião e procurava abrir a portinhola da cabine de comando, sentindo a dor insuportável de queimadura nas mãos, enquanto ouvia a voz estridente carregada de reverberações: *Não vai adiantar nada! Nada! Naaada! O kamikaze já está morto! Mooorto!*

Com os olhos ardentes, percebi quando Júlia furou o bloqueio das pessoas dispostas à minha volta e ajoelhou-se ao meu lado, jogando seu corpo sobre o meu, como a proteger-me de um acidente ilusório, abraçando-me vigorosamente. Pouco a pouco, senti o batimento do coração esmorecer, a mente serenar e a consciência retornar à realidade.

— Eu tentei, meu bem, eu tentei...

— Querido! — expressou, chorosa, enxugando minhas lágrimas. — Você está doente! Muito, muito doente! Agora percebi por que você precisa de ajuda. E ajuda urgente! Vamos para casa.

— Vamos... — balbuciei. — Vamos, sim!

Eu me levantei e, amparado em seu corpo airoso, fomos nos afastando para longe dos espectadores, atônitos diante de tamanha esquisitice. Ainda permanecemos, por alguns minutos, em um quiosque próximo ao campinho. Silenciosos. Taciturnos. Bebendo refrigerante até que eu readquirisse a confiança em dirigir a moto.

Não fomos procurar ajuda imediatamente. Nos dias que se seguiram, ficamos a maior parte do tempo recolhidos em casa, evitando, de parte a parte, tocarmos em assuntos penosos.

A desconexão com a realidade que eu estava sentindo era tão profunda que, naturalmente, adotei um comportamento introverso.

Conscientizei-me de que a solução de meus recentes problemas não estava na medicina, na psicologia ou na psiquiatria. Estava em mim. No meu cérebro. E que tudo era causado pelo tratamento, experiência ou programa de que eu, provavelmente, havia participado antes de chegar a Rotunda.

Eu estava convencido de que, em nenhuma circunstância, adiantaria procurar, agora, médicos ou psicólogos. Ninguém, em sã consciência, acreditaria na minha história. O que eu precisava era descobrir onde e quem tinha orientado o suposto tratamento. Mas isso eu ainda não sabia como realizar. Todavia, eu vaticinava que, na minha mente proativa, algo revelador estava por eclodir. *E esse vazio nas entranhas?*, roguei. *O que faço com isso, meu Deus?*

Com o passar do tempo, meu percebimento da situação foi lentamente se consolidando. Eu precisava ficar sozinho até me lembrar de algo relevante. Não poderia ficar o dia inteiro na companhia do meu bem; isso mesmo, já havia passado a chamá-la de "meu bem", para não correr o risco de chamá-la por outro nome, ou ficar gaguejando, tentando trazê-lo à memória.

Eu estava particularmente alheio a tudo, sentado no sofá da sala, mirando nossas fotografias na estante e absorto em pensamentos utópicos, quando senti o aconchegar mimoso e quentinho da Júlia junto a mim, trazendo, na mão, algumas folhas de papel.

— Thomas me encaminhou o repertório das músicas para a turnê de final de ano.

— Já? — reagi, surpreso. — Ainda estamos em novembro!

— É uma turnê longa — advertiu, lacrimosa, enrolando os papéis com a programação das audições e fazendo um rolinho.

— As músicas já foram ensaiadas?

— Mais ou menos... — respondeu, pisando em ovos. — Acontece que eu preciso de tempo para ensaiar com a minha suplente.

— Que história é essa de suplente?

— Você acha que eu consigo deixar você sozinho e viajar tranquilamente? — questionou, exibindo os olhos úmidos. — Como se nada estivesse acontecendo?

— É claro que você vai viajar! — declarei, segurando com força suas mãos. — E digo mais: a notícia da turnê não poderia chegar em melhor hora.

— Por que você está dizendo isso?

— Meu bem! — expressei, circunspecto. — Eu necessito ficar só, se quiser resolver meus problemas de cuca de uma vez por todas.

— Por que isso?

— Ainda não sei o que está acontecendo comigo — afirmei, forçando um sorriso. — Mas tenho visões premonitórias. Uma espécie de sinal do que poderá acontecer.

— Como o quê?

— Sei lá, uma lacuna, um lapso, alguma coisa que não consigo exteriorizar — elucubrei, confuso.

— Você está me deixando nervosa!

— Não se alarme! — aconselhei, forçando outro sorriso. — Estou seguro de encontrar o caminho que devo seguir. Mas sinto que não é aqui nem em Rotunda. Devo estar livre e descompromissado para o que der e vier; até para viajar sei lá pra onde.

— Não estou entendendo o que você está querendo dizer — afirmou, desolada, passando a mão pelo meu rosto.

— Nem eu! — declarei, com firmeza. — Pode até ser bobagem, mas ficarei muito mais tranquilo se souber que você está na companhia de seus colegas da Kameratta. Não volte antes do encerramento. Assim que eu resolver a parada, vou atrás de vocês e terminamos a turnê juntos. Por favor, confie em mim!

— Farei o que você deseja — concordou, esgotada. — Vou deixar uma cópia do roteiro na cômoda, embaixo do calendário. Depois você dá uma olhada.

— Claro que sim!

— Meu amor, eu te amo demais! — afirmou, categoricamente. — Você deve ter motivos de sobra para agir dessa maneira estranha e eu não vou confrontá-lo.

Na manhã da viagem de Júlia, em turnê, uma semana após o incidente no campo de aeromodelismo, eu não poderia estar me sentindo pior. Havia passado a maior parte da noite em claro. O enjoo e a tontura persistente vaticinavam que uma outra perturbação mental estava em vias de se manifestar. A percepção sonora de um coral de cigarras cantantes já estava se fazendo presente nos meus ouvidos, na forma de um zumbido impertinente e monótono.

O esforço que eu estava fazendo para simular complacência, no sorriso congelado, e ânimo, para a superação das minhas dificuldades, estava devastando a minha frágil resistência mental. Um súbito ataque de vertigem ou alucinação certamente a faria mudar de ideia a respeito da turnê e desistir da viagem para cuidar de mim. *É tudo o que não pode acontecer!*, matutei, agoniado. *Não posso fraquejar no instante da partida de Júlia e colocar em risco a percepção de que o motivo do meu padecimento estava para vir à tona.*

Durante o café da manhã, ela se mostrou animada, bem-disposta e falante. Principalmente, falante. Eu observei, simulando afabilidade nos olhos, sua boca se abrir, se fechar e se entortar. Sua testa enrugar-se e alisar-se. Sua voz repercutir um som metálico repleto de ecos, ora altos, ora baixos demais. Eu, sem discernir o que estava ocorrendo, me limitava a balançar a cabeça para um lado e para o outro, mantendo o sorriso imbecilizado.

O elevador não estava funcionando. Júlia desceu a escada à minha frente, com o seu violino e com uma bolsa grande nas mãos . Eu levava suas duas malas de viagem e procurava me equilibrar, descendo degraus que se movimentavam em ondas, que ora os elevavam, ora os abaixavam; minhas pernas ora alongavam-se, ora reduziam-se, enquanto eu sentia minha consciência prestes a sucumbir à tempestade mental em formação.

Ao chegar ao portão do prédio, quase não contive a vontade de berrar de alívio, pressentindo o final da minha impostura degradante, assim que vi o ônibus da Kameratta estacionado do outro lado da rua, com o Thomas chamando Júlia, insistentemente, com as duas mãos.

As cabecinhas dos músicos nas janelas estavam girando como num carrossel infantil. Ao entrar no veículo, senti a Júlia me abraçando, me beijando várias vezes e proferindo sons indistintos através da boca deformada pelos lábios, ora grossos ora finos demais, exibindo dentes escuros e enormes.

Com o olhar zambaio e desfocado, acompanhei o ônibus partir e dobrar a esquina. Então, minha resistência se exauriu de uma só vez. Meus joelhos dobraram e, mesmo segurando com força nas grades do portão de entrada, fui cedendo devagar até me sentar à porta do edifício, em vias de sucumbir.

— Senhor Arthur! — Severino berrou, chacoalhando meus ombros com as duas mãos. — O senhor está bem?

Olhei para cima e o vulto desfocado foi, aos poucos, ganhando nitidez, revelando tratar-se do zelador do prédio.

— Oh, Severino! — falei, exausto. — Me ajuda a ficar de pé. Eu já vou melhorar!

— Não é melhor chamar uma ambulância? — indagou, preocupado. — O senhor está suado e muito pálido!

— Não é necessário — respondi. — Foi uma crise de labirintite.

Severino me amparou até a recepção do edifício e eu sentei numa das poltronas. Em seguida, ele me trouxe um copo e uma garrafa grande de água gelada, que eu bebi, com sofreguidão, diretamente no gargalo.

— Severino, muito obrigado! — agradeci, apontando a garrafa. — Ainda está pela metade. Posso levá-la?

— Que pergunta, senhor Arthur — respondeu, franzindo a testa. — É claro que pode!

Depois de alguns minutos, aceitei de maneira cortês seu oferecimento de ajuda e me pus a subir a escadaria do prédio com a mão apoiada no seu ombro, enquanto bebericava, a cada lance de escada, um golinho de água.

Assim que me despedi e fechei a porta do apartamento, percebi que, ao som do canto das cigarras que irritava o meu ouvido, foi aditado outro, mais grave e potente, oriundo do quarto de hóspedes.

Coloquei a garrafa na pia da cozinha e, com passos trôpegos, fui até lá e constatei, mergulhado em desânimo e inconformismo, que as hélices de todos os aviõezinhos pendurados no teto estavam girando e eles se moviam, uns em torno dos outros.

Num acesso de exaltação colérica, arranquei os aviõezinhos do teto e, caminhando sem parar, esmaguei, desmantelei e rasguei todos, reduzindo-os a pedacinhos coloridos de papel pintado, que ficaram espalhados pelo chão do apartamento, numa configuração anárquica.

No centro da sala e com os olhos fechados, eu tinha a impressão de que tudo girava em câmera lenta, ao meu redor. Flashes, disparados no meu cérebro, iluminavam fragmentos aleatórios de imagens — pessoas, rostos, paisagens, animais, objetos — até que duas delas preponderaram às demais e o meu corpo reagiu, contorcendo-se involuntariamente: a de uma placa de bronze, fixada acima de um pórtico em arco, onde estava escrito: "Velório Cemitério de São Jerônimo" e a de um dos avisos fixados no quadro pendurado na parede lateral da entrada para o recinto fúnebre, onde se lia: "Marieta Pelegrino" e, embaixo, "Sala Número 6".

Caí de joelhos no chão e girei o corpo até ficar de costas sobre o tapete da sala. Com o olhar fixo no teto, me assustei quando cessou, de supetão, todo ruído e movimentação ao meu redor.

No silêncio recuperado (e em meio a uma densa névoa fantástica que se esvaía pouco a pouco), senti que, no meu cérebro, estava em curso a liberação do espaço reservado à clausura das lembranças do passado. Toda vida pregressa se desnudou de modo desordenado, tendo, como pano de fundo, o caos multicolorido de papel picado, a começar pelo longínquo funeral de Marieta. "Caraca!", murmurejei, pleno de espanto. "Meu nome não é Arthur!"

FIM DO PRIMEIRO ATO

INTERMEZZO

COMO CRAVO BEM TEMPERADO

Andamento: Prestíssimo

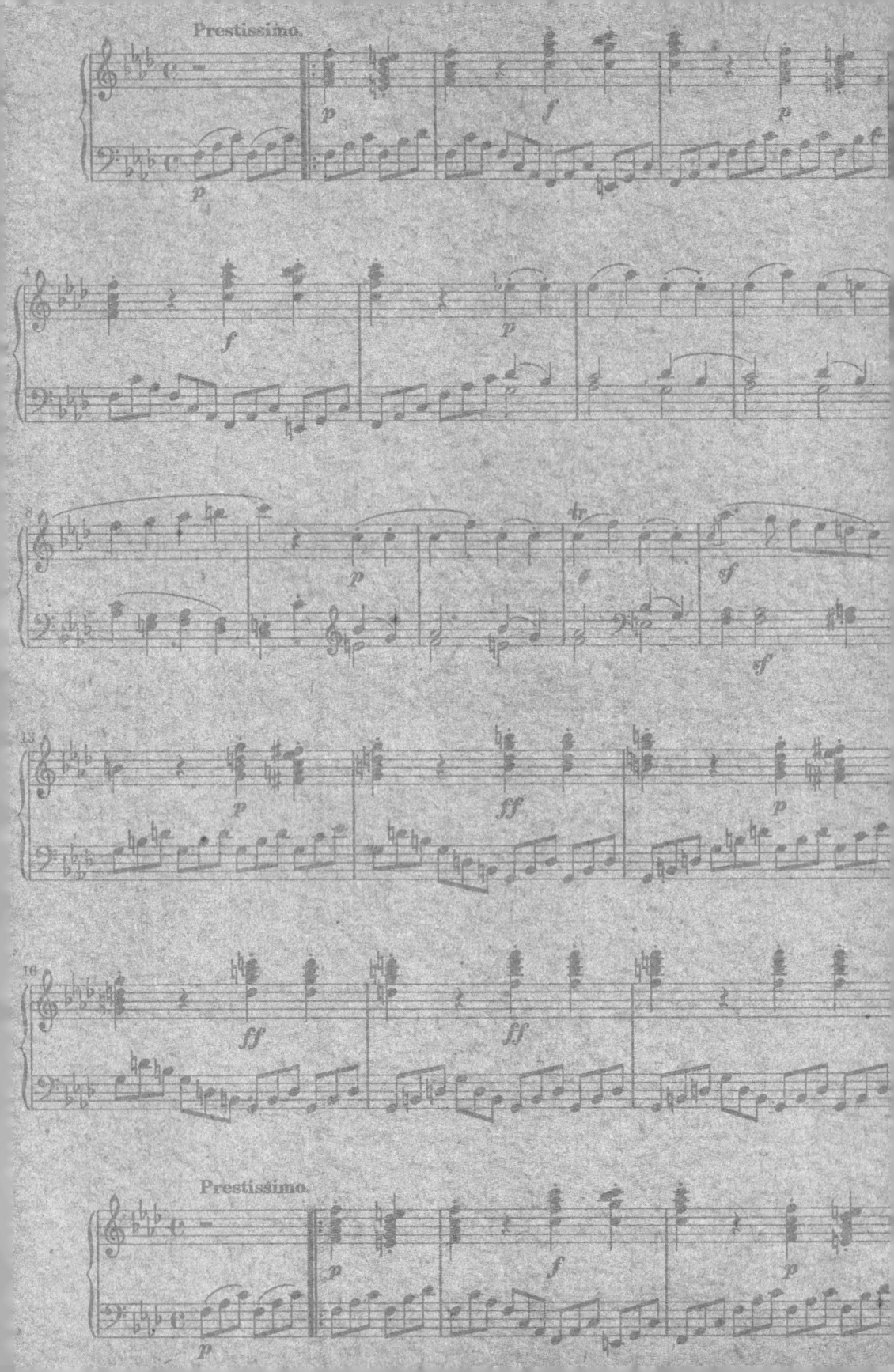
Prestissimo.

Prestissimo.

15

Meu campo de visão estava inteiramente dominado por um panorama patético. Criaturas vagueavam aleatoriamente em torno da urna funerária com os restos mortais calcinados de Marieta Pelegrino.

Eu havia chegado ao velório, de ambulância, trazido por José, enfermeiro do Hospital de São Jerônimo. Um auxiliar de enfermagem carregava, numa das mãos, a bolsa plástica com o líquido medicamentoso e, na outra, o suporte metálico para dependurá-la.

Eu observava o ambiente fúnebre, sentado na cadeira de rodas. José, ao meu lado, de pé, externava inquietação por me manter afastado dos parentes e demais convidados do velório.

Apático e indiferente a tudo e a todos, com a consciência interrompida pelo trauma e entorpecida pelos sedativos, observei quando minha mãe, Amélia Ferreti, convenientemente posicionada ao lado de uma estratégica cantoneira de madeira, fixada no encontro de duas paredes, disparava olhares ébrios enfurecidos, ora para a mãe de Marieta, Francesca Pelegrino, ora para meu pai, Marcelo Ferreti.

Na cantoneira, sobressaía-se um copo longo de cristal, repleto de gelo e de um líquido de cor laranja-avermelhado, que tanto poderia ser de whisky como de conhaque.

Meu pai, Marcelo, com o rosto banhado em lágrimas, também olhava para Francesca; porém, de uma forma diferente: compartilhavam sentimentos cúmplices de pesar.

Minhas irmãs, Flávia e Alessandra, e os irmãos de Marieta, Vinícius e Luca, formavam um círculo casual imperfeito e miravam, de cabeças baixas, um ponto no centro da roda, absortos em suas próprias ambiguidades. Os demais parentes e conhecidos trocavam olhares circunstanciais, carregados de incógnitas suspeições.

De repente, chorando muito e com a aparência de um indivíduo arrasado, Nestor Pelegrino, o pai de Marieta, irrompeu no recinto fúnebre, embrenhando-se entre os presentes, balbuciando palavras desconexas. Notei o alvoroço e vi quando Francesca e os dois filhos do casal observaram o marido e pai com profundo desprezo — e nenhuma compaixão.

— Me perdoa, pelo amor de Deus! — implorou, aos gritos, assim que me viu na cadeira de rodas, afastado dos outros familiares.

Ele se aproximou, com o caminhar desengonçado dos apalermados, ajoelhou-se a meus pés e tentou abraçar minhas pernas, apoiadas no descanso de pés da cadeira de rodas, humilhando-se diante dos parentes e amigos de Marieta.

— Levanta daí, filho da puta! — rosnei, entredentes. — Agora!

O enfermeiro José, surpreendido e preocupado com minha segurança, segurou o suporte metálico da sonda com uma mão, deu um passo à frente e, com o pé, tentou impedir a aproximação do indivíduo, enquanto mirava o auxiliar de enfermagem e todos os presentes com o olhar suplicante de ajuda.

— É melhor voltarmos ao hospital — disse o enfermeiro José, enquanto alguns parentes encaminhavam Nestor para fora do recinto do velório.

Nesse momento, Amélia aproximou-se cautelosamente, sob o olhar benevolente de meu pai, e falou baixinho: "Meu filho, volte agora para o hospital!".

— Eu já vou, mamãe — respondi, desassossegado. — Não se preocupe!

— Você sabe que nem poderia ter saído — falou, com a voz pastosa dos embriagados. — Para que ficar no meio desse bando de palermas?

Olhei, primeiro, para seus olhos ébrios carinhosos, em seguida, para seu vestido, destoante dos demais, escuros e hipócritas. "Sempre *ela!*", pensei, olhando para o José. *"Não segue a regra de jeito nenhum! É por isso que eu a amo e sempre a amarei com tanta paixão!"*

Enquanto minha mãe se afastava, observei que as borboletas coloridas bordadas no seu vestido, na altura de seu quadril, pareciam bater as asas, ao acompanhar os meneios lânguidos que fazia, ao movimentar o seu corpo.

As borboletas voando, o vozerio reprimido, os olhares transversos e a dança monótona fúnebre das pessoas em torno do caixão lacrado excitaram o repositório de lembranças enfileiradas em minha mente, ávidas por chegarem à memória, e me encaminharam a um remoto panorama familiar que ainda não era regido pela fúria. Perdido em pensamentos nostálgicos, com as pálpebras pesando sobre meus olhos, passei a lembrar de uma época feliz da minha adolescência, em que Marcelo Ferreti ainda era o meu herói.

∽

Eu havia completado dezessete anos. Sentia orgulho das realizações de Marcelo Ferreti, meu pai, que, no meu entendimento da época, se manifestavam pela opulência da mansão onde residíamos, pela grandeza da Usina Ferreti, das fazendas que ele possuía e, principalmente, pela beleza do hangar da família, com o seu jatinho executivo *Learjet 25* e o cobiçado *Piper Cherokee*, que eu almejava começar a pilotar logo que concluísse o curso científico e o aprendizado de navegação aérea.

Meu pai era muito rigoroso quanto aos filhos adolescentes entrarem, sem autorização, em seu gabinete de trabalho, num dos cômodos térreos da residência. Porém, em certa ocasião, eu me entretinha nos imensos jardins, caçando borboletas para minha coleção, quando uma azul, que chamou minha atenção pelo tamanho e beleza incomuns, entrou pela janela de seu gabinete.

Entrei correndo no local e observei quando ela pousou no tampo de sua pesada escrivaninha de trabalho. Quando eu me preparava para descer o puçá, para aprisioná-la, notei que ela estava em cima de um intrigante convite de casamento, com as bordas amareladas pelo tempo, escrito em italiano e com os nomes de Marcelo Ferreti e Francesca Pelegrino. "Estranho!", proseei sozinho, com voz sussurrada. "Os nomes de meu pai e da mãe da Marieta, esposa do Nestor".

Perdi a oportunidade de caçar a borboleta, que saiu voando pela janela; todavia, herdei um enigma que me inquietou ao longo de toda a semana, até que, num dos tradicionais sermões de fim de tarde, em que minhas irmãs e eu éramos obrigados a comparecer, um de cada vez, eu tive a oportunidade de tentar desvendar o mistério.

Marcelo, sentado na sua poltrona de couro exclusiva, me falava, pela enésima vez, de seu sonho de me ver sucedê-lo na administração da Usina Ferreti.

— Você é meu único herdeiro homem — disse, visionário. — Exercer o comando de uma empresa como essa não é coisa pra mulher. Sua irmã Flávia é muito inteligente e a filha mais velha, mas eu prefiro você. E se ela se casar com um oportunista? Como é que fica?

— Pai — falei, com cuidado. — Eu gosto de ter liberdade. Minha natureza não é compatível com uma ocupação dentro da usina, o dia inteiro, conferindo faturas. Além disso, você sabe que eu gosto de sair com o jipe todos os dias; de manhã, de tarde e até de noite.

— O terreno da usina tem espaço à vontade para circular de jipe com segurança e responsabilidade — ponderou, paciente. — E a usina dispõe de contadores para tratar do faturamento. Suas atribuições estarão no âmbito de comando.

— Circular, de jipe, dentro do terreno da usina não tem a menor graça! — expliquei, ignorando seu comentário utópico a respeito de atribuições. — Já decorei o traçado de todas as trilhas e ruelas.

— Qualquer hora você se mata com um dos jipes — ameaçou, apontando-me com o dedo em riste. — Não pense que não sou informado das loucuras que você anda fazendo nas vicinais. Saiba que vou instalar um limitador de velocidade nesses carros.

— Isso é exagero dos seguranças — falei, disfarçando. — Adoram puxar o saco do patrão.

— Não tem nada disso! — refutou minhas palavras, franzindo o cenho. — Meu pessoal é de confiança e não inventaria uma coisa dessas!

— Quando você vai me deixar pilotar o Piper sem o instrutor? — perguntei, mais para mudar de assunto. — Não vai demorar muito para eu tirar o brevê.

— Quando você tirar a carteira de habilitação, conversaremos a respeito — respondeu, com uma risadinha sarcástica. — Mas almejar uma carreira de piloto comercial de jato é desnecessário e estúpido.

— Desnecessário, sem a menor dúvida... Hoje! — repliquei. — Estúpido, eu não acho não.

— Meu filho! — exclamou, ignorando meu comentário. — Por que você não frequenta, com mais assiduidade, o Haras e o Círculo Italiano? São os lugares mais promissores para conhecer e até namorar as garotas mais bonitas e prendadas da cidade!

— Pai — exprimi, com os braços cruzados em cima do tampo. — Eu estou namorando, há muito tempo, a garota mais talentosa do planeta. Que eu conheci no Círculo Italiano!

— Posso saber quem é? — indagou, mostrando satisfação e disfarçando um sorriso malicioso.

— Marieta Pelegrino — respondi, enfatizando o sobrenome da mulher do Nestor. — A filha de Francesca!

— Faz muito tempo? — inquiriu, sem conseguir disfarçar o alvoroço que a notícia provocou no seu semblante.

— Desde a festa de aniversário de quinze anos dela, no ano passado — ludibriei, escondendo grande parte da nossa história e curtindo a cara assustada do meu pai.

— É uma boa moça, mas não é a mais feliz das escolhas — disse, franzindo a testa. — Ela é filha do Nestor e já é mais do que sabido que nós não nos damos nada bem! Por mais que digam o contrário, não há como negar que o casamento é a união de duas famílias.

— Pai, não se trata de escolha! — expliquei, colocando as duas palmas da mão em cima do tampo da mesa. — Somos amigos desde crianças e acabei por me apaixonar por ela! Não quero saber de mais ninguém!

— Você sabe o que significa paixonite juvenil?

— O que eu sei é que não é isso o que sinto pela Marieta — anunciei, decidido. — Qual é o seu problema com o Nestor?

— Negócios, ora bolas! — dissimulou. — Negócios!

— Pai — perguntei, olhando para os seus olhos. — Você já namorou com a Francesca, não é mesmo?

— De onde você tirou essa história maluca?

— Encontrei um convite de casamento na sua mesa — falei, provocativo. — Não é esse o motivo de tanta rixa entre vocês?

— Andou fuçando por aqui? — perguntou, contrariado. — Você sabe muito bem que eu não gosto que entrem no meu escritório.

— Eu entrei por causa de uma borboleta azul! — proclamei, sorridente. — Ela entrou pela janela e pousou bem em cima do convite, como a me mostrar algo de que eu deveria tomar conhecimento.

— Ah, Felipe! — expressou, nostálgico, olhando o convite que ainda estava na mesa, por baixo de alguns documentos. — É um caso muito antigo. Qualquer dia eu te conto a história de nossas famílias, na Itália.

— Por que não agora? — sugeri, dando a entender que era uma boa oportunidade. — Estou muito curioso e estamos sozinhos em casa.

— Ok! — concordou, respirando profundamente. — De qualquer maneira, algum dia você ficaria sabendo. Vou buscar um conhaque!

Marcelo entrelaçou as mãos atrás da nuca, alongou os ombros espreguiçando-se e saiu pela porta aberta do escritório. A seguir, voltou com uma das mãos girando sua taça de cristal com o bojo largo e, com a outra, segurando a garrafa de conhaque, que depôs em cima da mesinha, ao lado de sua poltrona de couro. Fechou a porta e, mesmo antes de sentar-se, passou a discorrer de uma forma pausada e serena, como se estivesse contando uma fábula, que seu pai (ou o meu avô) Lorenzo Ferreti, vivia em Verona, Norte da Itália, entre Milão e Veneza, desde que nasceu.

Eu levei uma cadeira e me sentei perto da mesinha. Marcelo se acomodou na poltrona, cruzou as pernas, respirou fundo outra vez e continuou, pausadamente, sorvendo um gole de conhaque: "Lorenzo era muito amigo de Giovanni Pelegrino, pai da Francesca. As duas famílias, tanto os Ferreti como os Pelegrino, eram muito respeitadas na região, não só pelo poder e a riqueza que possuíam, mas também pelos negócios que faziam em Milão e Veneza, beneficiando muita gente de Verona".

— Beneficiando por quê?

— Porque representavam o interesse de vários negociantes veronenses, nas mais importantes capitais europeias — explicou, inquieto. E continuou: — Como eu era o único filho homem da família Ferreti e Francesca a única filha mulher da família Pelegrino, nossos pais queriam nos unir em matrimônio, pela confiança que depositavam um no outro. Almejavam e tentavam de tudo para que esse casamento, muito conveniente para ambas as famílias, ocorresse. Tanto eu como a Francesca sabíamos da pretensão de nossas famílias e, em princípio, não oferecíamos nenhuma resistência. Ficávamos aguardando que algum acontecimento estimulasse, de uma maneira natural, a decisão pelo noivado. Para mim era muito difícil dar o primeiro passo, porque minha timidez era patente, pelo menos naquela época.

— Você mudou bastante! — futriquei, num tom carregado de malícia. — Hoje em dia você até que é bem saidinho!

— Se você continuar me interrompendo, eu perco o fio da meada! — afirmou, ameaçador.

— Ok! — desculpei-me. — Vou ficar bem quietinho.

— Assim espero! — advertiu, balançando vagarosamente a cabeça para cima e para baixo, com uma expressão facial tranquila. E prosseguiu: — Depois das várias tentativas em festas particulares, passeios coletivos e visitas mútuas, nossas avós alcoviteiras tiveram uma ideia que deu certo. Tramaram que as duas famílias passariam alguns dias juntas, em Veneza, e aproveitariam para participar do famoso baile de máscaras, uma festa daquela época muito conhecida por aproximar casais indecisos.

Marcelo serviu-se, vagarosamente, de outra dose. Rolou e cheirou o conhaque pela boca estreita da taça, para sentir o mesmo aroma delicioso que eu também apreciava, sentado na cadeira à sua frente. E, então, retomou:

— Foi nesse baile, escondido pela máscara e descontraído pelo vinho, que eu me declarei para Francesca e ela aceitou prontamente.

— Me confessa, pai! — supliquei, notando que sua voz já estava pastosa. — Foi ou não foi um caso de amor à primeira vista?

— Mais ou menos! — avaliou, servindo-se de outra dose de conhaque.

— Pai! — expressei, determinado. — Você sabe muito bem que, nessas coisas, não existe mais ou menos.

— Foi minha primeira e, quem sabe, única paixão verdadeira! — desabafou, mostrando sinais evidentes de embriaguez. Sorveu outro gole e deu continuidade: — No dia seguinte, ainda em Veneza, diante do semblante carismático de Giovanni, pedi a mão de Francesca em casamento. Começamos a namorar e oficializamos nosso noivado em pouco tempo. Já estávamos nos procedimentos burocráticos da *cerimônia de casamento — reserva do dia e hora da cerimônia, lista de convidados, escolha dos padrinhos e do modelo dos convites —, quando os efeitos do início da Segunda Guerra Mundial atingiram o clã Pelegrino de uma forma muito intensa e imediata. Giovanni desmobilizou seu patrimônio na Itália e se mudou apressadamente para o Brasil, enquanto Lorenzo, meu pai, precisou ficar mais algum tempo em Verona, até regularizar os seus negócios. O noivado foi interrompido. Francesca e eu comprometemo-nos a realizar o casório, assim que minha família pudesse providenciar a mudança para o Brasil. O que não haveria de se alongar por muito tempo.*

— Você nunca se arrependeu de não ter tomado uma atitude mais ousada? — incitei, aproveitando-me de seu estado de embriaguez. — Tipo, vir com a família Pelegrino, ou sozinho, depois de alguns dias, para o Brasil?

— Muitas vezes, meu filho — respondeu, com os olhos avermelhados. — Muitas vezes! — E continuou, levantando-se, trôpego: — Decorreram dois ou três anos e, com as boas notícias vindas daqui, Lorenzo, meu pai, resolveu fazer a mesma coisa e também mudamos para o Brasil; inclusive, para a mesma região dos pais de Francesca. Quando chegamos da Itália, encontrei Francesca casada e com um filho recém-nascido. Ela havia aguardado minha vinda por mais de dois anos. Depois, desistiu do noivado e se casou com Nestor, um italiano procedente de Milão, que conheceu no Círculo Italiano. Não demorou muito e também me casei com sua mãe, ovelha negra de uma família de banqueiros.

Olhou-me com olhos ébrios e arrematou:

— O convite de casamento que você encontrou na minha mesa foi apenas um dos modelos que nos foram entregues, naquela época; mas não deu tempo de escolhermos nenhum.

— Um modelo que você guardou até hoje? — perguntei, observando-o absorto em pensamentos utópicos.

Ele respirou profundamente, como se descarregasse um fardo que o incomodava por uma eternidade e eu, compreendendo seu delicado momento, e como a demonstrar que não estava dando tanta importância assim à história revelada, perguntei, outra vez, mudando de assunto:

— Enfim, vamos ao que interessa. Quando sair o meu brevê, você vai permitir que eu pilote o Piper sozinho?

— Acho que sim! — disse, evasivo, embalado pelas lembranças e pelo efeito das várias taças de conhaque sorvidas.

— Pai! — expressei alto. — Você vai me deixar pilotar sozinho? Vai ou não vai?

$\sim$

— Vai ou não vai o quê? — perguntou o enfermeiro José.

— Nada, nada... — disfarcei. — Eu dei uma cochilada!

De repente, a dança fúnebre se tornou mais frenética, me retirou do devaneio revelador e, quando voltei a focar o cenário grotesco do funeral de Marieta, percebi que os familiares e convidados estavam se posicionando em torno do esquife para iniciar a caminhada para a cerimônia final de sepultamento.

— José! — expressei, melancólico. — Podemos ir. Já não tenho mais nada a fazer aqui!

O enfermeiro José, então, empurrou a minha cadeira de rodas, perseguindo seu fiel escudeiro, que desobstruía o caminho através da multidão compacta desnorteada, transportando a sonda medicamentosa pendurada num dos ganchos da travessa superior do suporte metálico.

Durante o trajeto, olhares úmidos plangentes, apertos de assombro nos meus braços dispostos sobre as coxas e batidinhas incentivadoras nos ombros procuravam confortar-me: o acabrunhado jovem que perdeu a namorada na flor da idade.

Acomodado no banco dianteiro da ambulância, ao lado de José, que dirigia cautelosamente, eu vislumbrava a paisagem cinzenta e monótona do centro de São Jerônimo, apesar do agito da vida cotidiana e da manhã ensolarada. Apático, não conseguia sentir o incômodo da minha costela deslocada escoriando meu pulmão, nem mesmo a ausência de Marieta devastando minha alma.

— Essa saída forçada do hospital vai te custar mais alguns dias de internação — ameaçou o cirurgião, apalpando meus pulmões, incônscio da dor lancinante que eu sentia na alma.

— Por quê?

— O ferimento ainda não cicatrizou por completo — justificou.
— Vou ministrar, pela sonda, um analgésico e um sedativo.

A monotonia, durante a internação extra, deixava-me sonolento o dia inteiro. As visitas eram reduzidas, por recomendação médica, e minha família (ora meu pai, ora minha mãe, ora minhas irmãs) se revezava em visitas rápidas.

Hoje, no final da tarde, eu estava sozinho no quarto. Observava o monitor colorido, o relógio por cima da porta de entrada, o tubo de oxigênio e a mangueirinha incolor que serpenteava pela cama e pelo meu corpo até chegar ao meu nariz, fazendo-me cosquinhas ao assoprar o ar purificado.

Cerrei os olhos e deixei-me levar, pelo torpor inebriante, a um episódio infantil em que eu tinha apenas onze anos e brincava alegremente com Marieta, aos nove anos, nos jardins do Círculo Italiano.

～

Nós estávamos sentados no chão do imenso jardim vicejante do clube, em torno de uma toalha de plástico estendida por Francesca, que conversava alegremente com Amélia, sentadas a uma das mesas do terraço social. Sobre a toalha, além das guloseimas tradicionais — biscoitos, cigarrinhos de chocolate, chiclete, dropes —, havia os gibis populares mais conhecidos: Mickey, O Pato Donald, Tio Patinhas, Mandrake. E, é claro, os famosos álbuns de figurinhas.

— Fê, você tem alguma figurinha carimbada?

— Claro que eu tenho!

— Você quer trocar por duas, sem carimbo?

— Você sabe muito bem a resposta, Marieta! — bronqueei, fingindo cara de bravo. — Eu não sou bobo não.

E assim, ficamos "trocando figurinhas" e degustando nossas guloseimas a tarde toda, sem sentir o tempo passar. Ao entardecer, com o aporte financeiro de nossas mães, fomos até a pracinha, na cercania do clube, para comprar algodão-doce.

O alegre vendedor, ao nos reconhecer, fez a conhecida exibição performática bizarra, ao envolver os palitões com as nuvens doces coloridas provenientes do equipamento.

— Hoje vai ter esgrima?

— Vai ter; sim, senhor! — respondemos ao mesmo tempo, morrendo de rir.

— Então, escolham as armas!

— Eu quero o amarelo — decidiu, alvoroçada. — Felipe, escolhe o vermelho. Vai!

— Então tá! — concordei, divertido. — Um vermelho bem comprido pra mim!

Daí, saímos a saborear os doces, enquanto esgrimíamos manejando os palitões, até saciarmos a vontade de comer e esgotarmos nossa resistência física.

Naquele dia, assim que Marieta viu, ao longe, o velhinho de chapeuzinho verde acionando a manivela da caixa sonora, gritou, animada:

— Vamos tirar o bilhetinho da sorte?

— Sua mãe vai ficar preocupada! — adverti, mordendo os lábios. — Não acho uma boa ideia! Já está escurecendo!

— É rápido, Fê — insistiu, mostrando as mãos postas em gesto de súplica junto ao queixo. — Eu prometo!

— Então tá! — expressei, sorrindo. — Vamos!

Recebemos nossas mensagens, com entusiasmo, do periquito verde. No bilhete da Marieta estava escrito "O amor é uma amizade que nunca finda" e, no meu, "Quando a gente menos espera, o amor aparece".

Voltamos para o clube, brincando e papeando sem parar; satisfeitos, porque, nos bilhetinhos da sorte, as palavras "amizade" e "amor" estavam em destaque.

— Fê! — expressou, querendo ouvir a mesma resposta de sempre. — Você já sabe o que vai ser quando crescer?

— Vamos ver se você consegue adivinhar!

Então eu imitei o avião, com o corpo curvado e os braços para o alto, e dei várias voltas ao seu redor, roncando e gritando: "Vou furar uma nuvem! Vou furar uma nuvem!".

— Comandante de avião? — exprimiu, morrendo de rir. — Acertei?

— Acertou — afirmei, zombando. — Você é uma menina muito inteligente!

— Você me leva junto? — indagou, com as sobrancelhas curvadas e fazendo biquinho. — Eu também quero furar a nuvem!

— Só se você der um beijinho no bico do avião! — condicionei, com uma expressão divertida, colocando o dedo na ponta do nariz.

— Fê! — segredou, colocando a mãozinha em concha no lado direito da boca. — Você sabia que eu nasci com um aviãozinho na bunda?

— O que é isso, menina?! — ralhei com ela. — Você não deve falar desse jeito.

— Mas é verdade — afirmou, morrendo de rir. — Juro!

De repente, Marieta parou de caminhar, virou de lado e abaixou um pouco o elástico da sainha rodada clara, mas acinzentada de tanto pó, doces e tinta solta dos gibis, e exibiu a marquinha escura no formato de um avião, que ela tinha no alto da nádega direita.

— Marieta! — ralhei novamente. — Você não pode ficar mostrando a bunda para todo mundo.

— Minha mãe vive fazendo isso para as visitas, lá em casa! — justificou, colocando as duas mãos na cintura e inclinando a cabeça. — E você não é qualquer um!

— Mãe! — expressou, gritando, assim que retornamos à nossa toalha de plástico. — Não é verdade que você vive pedindo para eu mostrar o aviãozinho que tenho na bunda?

— É uma brincadeira de nossa família — justificou Francesca, sorrindo. — Não é pra fazer isso a torto e a direito.

Os programas no Círculo Italiano, que eu sempre achei detestáveis, passaram a ser preferenciais, depois que me aproximei de Marieta. Era a forma mais tranquila de encontrá-la com mais liberdade. Desde essa época, declarávamos que seríamos amigos até o fim das nossas vidas.

Em certa ocasião, três anos depois e mais crescidinhos, Marieta pegou uma agulha de costura da mãe, esquentou a ponta no bico do fogão, para desinfetar, e fez um furinho no dedo indicador esquerdo de nossas mãos. Pactuamos, assim, ao encostar um dedinho no outro, num juramento de sangue, que jamais permitiríamos que roubassem a nossa amizade.

Éramos inseparáveis e, nem com o decorrer do tempo, o nosso pacto perdeu a validade. Nas festas, na escola que partilhávamos, no haras de nossas famílias e no Círculo Italiano, éramos unha e carne, fazendo quase tudo juntos.

A amizade foi se convertendo em amor, à medida que o tempo passava, e fomos nos transformando em adolescentes perdidamente apaixonados.

Em certa ocasião, dirigindo um dos meus três jipinhos, encontrei, nos arredores de nossas mansões, uma amendoeira solitária, alta, encorpada, à margem de um riacho de águas límpidas e profundas o bastante para se tomar um banho refrescante. O local era perto o suficiente para chegarmos de jipe ou a cavalo, mas longe para o alcance das vistas traiçoeiras dos seguranças de nossos pais.

A primeira de suas sete copas, muito larga e próxima ao solo, proporcionava um ambiente discreto e ensombrado. As outras copas, diminuindo de tamanho à medida que se distanciavam do solo, tornavam a árvore, de longe, muito parecida com uma pirâmide. Suas raízes brotavam da terra, ao redor do tronco, e, duas delas, as mais protuberantes, saíam da base do tronco e se cruzavam logo adiante, proporcionando, entre elas, um almofadão natural "sui generis" para nos acomodarmos, conversarmos e namorarmos, com conforto e elegância.

Com todo o cuidado para não machucarmos a árvore, desenhamos, na casca rugosa, com um ferrinho esbraseado na fogueira que fizemos ali mesmo, um coração — e, no seu interior, entrelaçadas, as letras maiúsculas da inicial de nossos nomes. Assim, a amendoeira se tornou o símbolo de nosso amor eterno; e seu entorno, o lugar secreto de nosso romance.

Logramos realizar muitos encontros ali, tanto os legítimos, nos fins de tarde depois dos afazeres escolares, como os clandestinos, quando matávamos as aulas do colégio para nos encontrarmos. Eu, via de regra, chegava antes, de jipe, e ela vinha montada num cavalo baio, com crina e cauda pretas. Ao me avistar, dava um jeito de fazê-lo empinar e relinchar, para me assustar.

Depois, sentávamos na nossa almofada orgânica à sombra da árvore frondosa, segurávamos fortemente as mãos, um do outro, e fantasiávamos juras de amor eterno, promessas de fidelidade inquebrantável, planos de fugas mirabolantes e recomeço de uma nova vida em outro lugar.

Certo dia, ao cair da tarde, ao senti-la aconchegar-se em nosso refúgio, notei que, simultaneamente, nossos comportamentos estavam alterados e na mesma sintonia. Com os corações soltos no peito apertado, os rostos vermelhos de tanta excitação, sem dizermos pa-

lavra alguma, permitimos que nossos corpos respondessem espontaneamente ao estímulo dos hormônios naturais, e entregamo-nos ao percebimento compartilhado de que o nosso amor era ainda maior do que imaginávamos. Após arfarmos descontraídos por entre as raízes da amendoeira, batizamos nossos corpos nus nas águas aquecidas do riacho, celebrando nosso ingresso no mundo dos jovens adultos.

À medida que o tempo passava, a oposição do pai de Marieta ao nosso romance, sempre presente e incômoda, foi se tornando doentia e assustadora, sobretudo após a malfadada festa de aniversário do Luca; e transformou nossos beijos, quentes e naturais, em vacilantes e amedrontados, pela chance de um dos seus seguranças nos avistar, encobertos, debaixo da amendoeira.

Sabíamos que as famílias brasileiras, Ferreti e Pelegrino, jamais seriam amistosas como eram as italianas. Por esse motivo, sempre declarávamos, um ao outro, que preferiríamos morrer a sermos obrigados a viver apartados.

Num dos fins de tarde habituais, Marieta chegou ao nosso refúgio secreto, galopando seu cavalo baio e nem empinou; simplesmente apeou e veio correndo em minha direção. Saltou no meu pescoço, entrelaçou as pernas ao redor de meu corpo e ficou grudadinha em mim ofegando até que eu, emudecido pela surpresa, senti seu coração serenar.

A seguir, ela desenganchou seu corpo do meu e, sem me encarar, com a cabeça baixa, segurou minha mão com força, levou-me em direção ao tronco da amendoeira e gesticulou, incentivando-me a sentar ao seu lado, na raiz saliente da árvore.

— Felipe! — expressou, com a voz embargada. — Precisamos conversar; minha cabeça está parecendo uma gaiola cheia de arapongas.

— Por que isso, anjo meu?

— Meu pai, querido! — disse. — Outra vez!

— O que foi, agora?

— Ele quer que eu passe uma temporada na Itália — *informou*. — *Seis meses na casa de seus parentes em Milão.*

— Que ideia mais estúpida! — opinei, atordoado. — Ele não sabe que você é aluna de uma faculdade?

— Pois é! — *expressou, sem ânimo*. — *Ele quer que eu tranque a matrícula na faculdade e viaje com ele, de imediato. Disse que eu não posso perder a oportunidade de estudar música com um maestro milanês célebre que ele contratou, quase por milagre.*

— Haja papo furado, hein! — comentei. — E o que ele disse quando você respondeu que não iria pra lugar algum?

— Você não está entendendo, meu amor — *murmurou, carinhosa*. — *Ele não me perguntou nada; simplesmente resolveu tudo sozinho e já comprou as passagens aéreas. Quem conversou sobre tudo isso comigo foi a mamãe!*

Levantei-me lentamente da raiz e pus-me a girar em torno do tronco da amendoeira, com a mão deslizando pela casca rugosa, até me deter em frente à marca do nosso coraçãozinho; encostei minha testa na imagem, comecei a chorar baixinho e disse:

— Será que jamais teremos um pouco de paz, nesta vida?

— Eu sei que a decisão do meu pai é pra lá de absurda — *ratificou, alcançando a caixinha de lenços na bolsa*. — *Tá na cara que está procurando nos separar.*

— Desculpa-me, Marieta! — falei, entre soluços. — Mas a filhaduputice de Nestor não tem limites.

— Pois é! — *expressou ela, levantou-se e entregou-me o lenço de papel*. — *Eu entrei em desespero quando minha mãe me falou a respeito disso, mas ela acabou me convencendo de que podemos converter a viagem indesejada a nosso favor.*

— Por qual razão?

— Pelo fato de eu ser menor de idade, meu amor — *explicou*. — *E, hoje em dia, isso é um ponto bem negativo. Quer queira, quer não,* ainda estou sob a sua responsabilidade e devo-lhe obediência. Em pouco mais de seis meses, completarei dezoito anos e poderei fazer o que me der na telha.

— E se você se recusar a viajar? — argumentei. — Ele não consegue te botar num avião na marra!

— Meu amor! — replicou, segurando firme o meu rosto com as duas mãos. — Tornar-me uma adolescente rebelde, na altura dos acontecimentos, está longe de ser uma boa ideia.

— Você confia cegamente no que sua mãe lhe disse?

— Sem a menor dúvida — confirmou. — Mamãe é nossa aliada eterna.

— Então tá! — expressei, fazendo birra.

Ela falou ainda que, no momento, era melhor deixar a poeira abaixar. Com o tempo, Nestor acabará por se conformar com a situação e ficará mais propenso a não misturar os problemas dele com os de vocês.

— Por acaso, eu me transformei num problema para você?

— Tá vendo, meu querido? — advertiu, puxando minhas orelhas com suas mãozinhas em concha. — Nesses tempos de turbulência, ficamos mais sensíveis a intimidações. Você já começou a torcer o sentido de minhas palavras e eu vou torcer o seu pescoço se você não parar de se comportar como um menininho pirracento.

— Então tá!

— Posso continuar, então? — falou, com olhos de professora brava. — E não ouse falar "então tá" novamente.

— Então... fala de uma vez!

— Ouça bem, Felipe! — seguiu, apaziguada. — Mamãe me disse que os parentes de Nestor, em Milão, são muito receptivos e alegres, e que eu iria me sentir muito à vontade na residência deles. Disse ainda que, durante esse tempo de estadia forçada, em vez de desgastar-me, reclamando de tudo, poderia aproveitar as aulas de música com a dispendiosa celebridade milanesa, e "segurar as pontas com as *bobagens do Nestor".* Então, *ela me deu uma caixinha porta-anel de veludo preto com a chave e a senha de acesso ao cofre particular que ela mantém no Banco Ambrosiano, e me autorizou a retirar o dinheiro que eu necessitasse, fosse lá quanto fosse, para que me sentisse "livre, leve e solta", nas palavras dela, e não dependesse de ninguém e muito menos do Nestor, para nada.*

— Pra que tanta confusão? — falei, me sentando de novo na raiz. — Só para tentar nos destruir?

— Chance zero de conseguir! — prognosticou, achegando-se a mim. — Meu amor, você percebeu como não tenho outra saída? Só me resta viajar e fingir que estou morrendo de felicidade na casa dos milaneses e, assim que decorrer o tempo combinado e eu completar dezoito anos, venho disparada a seu encontro. Com meu pai ou sem meu pai. Afinal, eu já poderei comprar sozinha a passagem de avião.

— É verdade, meu anjo querido! — admiti e a abracei fervorosamente.

E assim ficamos em silêncio, agarradinhos e acarinhando-nos, até que as primeiras rajadas de vento de fim de tarde em São Jerônimo começaram a farfalhar as folhas da amendoeira, nos devolvendo à penosa realidade. Então, levantamo-nos ao mesmo tempo e beijamo-nos como se fosse o derradeiro ato de nossas vidas. Daí, Marieta virou-se e foi se afastando de mim; montou seu cavalo baio e, aí sim, fez com que ele empinasse algumas vezes antes de seguir a galope, deixando o rastro de poeira embaçar minha visão até que ela desaparecesse por completo.

∼

Duas discretas batidinhas na porta espantaram, do meu cérebro, a lembrança daquela despedida dolorosa e trouxeram à tona uma outra realidade, no quarto do Hospital de São Jerônimo, quando a face lívida da Francesca surgiu no vão entre o batente e a porta entreaberta.

— Bom dia, Felipe! — cumprimentou, com a voz assustada dos ambientes hospitalares. — Posso entrar?

— Claro que sim, Francesca! — respondi, surpreso com a visita inesperada.

— Não vim antes porque estava desnorteada! —justificou, se aproximou devagarinho, segurou as minhas mãos e começou a lacrimejar.

— Eu perdi a vontade de viver, Francesca — sussurrei, com a voz entrecortada. — Não consigo nem chorar! A imagem da Marieta lutando contra as chamas que a consumiam, num país estranho, longe de sua família e grotescamente afastada de mim por um motivo fútil, não desgruda da minha cabeça.

— Não sem motivo, Felipe — aquiesceu. — Eu estou perplexa diante da catástrofe que assombra nossas famílias. Mal posso acreditar. Eu sei que a conduta do Nestor foi execrável; mas sinto que tive, também, uma parcela de culpa no que ocorreu com minha filha em Milão. Não consigo me perdoar pelo fato de não ter feito nenhuma viagem para confortá-la. Eu privilegiei o meu conforto, evitando situações constrangedoras diante da família de Nestor, uma vez que nosso casamento estava arruinado; e nós, "em pé de guerra". Se eu houvesse feito uma oposição mais rigorosa a essa viagem estúpida da Marieta...

— Para com isso, Francesca! — discordei. — Agora não adianta chorar pelo leite derramado.

— Eu sei! — insistiu. — No momento, estamos muito sensibilizados; mas, algum dia, quero te contar algumas coisas das quais penso que você deveria tomar conhecimento.

— Por que não agora mesmo?! — sugeri. — Não acredito que exista algo tão ruim que possa piorar ainda mais o meu estado de espírito. Já estou no fundo do poço, Francesca. Daqui eu não desço mais. Prefiro que você diga agora o que tiver de me contar.

— Está bem, Felipe! — concordou, encorajando-se. — Se causar incômodo, me avisa que eu mudo de assunto.

— Com certeza! — prometi, acomodando-me melhor na cama.

— Nestor nunca se conformou com o romance de vocês — começou vacilante. — De maneira nenhuma. Principalmente depois dos últimos acontecimentos desastrosos. Assim, com a condição de não serem notados, encarregou os seguranças dele de vigiarem vocês e informá-lo onde se encontravam, sobre o que falavam, o que faziam. Ele queria porque queria saber se o que unia vocês era uma paixão verdadeira, ou se tratava-se de um namorico juvenil.

— Que babaca! — desabafei.

— Claro que não deu certo! — afirmou, convicta. — Na maioria das vezes, eles voltavam de mãos abanando ou com informações inúteis. Em decorrência disso, Nestor articulou uma nova estratégia que, na cabeça dele, seria plenamente acertada. Decidiu separá-la de você por algum tempo, seis meses, para testar se a atração que sentiam um pelo outro resistiria a uma separação longa e repleta de atrações inusitadas e agradáveis. Então, levou Marieta para Milão; não sem antes conspirar com seus parentes milaneses, acreditando que sua filha não resistiria ao encanto do primeiro jovem italiano boa-pinta que surgisse no seu caminho. Supreendentemente, dia após dia, semana após semana e mês após mês, a permanência de Marieta na Itália transcorria de forma tranquila e agradável. E já havia passado um pouco mais de cinco meses. Ela estudava com satisfação e demonstrava entusiasmo com as aulas particulares do eminente maestro milanês. E pouco falava a seu respeito. Seus primos italianos apresentaram-lhe novas amizades e ela passou a não recusar nenhum convite para festas ou baladas com os novos amigos. Até eu, cética quanto à ideia, no início, passei a ter um comportamento benevolente em relação ao assunto e deduzi que eu havia desconfiado, de uma maneira exagerada, das intenções do Nestor.

— Pois é! — expressei. — Você até incentivou a viagem. Eu me lembro muito bem.

— Eu queria evitar um confronto truculento entre o pai e a filha — disse, lamentosa. — Nestor estava muito transtornado. Achei que um período de recesso poderia ser benéfico para ela e, além do mais, retornaria já maior de idade.

— Para "fazer o que lhe desse na telha"? — comentei, sarcástico.

— Eu menosprezei a malignidade da índole de Nestor — confessou. — Na rara oportunidade que tive de falar com ela, ao telefone (e omitindo a real circunstância), relatei que você havia sofrido um acidente e estava internado no Hospital de São Jerônimo, com as costelas deslocadas. Nesse momento, Nestor ultrapassou todos os limites da dignidade humana. Retirou violentamente o telefone de minha mão e mentiu a ela, de forma descarada, que você havia falecido no hospital, e não havia motivo nenhum para precipitar sua volta ao Brasil. Dito isso, desligou o telefone e não me deu oportunidade de voltar a falar com ela.

— Que barbaridade! — balbuciei, sentindo repulsa e nojo.

— Indignada, passei a telefonar insistentemente para Milão — disse, deixando correr um riacho de lágrimas pelo rosto. — Porém, só consegui efetivar a difícil ligação internacional, via telefonista, no dia seguinte à noite que Carlota, a prima mais velha do Nestor, relatou que o comportamento de Marieta mudou completamente após a conversa telefônica com o pai. Desentendeu-se com o maestro e não parou mais de gritar que iria suicidar-se.

Francesca interrompeu o relato para chorar, de maneira convulsiva, por alguns instantes, enxugou o rosto ensopado e continuou:

— Nestor decidiu viajar às pressas para Milão. Lá chegando, exorbitou de sua condição de pai e promoveu a internação forçada e ilegal da filha numa clínica psiquiátrica. Em poucos dias, retornou ao Brasil, deixando-a à mercê de uma tragédia.

— O que acabou acontecendo — murmurei, letárgico.

— De uma maneira pra lá de estranha — explicou, enxugando as lágrimas. — Eu soube, pela Carlota, que Marieta ficou internada *por três semanas e, quando recebeu alta médica e voltou para casa, seu comportamento estava deveras modificado; e no bom sentido. Animada e bem-disposta, expressou o desejo de se desculpar da malcriação e retomar as aulas de música com o maestro milanês; passou a ensaiar no seu quarto o dia inteiro, com empenho e leveza; alimentava-se com apetência; não mencionou mais o desejo de voltar logo ao Brasil nem fez mais referência nenhuma a você. Satisfeito com sua estratégia final vitoriosa, Nestor retornou a Milão para visitar a filha restabelecida; porém, informou-me Carlota, por telefone, não demorou muito para que voltassem a ocorrer as discussões encolerizadas entre os dois e por motivos fúteis, no dormitório de Marieta. Na manhã fatídica, com o calor abrasador sufocando a região metropolitana de Milão, Carlota e a irmã resolveram dar uma volta na praça e aproveitar para comprar mascarpone e biscoito champanhe para preparar o tiramisù, sobremesa italiana preferida de Marieta. Ao retornarem do passeio, Carlota notou que labaredas de fogo irrompiam pela parte dos fundos de sua casa, justamente onde se localizava o quarto de Marieta, sobre a garagem. Nestor, que havia chegado pouco antes, gritava que Marieta estava sozinha na casa, ao mesmo tempo que o vizinho esbravejava que conseguiu entrar pela porta da cozinha e subir a escada já tomada pela fumaça, mas a porta do quarto estava trancada. Os bombeiros impediram que o fogo se alastrasse por toda a residência, porém, no quarto da Marieta, a destruição foi total e seu corpo ficou carbonizado. Nestor, sentado na calçada, chorando e gesticulando muito, confessou que ela estava sozinha na residência. Suas primas haviam saído e ele necessitava ir, com muita urgência, ao Banco Ambrosiano. Marieta, espeloteada, recusava-se a ficar sozinha na casa e ele não poderia levá-la, consigo, ao banco; os ânimos exaltaram-se e Nestor revelou que saiu do quarto, trancou a porta e levou a chave, para mantê-la cativa até seu breve retorno.*

— É um imbecil — disse Felipe, balançando a cabeça.

— O responsável pelo acidente fatal que levou minha filha foi o próprio pai — declarou Francesca, com o rosto lavado em lágrimas. — Disso eu não tenho a menor dúvida; e ele há de pagar pelo crime que cometeu. Porém, tanto sua mãe como eu e até seu pai, tivemos uma parcela de culpa pela discórdia entre nós que, após a festa de aniversário de Luca, converteu a antipatia que Nestor nutria por você em ódio mortal e irreversível.

— Francesca! — exclamei com a voz espremida, ajeitando-me na cama. — Não há mais nada a ouvir que possa me impressionar.

— Me desculpe, Felipe — disse, levantando-se. — Julguei que eu deveria compartilhar tudo isso com você.

— Você fez bem, Francesca — respondi, confortando-a. — Muito bem!

Ela segurou minhas mãos por algum tempo, me beijou repetidas vezes e foi se afastando vagarosamente, como se vasculhasse seu cérebro à procura de algo que ainda não havia mencionado; até que abriu a porta do quarto. Olhou-me, então, por sobre os ombros, descortinando, no rosto atormentado, a maquiagem borrada e sulcada pelas lágrimas, as olheiras arroxeadas e a expressão sorumbática. Suspirou longamente, sem desviar seu olhar do meu, depois saiu e fechou a porta.

O semblante da Francesca congelou na minha mente e metamorfoseou-se no rosto fogoso, prazenteiro e imponente que ela exibiu, muito constrangida, do alto da escadaria do salão nobre de sua mansão, na ocasião do aniversário de Luca, seu filho caçula. Então, fechei meus olhos, deitei-me por completo no leito hospitalar e deixei-me vagar ao sabor das ondas elétricas de meu cérebro.

~

A primeira lembrança que me veio à tona foi a da figura autoritária de meu pai, Marcelo Ferreti, determinando que toda a família deveria comparecer à festa de aniversário de Luca, filho caçula da família Pelegrino, não obstante ninguém houvesse se manifestado contrário a participar do evento.

— Iremos com a limusine da família — anunciou, severo. — Não é tão longe e vou dispensar o motorista.

Eu recordei que, nessa época, todos os fazendeiros e usineiros rivais eram concorrentes desleais, traidores e viviam num clima de negociata, ódio e vingança. Entretanto, não deixavam de frequentar as mansões uns dos outros, para manterem uma aparência social amistosa e exibirem os sinais das respectivas riquezas, por meio das limusines luxuosas e das joias ostentadas por suas esposas e filhas.

Eu acreditava que o pai de Marieta, que se casou com uma mulher rica e da alta sociedade italiana, ofereceria uma festa vangloriosa para mostrar aos seus pares o tamanho de sua fictícia fortuna. Meu pai, em contrapartida, único herdeiro de meu avô, Lorenzo Ferreti, muito rico desde o nascimento, usava seu poder no exercício de provedor e patriarca de nossa família com despotismo e austeridade, atributos que minha mãe deixava de respeitar assim que tomava o primeiro gole.

Os derradeiros raios solares ainda repercutiam nos enormes vitrais da sala de jogos; e minha mãe, já vestida e maquiada sem muito esmero, desfilava pelo salão nobre, bebericando num copo longo de cristal e sustentando uma expressão enigmática no rosto sorridente.

Sentado numa poltrona não muito distante, eu ficava de olho nela, folheando uma revista automobilística.

Logo que chegou da usina, meu pai a encontrou na varanda gourmet do salão, sentada na banqueta do bar, rolando, com os dedos, a taça de cristal.

— Não dá para esperar chegar na festa, para começar? — espicaçou, irônico, sem tomar conhecimento da minha presença.

— Ainda não comecei, Marcelo — reagiu, sarcástica. — É apenas um "Bloody Mary", para lavar o gogó!

— Agradeço se você não der vexame desta vez — suscitou, virando-se na direção da escadaria.

— Marcelo, nós somos diferentes e você bem sabe — declarou, pegando a coqueteleira e servindo-se de outra dose. — Nunca precisou beber para envergonhar a família.

— O que você está querendo dizer com isso? — perguntou, detendo-se no patamar da escadaria e virando-se para olhar para ela.

— O que todo mundo já sabe — afirmou, sorrindo. — Perfume-se com requinte, Marcelo. Você sabe muito bem que a dondoca há de gostar de homens cheirosos.

— Não vou perder tempo com conversa fiada — resmungou, e continuou subindo a escada. — Vou tomar banho e quero todos prontos, em uma hora.

Eu subi para o meu quarto, avaliando que a primeira oportunidade de uma discussão calorosa foi evitada, por um fio!

Chegamos à mansão da família Pelegrino no horário que meu pai determinou. Minha primeira impressão foi a de que seria uma festa extravagante e sob medida para tornar visível, aos concorrentes, a situação privilegiada que cada um conquistara.

A contragosto, meu pai deixou o automóvel da nossa família com o manobrista, e adentramos a propriedade pelo imponente portal; caminhamos por uma faixa de tapete azul-escuro, sobre o gramado, ladeada por colunas de tochas acesas e sob uma imensa rede escura, decorada com centenas de luzinhas, simulando a abóbada celeste numa noite estrelada, com destaque para a constelação do Cruzeiro do Sul.

Ao chegarmos à porta social da mansão, meus pais — e todos os demais convidados ilustres — foram recebidos pelo casal anfitrião, ao lado de um refinado garçom, ricamente paramentado e portando uma bandeja de prata, repleta de taças de champanha.

A seguir, todos eram levados ao grande salão, na companhia de simpáticas recepcionistas. Os mais jovens eram delicadamente enca-

minhados, através de uma escada caracol, para a parte inferior da mansão, onde se localizava o salão de festas, propriamente dito, ricamente decorado, ao lado da ampla piscina, discretamente iluminada com luzinhas coloridas.

Era o cenário ideal para uma grande noite de encantamento e amor.

Eu estava entusiasmado com a oportunidade de me aproximar da Marieta, no seu ambiente familiar, embora seu pai não tenha perdido nenhuma oportunidade de, através de olhares e gestos zangados, evidenciar sua oposição ao pretenso encontro.

Há muito tempo namorávamos reservadamente e nossos encontros, em geral ao cair da tarde, mormente aconteciam nas proximidades da verdejante amendoeira, que fica numa faixa cercada pela mata, entre as propriedades das duas famílias.

Eu estava apoiado num dos pilares centrais do hall social quando meu coração quase transbordou, de tanto encantamento, assim que a vi no patamar superior da escadaria, trajando um vestido longo champanhe e envolta num clarão de luz suave, oriunda de uma das rosáceas de cristal da residência, como se sua alma envolvesse o seu corpo — e não o contrário.

— Você demorou de propósito, para me deixar ansioso? — deleitei-me, assim que ela pôs os pés no assoalho do salão nobre. — Estou em estado de graça!

— Exagerado! — expressou. — Eu já estava te observando há muito tempo lá de cima, mas só desci quando notei que meu pai havia deixado o salão. — Queria te dar um beijo sem a participação dele! Vamos dar uma volta no gramado?

— Claro que sim! — acatei, ainda sentindo a onda de formigamento, pelo corpo todo, que o leve roçar de seus lábios nos meus provocou.

Assim, descemos pela escada caracol interna, atravessamos o salão de festa e caminhamos ao léu, pelos jardins, papeando e brincando, sem nenhum estorvo. Até que avistamos a pista de dança ao ar livre, onde um grupo de músicos se preparava para a apresentação do repertório escolhido pelo Luca, seu irmão debutante. Sentamo-nos na borda lateral da pista de vidro grosso e, silenciosos, passamos a observar a algazarra ruidosa dos convidados adolescentes, divertindo-se ao redor da piscina.

— Felipe! — expressou Marieta, franzindo a testa. — Por onde está viajando sua cabecinha, meu amor? O que te azucrina?

— Ah, mil perdões! — me desculpei. — Estou meio fora da casinha.

— Por quê?

— Minha mãe — vagueei. — Sempre minha mãe. Está bebendo muito depressa e Marcelo não tira os olhos dela.

— Querido! — ponderou, apertando forte a minha mão. — Amélia não está simplesmente se distraindo? O que você poderia fazer?

— Nada! — declarei. — Ou quase; mas vou até o salão dar uma olhada. Você se importa?

— Claro que não! — respondeu, vasculhando os arredores. — Mas não demore muito. Meu pai está louco para me empurrar um de seus sobrinhos.

— Eu já volto! — prometi, levantando-me.

Ao chegar ao salão social eu vi que minha mãe, abusando dos drinques, estava cada vez mais descontraída; e meu pai, de olho nela o tempo todo, demonstrava desconforto e irritabilidade, apesar de também estar bebendo em excesso.

Eu enxergava bombas virtuais prestes a explodirem; bastava que um dos dois (ou até o Nestor) aparecesse com o pavio curto. Mas eu não poderia ficar muito tempo na vigilância, sem arriscar perder o pouco tempo de que Marieta e eu dispúnhamos, antes que começassem os rituais festivos tradicionais e coletivos.

Flávia, minha irmã mais velha, alheia a tudo e a todos, desfilava, majestosamente, em meio aos numerosos pretendentes milionários, exibindo charme e sensualidade, enquanto Vinícius, primogênito da família Pelegrino, mostrava ansiedade por não conseguir aproximar-se dela. Por outro lado, observei, pelo terraço do salão, que Alessandra, minha irmã caçula, mais alheia ainda, divertia-se pra valer com o Luca e seus diversos amigos e amigas, ao lado da piscina.

Voltei correndo em direção à pista de dança, apenas para me certificar de que o Nestor, na companhia do sobrinho, não arredaria mais o pé e, certamente, não me permitiria outra aproximação, tão à vontade, de sua filha. Assim que me viu chegando às proximidades da pista, onde já rolava a primeira interpretação do repertório do Luca, Marieta fez um discreto gesto com a mão, para que eu não me aproximasse; então, retornei ao salão, lamentando a oportunidade desperdiçada.

Ao longo da festa, nas raras vezes em que eu conseguia me aproximar de Marieta, algum assecla de Nestor se aproximava com uma conversinha mole, no evidente objetivo de atrapalhar o encontro. Decididamente, Nestor não queria nos ver juntos, de jeito nenhum!

Em dado momento, eu vi minha mãe surgir no salão, trançando as pernas e abrindo espaço entre os convidados, cambaleando em direção à escadaria. Eu atravessei todo o recinto, na diagonal, e consegui interceptá-la, antes mesmo de ela botar o pé no primeiro degrau.

— Você está bem, mamãe? — indaguei, segurando-a pelo ombro.

— Claro que sim! — confirmou, entre soluços. — Me divertindo um pouco; o zoológico está lotado de chifrudos e sirigaitas.

— Mamãe! — expressei, ignorando o comentário maldoso. — Aonde você vai?

— Mijar, meu filho — segredou Amélia, em tom soturno. — Minha bexiga está prestes a explodir.

— Tem banheiro aqui embaixo — recomendei, incentivando-a com o olhar. — Posso te acompanhar até o mais próximo?

— Já estou aqui e vou usar o de lá de cima — respondeu sem rodeios e começou a subir os degraus.

Estando "com as mãos atadas", eu acompanhei a escalada materna até o final da escadaria e vi quando ela se dirigiu ao recinto exclusivo da família. Entrei em pânico. Esquadrinhei o salão e não encontrei Marcelo em lugar algum. Então, andei célere até o terraço panorâmico e procurei, até onde minha vista alcançou, encontrá-lo em algum recanto do enorme jardim. Porém, quem eu encontrei mesmo foi a Marieta, caminhando lentamente pelo gramado, em direção ao salão de festas, na companhia de um dos sobrinhos do Nestor, deixando para trás o ambiente frenético da pista de dança.

Então, retornei ao pé da escadaria bem no momento em que Amélia, chorando e com a maquiagem borrada, estacionou no patamar entre o primeiro e o segundo lances, agarrou-se ao corrimão com as duas mãos e, balançando o tronco para a frente e para trás, gritou, aos quatro ventos, olhando em minha direção:

— Enquanto o corno fica te vigiando e empurrando sobrinhos para Marieta, a vagabunda da sua mulher fica dando em cima do Marcelo, no quarto da própria filha!

— Fala baixo, mamãe! — reagi, morrendo de vergonha.

Subi o lance da escadaria até o patamar onde ela se encontrava e, segurando firmemente seus braços, com receio de que ela pudesse desmoronar, acompanhei-a até atingirmos o chão. Então, ela desvencilhou-se do abraço protetor e caminhou, trôpega, até a escadinha interna, não sem antes pegar uma taça de champanha da bandeja do garçom que por ali passava. Olhei em torno e fiquei aliviado ao ver que poucos convidados estavam nas proximidades.

Foi constrangedor quando, logo após o episódio burlesco, Francesca surgiu no alto da escadaria e, ao descer o primeiro degrau, sem conseguir disfarçar o fogacho que lhe subia à face, sorriu e gesticulou a uma amiga imaginária, que estaria num dos cantos do salão nobre, com palavras de saudade e afeto, na tentativa inútil de dissimular a inconveniente emoção de medo e susto; ao mesmo tempo, e do lado oposto do salão, Marcelo materializou-se sob o batente da porta da cozinha, levando um prato de comida numa das mãos e um copo cheio na outra, não se apercebendo de que o jantar já havia acabado e os pratos utilizados já haviam sido retirados do salão. Notei que sua face estava lívida. Tentava dissimular o suposto flagrante romântico, sorrindo. Mas eu sabia, muito bem, que o olhar que ele estava disparando em todas as direções era de inconformismo e ódio.

Nesse momento, Francesca, em parte recuperada do susto, subiu em cima de uma banqueta e, percutindo em sequência a taça de cristal vazia com uma colher, chamou a atenção dos poucos convidados ainda presentes no recinto e convidou-os a descerem ao salão de festas e participarem das danças temáticas selecionadas pelo debutante.

Os convidados desceram e organizaram-se num grande círculo, deixando livre o espaço interno para a apresentação dançante. A primeira dança era reservada à mãe e ao debutante, sozinhos, no salão; a segunda, para os casais convidados; e a terceira, aos jovens enamorados. Francesca, muito esbaforida, se posicionou no meio da roda, segurando a mão do filho caçula, aguardando os primeiros acordes musicais.

Amélia, sem disfarçar a embriaguez, encontrava-se num dos cantos obscuros do salão, segurando um copo vazio entre os joelhos e equilibrando-se, sentada num pufe vermelho na forma de um cubo. Ela choramingava e disparava olhares ébrios debochados à Francesca no meio da roda e ao meu pai, encoberto entre as folhagens de um vaso enorme, no outro lado do recinto. Nestor, sobressaltado e aflito, vagava ao léu entre os convidados e a banda, onde os músicos já entravam em formação para o início da exibição.

Só então Marieta despontou no salão, achegando-se rapidamente ao meu lado e dando-me a mão gelada e úmida.

— Meu pai está enlouquecido, meu amor — bradou, inquieta. — Não parou de me apresentar sobrinhos, amigos dos sobrinhos e amigos

dos amigos dos sobrinhos. Fui obrigada a me desvencilhar de um por um, para conseguir chegar até você. Que saco!

A um sinal do líder, a banda iniciou a interpretação da primeira música. Francesca e Luca passaram a deslizar pelo centro da roda, sob os olhares falsos e exageradamente extasiados dos parentes e o encarar oblíquo, pleno de fúria, do Nestor. Ao final, os convivas aplaudiram o aniversariante e Francesca, que permaneceu no centro da roda, à espera do Nestor, e convidou todos os cônjuges a dançarem a segunda música, com seus maridos e esposas. O salão ficou repleto de casais e só os mais atentos notaram o clima de constrangimento e repulsa que Nestor e Francesca mostravam, ao dançar, através de sorrisos falsos, mecânicos e congelados.

Por outro lado, eu segurei a mão de Marieta e caminhamos por fora do círculo dançante, à procura de meus pais. Nem precisei ir muito longe para assistir, de relance, à tentativa frustrada de Marcelo em convencer Amélia a dançar com ele.

— É protocolar, Amélia — implorou Marcelo. — Só alguns passos e pronto.

— Vá dançar com a piranha, antes que o corno a convide — gritou, alterada. — E não venha encher o meu saco outra vez.

Escutei a voz de minha mãe, felizmente abafada pelo som alto da música que acabara de ser iniciada e puxei a Marieta, torcendo para que ela não tivesse ouvido os impropérios.

Ao início da terceira música, reservada aos enamorados e aos convidados em geral, eu não perdi um segundo sequer; apertei forte sua mão, fomos ao centro da roda e começamos a dançar. Rodei pelo salão, enquanto assistia à imagem dos personagens da tragédia anunciada se revezando: os olhos esbugalhados do Nestor; o sorriso debochado da Amélia; a postura de garanhão arrependido de Marcelo e o comportamento falso de anfitriã entusiasmada de Francesca.

O ritmo lento da música começou a ditar uma discreta mudança de comportamento de Marieta. Aconchegou-se de modo sedutor ao meu corpo, largou sua mão direita da minha e tateou com ambas as mãos os meus braços e ombros até entrelaçá-las em torno do meu pescoço; colou seu rosto firmemente ao meu e, vez ou outra, roçava os lábios no meu pescoço até sentir o bater frenético do meu coração no seu peito.

— É impressão minha ou você realmente perdeu o juízo? — murmurei.

— Felipe, meu amor! — disse baixinho ao meu ouvido. — Se alguém perdeu o juízo nesta festa, não fui eu. Nem você!

— Chega de fugir dos primos?

— Chega de palhaçada — replicou. — Não merecemos perder mais tempo com baboseiras.

— Vamos fugir para bem longe?

— Agora?

— Você percebeu, meu bem?

— O quê?

— A música acabou e nós estamos abraçados no meio do salão.

— Se ele não matar a gente agora, não mata mais.

— Mata não, meu bem — sentenciei. —Deve estar roncando atrás de alguma moita do jardim!

— Vamos assistir ao show? — convidou. — Não largo mais sua mão nem que me esganem. Combinado?

À meia-noite em ponto, conjuntos de foguetes explodiram, de modo concomitante, de três bases de disparo diferentes, proporcionando um muito bem-sucedido show pirotécnico, enquanto caixas de som, convenientemente localizadas, repercutiam a trilha sonora do último movimento da Quinta Sinfonia, de Beethoven.

Ao final, os espectadores voltaram ao salão de festas para cantar o tradicional "Parabéns a você". Posicionada ao lado do Luca e no meio da mesa repleta de quitutes doces e salgados, Francesca se preparava para fatiar o bolo de aniversário e pediu, a um dos serviçais, uma espátula adequada para cortar e servir a primeira fatia. A seguir, continuando o ritual da tradicional brincadeira, Francesca levantou o pratinho e o garfo e perguntou, olhando para todos:

— E para quem vai o primeiro pedaço do bolo?

— Para você mesma, dondoca! — irrompeu Amélia, por entre os presentes, e completou: — E não precisa de espátula. Deixa que eu sirvo!

Sem demora, surpreendendo a todos, Amélia pegou um naco de bolo com a mão e colocou no pratinho que Francesca segurava. Ela, perplexa, ficou sem ação. Paralisada. Amélia passou, então, a servir a todos os convidados que estavam assistindo à chacota. Pegava um naco do bolo com a mão, colocava no prato e entregava a um por um dos convidados que, tão bêbados quanto ela, aceitavam, morrendo de rir. Baixaria total.

Nestor não assistiu à zombaria porque estava roncando no sofá do salão. Marcelo, morrendo de ódio, saiu à procura da limusine, e Marieta, muito envergonhada, confidenciou-me secretamente:

— Meu pai fez por merecer o castigo. Mas, pra mim, chega. Perdão, meu amor, mas eu vou para o meu quarto.

Nem é preciso dizer que o final da festa foi um festival de grosserias, com a maioria dos convidados, descontroladamente bêbados, debochando da flagrante cena amorosa que teria ocorrido nas instalações reservadas da família Pelegrino.

Foi o último encontro social entre as duas famílias. Depois do vexame, envolvendo Marcelo e Amélia Ferreti e Nestor e Francesca Pelegrino, os patriarcas das duas famílias tornaram-se inimigos declarados, para nunca mais se relacionarem novamente.

Logo que o manobrista trouxe a limusine da família Ferreti e abriu as portas, Marcelo se dirigiu ao lado esquerdo, tomou a direção e ordenou que Flávia, que insistia em dirigi-la, ocupasse o banco ao seu lado. Além disso, obrigou minha mãe a sentar-se no banco traseiro, junto a mim e à Alessandra, que estava de pilequinho.

No caminho de volta à nossa casa, quando Marcelo passou, pela segunda vez, em cima da guia da calçada, Flávia, aos prantos, gritou para ele:

— Pai, encoste esse carro, pelo amor de Deus! Você vai acabar nos matando!

— Mulher nenhuma vai me levar pra casa! — determinou, enrolando a voz. — Nem que seja a minha própria filha.

— Eu vou dirigindo — gritei, agressivo. — Estacione a porra do carro!

Minha mãe, muito bêbada, começou a gargalhar e chacotear a situação do romance do meu pai que, num acesso de fúria, estacionou violentamente o automóvel em cima da calçada, desceu e mandou Amélia desembarcar, ali mesmo, puxando os seus braços.

Não adiantaram minhas súplicas, nem as de Flávia, tampouco as de Alessandra, que estava chorando ostensivamente. Minha mãe foi obrigada a descer.

Evidentemente, também desci e notei quando Marcelo empurrou a Flávia, que tentava se posicionar ao volante, e retomou a direção do veículo, arrancando com violência, cantando pneus e produzindo ruído e fumaça, para desaparecer na primeira curva.

Durante a madrugada, é muito difícil obter socorro nas ruas e ruelas escuras do bairro. Minha mãe caminhava com o andar dos bêbados, e chorando muito, tornando extenuante a caminhada de volta à nossa residência.

— Felipe! — expressou, com a dor manifesta em seu semblante. — Estes sapatos estão me matando. Não aguento mais andar com eles!

— Tira os sapatos, mãe; deixa que eu levo! — recomendei. — É perigoso demais ficarmos dando bobeira por aqui. Temos de seguir em frente.

— Joga fora essa merda! — ordenou, enquanto eu a ajudava a tirar os sapatos de seus pés. — Não vou mais precisar disto.

Eu atirei os sapatos para longe, no matagal existente ao longo do caminho e notei que sua embriaguez havia se dissipado um pouco, com o desconforto e o medo.

Nesse ponto, ouvi o ruído do motor de um carro, vindo em nossa direção. Quando eu me preparava para fazer um sinal de ajuda, reconheci que era de um dos seguranças de meu pai. Embarcamos no banco traseiro do automóvel, sem trocar palavras com o motorista. Assim que nos aproximamos da residência, notei que os outros seguranças estavam agitados, andando de um lado para o outro e falando ao telefone da guarita.

— O doutor Marcelo sofreu um acidente grave, dona Amélia! — informou o chefe de segurança, assim que o carro parou ao lado da guarita. — *Ele e as garotas estão no hospital! Nós estamos procurando informações a respeito de seus estados de saúde, mas, por enquanto, não obtivemos nenhum esclarecimento.*

— Dê a volta, com este carro mesmo, e vamos imediatamente para o hospital — determinou e arrematou: — *Quero saber das minhas filhas.*

— Tome um banho frio, mamãe, e se vista adequadamente — implorei, baixinho. — Eles já estão sob cuidados médicos. Não há motivo para tanta pressa.

— Está bem! — anuiu. — Vou tomar banho. A cagada já está feita!

Dirigimo-nos para o Hospital de São Jerônimo. Fui informado de que meu pai, com escoriações variadas, encontrava-se numa das salas de recuperação, sendo observado pelos médicos, mas não corria risco de morte. Alessandra, minha irmã caçula, deitada no banco traseiro da limusine, saiu ilesa. Flávia, porém, em estado crítico, estava sendo submetida a um procedimento cirúrgico, e o médico nos informaria a respeito de sua saúde logo que concluísse a operação.

Segundo consta no prontuário médico, com os dados notificados pela polícia, o automóvel, descontrolado e em alta velocidade, havia rodopiado na pista e batido num poste de iluminação com a lateral direita, exatamente onde Flávia estava sentada.

A vistoria técnica no local do acidente foi concluída, um dos parentes próximos deveria comparecer à delegacia para fazer o boletim de ocorrência e, a seguir, o automóvel já estaria à disposição para transporte.

Atordoado e sonolento, ouvia uma voz estranha, distante e insistente, ecoando nos meus ouvidos:

— O automóvel já estaria à disposição. Já está à disposição. Disposição... Disposição... Disposição...

— Que automóvel? — perguntei, desnorteado. — Que automóvel?

— Felipe! Felipe! — chamou-me José, afastando meu estado modorrento. — Você pegou no sono! Está na hora de irmos para a missa!

— Que missa?

— A missa de sétimo dia da Marieta — respondeu José, obstinado. — Posso trazer a cadeira de rodas? O carro já está à disposição.

Só então eu me conscientizei de que estivera imerso em recordações trágicas e aflitivas.

∞

Ao longo da missa de sétimo dia, constatei que a trégua fúnebre entre os dois patriarcas estava próxima do seu final. Os olhares mordazes que meu pai e Nestor trocaram, no decorrer de toda a cerimônia, deixou patente que a hostilidade entre os dois estava na iminência de eclodir.

Os últimos dias do período de convalescença no hospital transcorreram de forma entediante e monótona, com o acompanhamento médico diário e poucas visitas. A cicatrização do corte pulmonar estava em vias de se completar e minha alta médica poderia acontecer a qualquer momento.

Fiquei surpreso e assustado quando minha mãe entrou no quarto sem bater na porta, apressou-se em minha direção e me abraçou fortemente, por vários minutos, sem dizer nada. Senti o seu coração pulsando fortemente junto ao meu, aguardei que se acalmasse, segurando seu rosto frio com ambas as mãos.

— Mãe! — *expressei, estupefato.*

— Vim para dizer que te amo muito. Muito!

— Mãe! — *insisti, olhando-a com o semblante severo.* — Você não está no período de internação?

— Fugi daquela merda agora mesmo! — *respondeu, exalando cheiro de álcool.*

— Por que você fez essa besteira, minha mãe querida?

— Eu queria te ver, te abraçar e te beijar muito — *disse.* — Muito!

— Era só esperar um pouco mais, mãe.

— Meu filho! — *falou, convicta.* — Aquilo não serve pra nada! É um retiro de fracassados.

— Eu te compreendo muito bem — *falei, com os nervos à flor da pele.* — Mas fugir...

— O táxi está esperando lá fora para me levar para casa — *disse, com os olhos vermelhos de tanto chorar.* — Eu tenho que decidir o que é melhor para mim. Quero que você saiba que eu te amo, sempre te amei e te amarei eternamente!

— Nunca duvidei disso! — *afirmei, acariciando suas mãos, tentando acalmá-la.* — O que você pretende fazer?

— Meu filho querido — *respondeu e foi se levantando da beira da cama, sem tirar seus olhos dos meus.* — Caia fora dessa casa maldita e desfrute das boas coisas da vida em outro lugar.

— Faça isso também, mamãe! — *incentivei, com meus sentidos em alerta total.*

— Você se lembra do nosso esconderijo secreto?

— Claro que me lembro! — *corroborei, perscrutando seus olhos, à procura de algum indício.*

— Meu filho! — exclamou, abrindo a porta do quarto. — Lá tem dinheiro suficiente para você recomeçar sua vida onde quiser e do jeito que você escolher. Eu não tenho mais tempo para isso!

Em seguida, ela saiu e fechou a porta.

— Mamãe! — berrei. — Espera um pouco. Preciso falar com você!

Instintivamente, eu sabia muito bem o que ela estava pretendendo fazer! Sabia, também, que eu não tinha o direito de interferir ou tomar qualquer providência para obrigá-la a desistir! Todavia, meu coração quase colapsou, quando a porta se abriu novamente.

Mas não era ela. Pela porta, entrou José, avisando que o médico viria, a qualquer momento, para me dar a alta médica.

— Felipe! — bradou. — Já avisei seu pai. Você vai deixar o hospital num dia esplêndido! Tempo ótimo e céu azul de brigadeiro!

José saiu do quarto e eu, exausto pela conversa tensa com minha mãe e sonolento pelo efeito dos sedativos, fui me conduzindo a um estado de relaxamento profundo e passei a ouvir o ruído permanente e distante do motor de um avião, navegando tranquilo em céu de brigadeiro; som este que foi aumentando de modo progressivo, até se tornar alto e constante.

⁓

Pela janela lateral e através do para-brisa do cockpit, eu via rarearem as comunidades da periferia de São Jerônimo. Eu estava no comando do Piper Cherokee do meu pai, sem a companhia do instrutor!

Cumprindo um roteiro exaustivamente detalhado, eu havia chegado minutos antes ao hangar da família Ferreti no Aeroclube de São Jerônimo, esbanjando disposição física e entusiasmo. Saudei alegremente todos os funcionários do meu pai e fiz questão de tirar várias fotografias com eles que, em contrapartida, me fotografaram ao lado do instrutor e da aeronave.

Quando eu já havia embarcado e controlava a rotação do motor, o meu instrutor chegou correndo, com a mão direita levantada, exibindo a minha máquina fotográfica.

— Felipe! — alertou. — Você esqueceu sua máquina.

— Ah, cabeça oca! — expressei. — De qualquer maneira, ela não tem serventia nenhuma lá em cima. Revela o filme pra mim?

— Claro, parceiro! — concordou, solícito. — Tem uma reveladora aqui pertinho.

A seguir, acomodei a mochila, com o dinheiro, no banco traseiro, conduzi o Piper até o meio da pista, fiz uma rápida leitura no painel de instrumentos e, com a mão no manche, acionei o manete de potência.

Após a decolagem, fiz sobrevoos circulares pela região do aeroclube, durante o tempo calculado para cruzar, às oito horas e trinta minutos, a vertical do ponto de decolagem. Nessa posição, direcionei a proa da aeronave no rumo 017°, nivelei a 3.200 metros, programei a velocidade em 180 km/h, e iniciei a navegação, prevista para durar três horas e vinte minutos, até um campo de pouso rudimentar, visível numa clareira aberta na mata fechada.

Com a aeronave estabilizada, em velocidade de cruzeiro, céu de brigadeiro à frente, contabilizei que eu deveria percorrer seiscentos quilômetros para chegar à clareira. Já navegava há trinta minutos quando o chiado do rádio do Piper chamou minha atenção.

— Papa Tango 7723, está me ouvindo? — escutei a voz do Alfredo, o controlador de voo, com muita interferência.

— Alto e bom som, Alfredo! — informei, olhando para o painel de instrumentos.

— Não estou recebendo sinal de radar — advertiu, com estranheza. — Você está muito afastado da base?

— Seguindo um bando de pássaros — respondi, brincalhão. — Não se preocupe!

— Por favor, informe sua posição neste momento! — Alfredo insistiu, com evidente desconfiança. — O transponder está ligado?

Então olhei o painel de instrumentos, onde o transponder, aparelho que envia informação sobre a posição da aeronave automaticamente, estava desligado de propósito.

— Proa a dezessete graus da pista sul, a noventa quilômetros da base — informei. — Transponder ligado. Confere?

— Não confere, Felipe — replicou Alfredo. — Não estou recebendo sinal de rádio.

— Vou fazer um checklist — informo e desligo.

Eu estava navegando a três horas do meu objetivo. Liguei o transponder por quinze minutos e o desliguei novamente, só para deixar conhecida minha posição naquele momento. Estiquei minhas pernas, acionei o modo piloto automático e, com as duas mãos atrás do pescoço, passei a recordar os inacreditáveis acontecimentos dos últimos meses.

〜

Após a morte de Marieta, o confronto entre nossos pais, o suicídio de minha mãe e o desmantelamento de nossas famílias, ainda tentei, por muito tempo, quase cinco meses, viver sem o meu amor. Por fim, acabei desistindo. A decisão de acabar com tudo, de uma vez por todas, era irrevogável e inadiável. Porém, me faltava coragem! Durante as madrugadas, vagava chorando pela cidade deserta, caminhava pela linha do trem, atravessava viadutos e pontes, conjecturava enforcar-me...

Certa noite, depois de me deter junto ao parapeito do último piso de um shopping center e observar o hall central, lá embaixo, com várias pessoas caminhando ou sentadas em balcões e mesas tomando um cafezinho, avaliei que o local estava muito longe de ser o adequado, pois o ato machucaria ou, na melhor das hipóteses, traumatizaria pessoas que não tinham nada a ver com meus problemas pessoais.

Subi, então, mais um lance de escada, cheguei ao estacionamento descoberto, ermo e negrejado, e passei a ladear o entorno, sempre olhando para o lado de baixo, até que encontrei um beco pequeno, sem saída. Coloquei as mãos na mureta de proteção e notei que o beco aparentava ser desabitado, pois não havia nenhuma janela ou iluminação nas paredes laterais.

Eu estava imerso numa concentração tão grande, analisando as condições do beco, que levei um baita susto quando alguém me saudou, alegremente, chegando por detrás.

— Olá, Felipe! — cumprimentou-me. — Percebo que não estás muito confiante. Mas não se desgostes. Essas coisas são assim mesmo.

— Quem é você? — reagi, com espanto. — Que porra é essa que você está falando?

— Logo saberás! — pressagiou, num tom enigmático.

— Eu não te conheço! — declarei, incomodado. — Quem te informou o meu nome?

Era um senhor de seus cinquenta e poucos anos, rosto severo, cabeça coberta com um chapéu de feltro preto, aba estreita, com uma faixa brilhante da mesma cor, contornando o vinco, acima da aba. Seus olhos negros, fixos nos meus e o sorriso complacente não pareciam de um malfeitor.

— Meu nome é Klaus — falou, sem permitir interrupção. — Eu serei seu conselheiro e te mostrarei o caminho para abandonar essa existência, que se tornou um fardo muito pesado, e adquirir uma nova, sem se valer de atitudes como esta, que você está resistindo em tomar.

— Que história é essa de conselheiro? — interpelei, colérico (ignorando a citação que ele fez a respeito das atitudes) e olhei para os lados, para ver se não havia ninguém nas proximidades.

— Calma, que eu vou te explicar! — apaziguou a situação, com a convicção de quem seria ouvido.

— Eu trabalho na Phenix — declarou, fixando seus olhos nos meus. — É uma empresa anônima, cujo propósito é ajudar pessoas

como você a obterem uma nova chance de viver com nova identidade, em outra região do país, e com a memória livre de lembranças desastrosas, sem que, para isso, tenham que dar cabo da própria vida.

— Por que eu? — indaguei, irônico. — Fui sorteado? Venci uma maratona ou uma competição do "mais fodido do ano"?

— É esperada a reação irônica de alguns clientes — confessou, risonho. — Mas o seu deboche veio a propósito. Os agentes da Phenix estão monitorando seus passos há algum tempo. A sequência de situações, não só hediondas como também irreparáveis, são dignas de um maratonista de infortúnios. E isso tornou-o um cliente em potencial.

— Cliente? — continuei, zoando. — Você quer dizer que eu tampouco fui sorteado?

— Na realidade, foi sim! — afirmou, obstinado. — Foram consumidos anos e mais anos de pesquisas até que a Phenix desenvolvesse a fórmula ideal de um medicamento que provoca a desmemória do cérebro, apagando lembranças de fatos ocorridos, desde os mais longínquos tempos até os dias atuais. Resumidamente, o que eu estou lhe oferecendo é a oportunidade de uma segunda chance.

— Creio que não se trate de um ato de humanitarismo ou benevolência — perguntei, remoendo. — Não é verdade?

— O tratamento é muito dispendioso — falou, ajeitando o chapéu. — Duzentos mil, em dinheiro vivo! Evidentemente, o programa só é viável a clientes abastados, como no seu caso.

Por fim, informou que no dia seguinte eu deveria ficar vagando, ao léu, pelas cercanias da Praça da Independência, no centro histórico da cidade, até ser abordado, a qualquer momento, por um dos agentes da Phenix.

Tocou no chapéu, sorriu e foi caminhando lentamente em direção à saída de emergência. Assim que a porta engoliu o vulto do Klaus, eu ainda fiquei olhando o beco sem saída, com meu cérebro produzindo pensamentos obsessivos aos borbotões. Senti uma necessidade intensa de fazer algo absurdo e disparatado. Inconsequente. Transgressor. Algo que fizesse desaparecer, num passe de mágica, a conjunção aflitiva que pressionava o meu peito até o sufocamento, sem dó nem piedade.

Chegando em casa, fui direto até a garagem, onde se encontravam meus três jipinhos e as duas motos potentes. Montei numa delas e disparei, sem capacete e sem destino, pela área contígua à propriedade. Dei várias voltas, para confundir os seguranças, sentindo o ar gelado na face e a vontade de acabar com tudo, de uma vez por todas.

Logo depois, fui adiante, até o pequeno vale próximo às propriedades dos Ferreti e dos Pelegrino, para matar a saudade da amendoeira, símbolo do nosso amor, onde Marieta e eu nos encontrávamos, durante o longo período de nosso namoro secreto.

— Filhos da puta! — gritei, a plenos pulmões, assim que olhei o que restou da árvore.

Sentei ao pé do tronco chamuscado da amendoeira, criminosamente incendiada pelos capangas do Nestor. Cotovelos apoiados nos joelhos levantados, cabeça encostada nos braços trêmulos, não conseguia parar de chorar.

Fiquei por muito tempo nessa posição, vagando pelo espaço e o tempo, procurando algum sentido nesse ato de agressão estúpida. Até que me levantei e passei a caminhar por uma picada estreita, em meio a teias de aranha (e sendo obrigado a removê-las, por todo o percurso). Cheguei a uma pequena colina, de onde é visível a mansão dos Pelegrino.

Mesmo de longe, a moradia apresentava a atmosfera melancólica de continuar existindo sem a presença de Marieta. O aperto que eu estava sentindo no coração era de tal intensidade que, indubitavelmente, estava sinalizando que eu não conseguiria viver sem ela; nem com tanto ódio de Nestor, responsável pela sua morte desumana; nem com o remorso de meu pai, responsável pelo suicídio de Amélia e pelos traumas incapacitantes causados em minha irmã Flávia.

Voltei pela trilha até o que sobrou da árvore. Abracei-a, sem receio de ser abordado pelos capangas do Nestor. Não havia mais motivo. Foi uma despedida. Eu não queria mais viver.

Retornei, guiando por trilhas rudimentares, de modo airado e irresponsável, acelerando cada vez mais até que, em alta velocidade, mirei bem no meio de uma árvore gigantesca com o evidente objetivo de me esborrachar contra ela e acabar de vez com minha vida, sem precisar da ajuda de ninguém. Acontece que, no derradeiro instante do choque eu desviei da árvore, rodopiei várias vezes e atolei a moto numa poça de lama. Deplorando minha covardia explícita, apressei-me em retirar a máquina do atoleiro e me afastar dali à toda, antes que os seguranças de meu pai chegassem, cavalgando, para me socorrer — como já haviam feito em outras ocasiões. Segui, então, até a região onde se localizava o esconderijo de minha mãe, para me certificar de que o dinheiro que ela mantinha ali estava em segurança e era mais do que suficiente para pagar pelo tratamento. Levei tudo.

No dia seguinte, procedi a um rígido voto de silêncio. Não falei com mais ninguém e me concentrei em quebrar o que restou das barreiras psicológicas que me impediram de agir. Caminhei, a esmo, nas imediações da Praça da Independência por horas a fio, até que fui abordado por um indivíduo que, sorridente, me perguntou:

— Você é conhecido do Klaus?

— Sou! — confirmei, austero. — Meu nome é Felipe.

— Vamos nos sentar ali — disse, apontando um banco de jardim. — Eu me chamo Salvador.

Ele tinha a aparência de um sujeito tranquilo, paciente e de poucas palavras. Logo que nos sentamos, fez uma descrição sucinta do que vinha a ser o programa proposto pela Phenix e que a relação entre o cliente e a empresa deveria ser alicerçada na disciplina e na confiança mútuas. Eu deveria cumprir, passo a passo, as etapas em desenvolvimento; das seguintes, só tomaria conhecimento no momento oportuno. A seguir, ele detalhou a complexa operação relativa ao primeiro passo, que eu assimilei sem nenhuma dificuldade.

— Alguma dúvida? — perguntou, levantando-se.

— Nenhuma! — afirmei, sem encará-lo.

— Se, em algum momento da ação, você criar algum estorvo, o pagamento não será recebido, a operação será abortada e jamais será retomada — declarou peremptório, dirigindo-se ao meio-fio da calçada. Em questão de segundos, o automóvel dirigido por uma mulher estacionou; Salvador embarcou no banco do carona e o veículo arrancou.

~

O apito do temporizador, sinalizando que restavam dez minutos para chegar às proximidades da clareira, deslocou-me da lembrança das complexas tratativas com Salvador, e voltei meu foco para os momentos finais da viagem sem volta.

Levando em consideração que a aeronave recebeu, na maior parte do percurso, vento brando a bombordo, tendendo a empurrá-la para estibordo, busquei localizar a pista de pouso no lado direito do percurso. Observei que, ao meu comando, o ponteiro do altímetro foi baixando até os oitocentos metros e a velocidade aos 120 km/h, ao mesmo tempo que iniciava uma grande curva à direita, de olho na mata fechada. Ao iniciar a segunda parte da curva, avistei a clareira. Subi alguns metros, alinhei com a pista rústica e iniciei o mergulho, voando rasante, para espantar eventuais animais na pista. Enxerguei o automóvel da Phenix debaixo de uma touceira. Arremeti a aeronave, retomando a curva e mergulhei, em definitivo, para executar um pouso perfeito. Taxiei rapidamente, conduzi o avião até as proximidades do automóvel, mantive-o freado e com o motor em movimento, conforme a orientação recebida do Salvador, e desembarquei.

Enquanto caminhava em direção ao automóvel, levando a mochila com o dinheiro, cruzei com o Salvador. Não nos encaramos. Ele levava dois reservatórios portáteis — provavelmente, de combustível. Notei ainda, de relance, que Salvador vestia, sobre o abrigo branco, uma mochila azul igual às usadas na prática de paraquedismo.

Entrei na parte traseira do carro, joguei a mochila no banco da frente, sentei e, depois de alguns instantes, fui abordado por uma estranha mulher, vestida com o uniforme branco de enfermagem, evidenciando a cabeça muito pequena, incompatível com o corpo robusto e exibindo uma cabeleira extravagante, negra e comprida.

— Meu nome é Madalena! — apresentou-se, expondo um sorriso exótico com os dentes grandes e enegrecidos.

— Pois não!

— Tome esses comprimidos — exprimiu-se, em tom autoritário, exibindo dois comprimidos azuis na palma de uma das mãos e uma garrafa plástica na outra.

— O que é isto?

— Felipe! — chamou minha atenção. — É bom se concentrar em não fazer perguntas. De agora em diante você está sob cuidados da Phenix. O processo foi iniciado e não poderá mais ser interrompido.

Desconfiado de que se tratava de um sedativo e curioso por saber, minimamente, o que estaria ocorrendo, escondi os comprimidos debaixo da língua, como tantas vezes havia feito em casa, deixei escorregar pela garganta somente um deles e, quando ela fechou a porta, escondi o outro no bolso da camisa.

Depois, deitado no banco traseiro, eu enxerguei a cabeça minúscula de Madalena sobressair-se por sobre o banco dianteiro do automóvel. Notei que ela puxou a mochila, do assento ao lado, para o seu colo. Escutei o ruído do zíper sendo aberto. Minutos depois, o zíper foi fechado e a mochila foi jogada no piso do veículo. Acionou o motor do automóvel, manobrou até estacioná-lo com a traseira bem próxima do avião, desembarcou e fechou a porta.

Já sentindo o início do entorpecimento vislumbrei, pelo retrovisor interno do automóvel, o momento em que os dois agentes retiraram um jovem cambaleante do porta-malas e o conduziram para o interior da aeronave.

Ato contínuo, Madalena desembarcou sozinha, fechou o porta-malas, de onde o indivíduo havia saído, tomou novamente a direção do carro e, enquanto se afastava, notei que Salvador já iniciava os procedimentos de uma nova decolagem. Quando a luminosidade dos fortes faróis da aeronave atingiu o espelho retrovisor do automóvel, meus olhos quase cegaram com o reflexo do clarão de luz. O Piper Cherokee do meu pai decolou.

Notei que Madalena contornou toda a clareira e embicou o automóvel num atalho muito estreito, localizado em um dos cantos da clareira. E foi ouvindo o arranhar dos galhos nas laterais do veículo, que meu corpo sucumbiu ao efeito do comprimido, engolfando vagarosamente meu espírito nas trevas.

Uma longa e perceptível brecada em chão pedregoso, acompanhada do som característico do carro passando em cima de alguma coisa mole, tirou-me do negrume. Percebi, de rabo de olho, que a vicinal em que estávamos trafegando era bem mais larga e que Salvador havia retornado ao automóvel. Instintivamente, percebi minha volta à consciência, mas loguei êxito ao simular que continuava entorpecido. Madalena permaneceu com as mãos no volante, olhando fixamente no retrovisor. Então, Salvador quebrou o breve silêncio e perguntou:

— Que foi isso?

— Eu passei em cima de alguma coisa — respondeu Madalena.

Salvador apoiou as mãos no painel do carro e virou a cabeça para trás, sem denotar nenhuma apreensão comigo.

— Você escutou um estampido durante a brecada? — arguiu. — Me pareceu um disparo de arma de fogo!

— *Não escutei nada!*

— *Foi um bicho ou será que foi alguém?*

— *Alguém deitado na estrada?* — *pilheriou.* — *Acho meio difícil. Não te parece?*

— *Pois é!*

— *Quer dar uma olhada?* — *questionou.* — *Estamos sozinhos por aqui.*

— *Não podemos perder muito tempo* — *afirmou, contorcendo o rosto.* — *Olhe só as nuvens escuras!*

— *Também acho!* — *acatou, acelerando o carro.* — *Seja o que for, já está morto.*

— *Ele pode acordar com a confusão?* — *arguiu, olhando-me no banco traseiro.*

— *Claro que não!* — *replicou, reacomodando-se à direção do carro.* — *Dei dois comprimidos a ele. Vamos dar o fora!*

Mesmo atordoado, percebi quando o automóvel saiu da vicinal, esterçou à esquerda e acessou uma rodovia revestida de macadame e pedrisco.

O tempo não estava para brincadeiras. As nuvens baixas e escuras estavam sinalizando que o despencar de um aguaceiro e a formação de uma tempestade, em grande estilo, estavam muito próximos. E não demorou quase nada. Começou com uma brisa forte e constante, com a velocidade do vento aumentando rapidamente até atingir potência para começar a espalhar os sacos de lixo pela rodovia, desfolhar as árvores espalhadas por toda a região e destelhar as coberturas das casas mais frágeis.

Em dado momento, senti o carro desacelerar e iniciar, bem devagar, uma curva fechada à direita. Nesse ponto, ergui um pouco a cabeça, simulando um titubeante despertar e, não obstante a visão prejudicada por conta do pé d'água, consegui ver, na entrada e com o portão aberto, uma placa pequena com o número 666, e outra, maior, estampada com uma águia com as asas abertas, fixadas no muro alto e curvo que cercava a propriedade.

 O automóvel subiu a vereda estreita e com pequenas curvas até chegar a um pátio nivelado. Botei na boca o outro comprimido, que eu havia guardado no bolso da camisa, e mantive os olhos bem fechados enquanto meu cérebro registrava o "número da besta", identificando a propriedade; e me rendi, permitindo o embrenhar do meu espírito na dormência.

~

Cada batida do meu coração impulsionou, em direção ao meu cérebro, uma carga de moléculas oxigenadas em rapidez suficiente para promover a criação de intensos fluidos elétricos, a brilharem e se ofuscarem seguidamente, gerando cintilações que, aos poucos, foram iluminando a sombra em que minha alma se encontrava.

 A nuca fria e molhada e o formigamento, que subia e descia pelo meu corpo, faziam-me crer que eu me encontrava vivo e que havia fracassado, novamente, no desígnio de acabar com a minha vida.

 Passei então a testar meus reflexos. Intentei mexer levemente os dedos das mãos, os dos pés, os ombros, contraí as panturrilhas, o glúteo, e fui inferindo correspondências, ratificando que eu não havia sofrido nenhum acidente de graves consequências.

 Abri lentamente os olhos e os senti ofuscados pelo excesso de claridade; não originária de janelas abertas ao sol, mas pela luz fria de luminárias encobertas por sancas, dispostas no encontro do teto com as quatro paredes do dormitório.

 Com a sensação de aperreio e aflição, certifiquei-me de que a cama onde eu estava deitado não era do tipo hospitalar, apesar de eu estar com uma agulha espetada no dorso da mão esquerda, fortemente fixada com tiras de esparadrapo e ligada a um tubinho de plástico incolor, vinda de uma bolsa de soro, pendurada em um suporte metálico.

Passei a percorrer, com os olhos, o que se me avizinhava, e notei que todas as paredes do quarto eram pintadas de branco e não acomodavam nenhum objeto pendurado — relógio, pinturas, enfeites. Apenas duas pequenas câmeras de monitoramento, no encontro das paredes laterais com a frontal.

Observei, também, que o quarto era provido da cama, onde eu estava deitado, uma mesinha e uma cadeira. Apenas. Havia, ainda, duas portas fechadas, sendo uma na parede lateral, provavelmente a do banheiro, e a outra na parede frontal à cama; tudo, do mesmo modo, pintado de branco.

Levantei o cobertor e observei que eu não vestia um camisolão hospitalar, mas uma roupa que se assemelhava a um uniforme, com calça comprida sem cinto ou cordão, camisa curta e meias brancas.

Não me recordava em que momento a agulha tinha sido espetada no dorso da minha mão, nem como eu tinha chegado a este lugar.

Quando escutei o ruído característico de fechadura se destravando, eu dirigi meu olhar em direção à porta frontal. Materializou-se o corpo avantajado de uma mulher vestida com roupa branca, com o pescoço comprido e a cabeça, desproporcionalmente muito pequena, exibindo uma vasta cabeleira negra.

Foi o suficiente para voltarem, à lembrança, os fatos ocorridos recentemente: o encontro com o Klaus, o acordo com o Salvador, o voo com o Piper e a imagem da Madalena me dando os comprimidos à entrada da porta traseira do automóvel da Phenix.

Ela entrou no dormitório contorcendo a face lívida, e exibiu um frio e inexpressivo sorriso, descortinando uma fileira de dentes grandes e enegrecidos, já retido na minha memória.

— Lembra-se de mim? — perguntou, ao assentar a bandeja em cima da mesinha, sem olhar no meu rosto.

— Você me trouxe dirigindo o automóvel — respondi, mostrando desconforto com a agulha espetada na minha mão.

— Não se incomode! — advertiu, sinalizando que interpretou corretamente o meu gesto. — Dentro de poucos dias a sonda será retirada.

— Salvador não me disse que eu seria dopado e entupido de remédios — critiquei, apontando a sonda e mostrando desconfiança. — Quanto tempo vai durar esse martírio?

— Você se lembra do meu nome?

— Madalena, ora bolas! — adverti, irritado. — Ainda não esqueci.

— Vai acabar esquecendo! — afirmou. — Hoje, começamos o tratamento medicamentoso.

— Já não começou com a sonda?

— Na sonda só havia nutrientes e sedativos — esclareceu, enquanto apanhava um pequeno frasco que estava na bandeja.

Sem demora, segurou firmemente o frasco, espetou a agulha da seringa na tampa emborrachada e extraiu todo o líquido. Aproximou-se da cama e delicadamente injetou o conteúdo da seringa para dentro do bocal de saída do soro.

De soslaio, eu notei que, no rótulo do frasco, estava grafado o desenho de uma águia com as asas abertas, mas não me senti pungido a perguntar do que se tratava.

— Desde quando estou aqui?

— Há dez dias — informou, rispidamente.

Acomodou a seringa e os demais apetrechos numa bolsa porta-instrumentos de enfermagem, dirigiu-me uma destrambelhada mesura e me falou, ao retirar-se:

— Logo mais, o Salvador irá te colocar a par da situação.

O som de travamento da fechadura, pelo lado externo da porta, certificou-me de que eu me encontrava cativo, fato esse que não me causou nenhuma inquietação.

Ainda estava olhando o gotejamento do soro, perdido em pensamentos sombrios, quando a porta foi abruptamente escancarada e Salvador entrou, carregando uma pilha de jornais.

— Sua morte foi um sucesso irretocável! — disse, exultante. — E o seu funeral, persuasivo e muito emocionante. A impressão que se tinha era a de que toda a cidade estava presente na catedral.

Ajeitou a pilha de jornais na mesinha e exibiu-me a capa de um deles, mostrando os escombros fumegantes do avião e minha fotografia ao lado.

— Que diabos você está falando? — reagi, alarmando-me.

— Você está na sede da Phenix — esclareceu, de maneira professoral. — Estamos iniciando o programa que você contratou.

— O que aconteceu com o avião?

— Você morreu em um acidente aéreo — anunciou. — O avião que você pilotava foi completamente destruído!

— Explique de uma vez o que aconteceu! — questionei, agitando-me. —Alguém morreu em meu lugar?

— O kamikaze — respondeu, mostrando, novamente, a capa do jornal. — É o que ele desejava que lhe acontecesse!

— Mas isso é crime!

— Crime é o que sua família fez com você — afirmou, acrescentando. — De qualquer jeito, isso não é problema seu. Nem meu!

— De quem é, então?

— Felipe! — bradou. — Você quer que eu te informe o que aconteceu ou não?

— Então tá!

— Escute! — replicou. — Logo que você se apresentou à Phenix e embarcou no automóvel, eu decolei o Piper e o pilotei até as proximidades de um local previamente pactuado, onde o automóvel dirigido pela Madalena, com você dormindo no banco traseiro, estava me aguardando.

Salvador percebeu meu rosto pálido e crispado, respirou fundo denotando impaciência e me perguntou:

— Você quer continuar ouvindo?

— Fala de uma vez, Salvador!

— Então, ouça! — continuou, com o peito estufado, de tanto orgulho. — Programei o mergulho da aeronave e saltei de paraquedas. O salto foi preciso. Cheguei ao solo a menos de trinta metros do local onde o automóvel da Madalena estava escondido. Ainda deu tempo para escutar o estrondo provocado pela explosão.

Salvador informou-me ainda que chegamos aqui, na sede da Phenix, um pouco mais de quatro horas após minha partida do aeroclube de São Jerônimo. Daí, fizeram-me descansar por dez dias.

— Por que dez dias?

— É o tempo necessário para a certificação de que tudo ocorreu conforme nosso protocolo e não houve nenhuma irregularidade — respondeu, diligente. — Agora podemos continuar a medicação, com tranquilidade, para seguirmos com o programa.

— O que aconteceu com o kamikaze? — perguntei, sentindo um gosto amargo na boca.

— O que ele mais queria — esclareceu. — Uma morte rápida, indolor e segura. Tenho certeza de que morreu gratificado. Seus restos mortais, se é que havia algum, estão no jazigo da família Ferreti, ao lado do caixão de Amélia, sua desafortunada mãe.

A seguir, exibindo a postura jactanciosa de quem foi muito bem-sucedido, me explicou que, em caso de acidentes em que o corpo da vítima foi totalmente destruído, as autoridades só podem atestar a morte com fortes evidências, documentação e provas testemunhais.

— A morte não reconhecida é um problema enorme para todos — continuou. — O programa corre risco de uma indesejável interrupção, e o cliente, de retornar à situação inicial de suicida em potencial. Entretanto, a apresentação do plano de voo, detalhando o horário da decolagem e, logo após, a hora do comunicado do acidente; as provas testemunhais de pelo menos cinco funcionários do aeroclube; a abundância de fotos, mostrando você sorrindo descontraidamente no interior e ao lado do avião sinistrado, na companhia de toda a equipe, *foram mais do que suficientes para a comprovação de seu falecimento e a emissão do atestado de óbito.*

— Está parecendo roteiro de filme de horror — comentei apático.

— Tenha confiança no tratamento que você pagou! — retrucou. — Você vai esquecer tudo isso.

— Se eu vou esquecer tudo, por que você está me contando essa história macabra?

— Eu me sinto bem... — respondeu, jubiloso. — Manias. Quem não tem alguma?

— Então tá! — zombeteei. — A minha memória vai ser zerada, vou esquecer tudo e despertar em algum lugar do país, vestindo fraldas e procurando a teta da minha mãe, aos vinte e dois anos?

— A sua memória será deletada de todos os fatos e ocorrências da sua vida até o novo despertar — explicou, ignorando meu comentário satírico. — Contudo, os instintos naturais são preservados, uma vez que ocupam uma outra área do cérebro. Até os instintos deturpados durante sua vida tendem a desaparecer no processo. Como a amnésia permanente não foi causada por danos cerebrais, você poderá começar a armazenar experiências novas sem dificuldade. Nos próximos dias é bom que você fique bem relaxado e meditativo, uma vez que o medicamento vai começar a fazer efeito.

— Por que meditativo?

— As memórias afloradas desaparecem mais rápido — esclareceu, dirigindo-se à porta de saída. — Você quer ficar com os jornais? Para dar uma olhada?

— Não tenho o menor interesse nessa maluquice.

— Então, bons sonhos! — preconizou, olhando-me com olhos zombeteiros.

Em seguida, saiu e trancou a porta.

Fechei os olhos, estiquei as pernas e lamentei não ter perguntado até quando eu teria que ficar deitado naquela cama. No quarto sem *janelas, eu não conseguia saber se era dia ou noite. Nem quanto tempo havia decorrido desde o dia em que injetaram, pela primeira vez, o medicamento no bocal da sonda.*

Durante o estado de sonolência progressiva, eu percebia que vultos me manipulavam, me levavam ao banheiro pela porta lateral, me davam banho, me alimentavam com uma colher de sopa, me botavam na cama...

Eu era embalado por pesadelos trágicos, mesclados por sonhos repletos de fervor. Vejo minha mãe estacionando o carro ao lado da guarita de entrada da mansão, embriagada, gritando com os seguranças. De súbito, ela aparece gargalhando e provocando meu pai dentro da limusine da família. No aconchego ensombrado da amendoeira, os beijos e abraços assustados, que Marieta e eu trocávamos, apreensivos pelo risco de sermos flagrados pela vigilância obstinada dos seguranças de seu pai. Novamente, minha mãe invadindo a guarita, pegando o rifle no armário e disparando por debaixo do queixo, estourando o próprio crânio, diante dos seguranças atônitos. A figura de Marieta dançando comigo e dizendo, a sorrir, ao meu ouvido, brincando, que seu pai iria nos matar. Nestor, montado a cavalo, com os olhos esbugalhados, me ameaçando em voz alta e ordenando aos seguranças, vestidos de preto, que continuassem a me espancar e a me chutar.

— Pare! Pare com isso! — ouvi a voz interna, senti meu corpo flexionar-se e proteger instintivamente a cabeça. — Pare com isso!

— Pare com isso! — bradou Salvador. — Você está sonhando!

Abri os olhos e vi os dois sisudos enfermeiros vestidos de branco, de braços cruzados e rindo de modo sorrateiro.

— Os enfermeiros estão fazendo fisioterapia! — advertiu. — Seu corpo não pode se atrofiar...

O tempo foi decorrendo sem que algo relevante ocupasse minha mente entediada. Até que em certo dia, ou noite (iguais, naquele quarto sem janelas), notei alguma coisa muito estranha. À primeira vista, desconfiei que havia sido transportado para outro dormitório, porém não demorou muito para perceber que se tratava do mesmo quarto, com um aspecto diferente. As paredes, outrora vazias, gélidas e inexpressivas, estavam repletas de quadros, fotografias, badulaques, medalhas e até um brasão de família.

Pulei da cama e, embora grogue, comecei a caminhar em volta do quarto, pesquisando parede por parede e, depois, objeto por objeto, desconfiado de que haviam sido colocados ali, durante meu entorpecimento, para incentivar a memória. Não me lembrei de nada. Nada! O aperto e a aceleração do coração foram tão grandes que me levaram a sentar na beirada da cama e a chorar como criança assustada.

Assim que minha mente focalizou uma pintura que eu ainda não havia notado, me levantei e, vagarosamente, me aproximei da parede onde estava pendurada. A tela retratava uma amendoeira solitária num campo de mato rasteiro. Notei que sobras de piquenique, como toalha, garrafas, copos, caixas espalhadas pelo chão estavam se movimentando. Dei dois passos para trás e percebi quando a árvore começou a desfolhar rápido, em rodamoinho, provocando uma nuvem de folhas de outono que, imediatamente, se metamorfoseavam em borboletas azuis, revoando em direção da janela escancarada, roubando a luminosidade do quarto.

A figura disforme da enfermeira surgiu do nada. Segurava, com uma das mãos, a bandeja enorme com uma taça longa de cristal, uma jarra d'água e um pote repleto de comprimidos. As drágeas se reproduziam como um vírus e despencavam pelas bordas do pote e, depois, pelas arestas da bandeja, enquanto ela tentava contê-los com a mão desocupada. A jarra d'água foi crescendo de tamanho até se transformar num chafariz junto ao teto, jorrando água por todas as bicas.

— Gostou do quarto com as janelas?

Reconheci sua voz, apesar de dissonante e fantasmagórica.

— As borboletas! — gritei, assustado. — Fecha depressa as cortinas!

Ela não respondeu; apenas mandou que eu abrisse a boca e meteu um monte de comprimidos goela abaixo. Em seguida, deu-me a taça d'água e começou a ajeitar convenientemente as cortinas da janela, para deixar mais visível o jardim.

Eu apenas acompanhei sua movimentação. Seu corpo foi crescendo e diminuindo de tamanho, seu rosto grotesco e pesado se confundia com o rosto suave de minha mãe. Eu sentia meu corpo diminuir de tamanho. A enfermeira se transformou na figura singela e doce de minha mãe. Com gestos delicados, convidava a aproximar-me dela. A passos vacilantes, caminhei na sua direção e encostei meu corpo no dela. Me fundi a ela. Nos tornamos apenas uma entidade. Nossa imagem foi perdendo a nitidez. Começamos, ela e eu, a girar em torno de nós mesmos. Cada vez mais depressa. Desaparecemos. Restou apenas o silêncio.

O ambiente onde eu passei a estar continha muito líquido. Quente. Eu estava sereno. Comecei a engasgar com o líquido. Me afogar. Contorci o corpo e encostei a testa nos joelhos dobrados. Fiquei na posição fetal. Pequenino. Depois, ouvi um zumbido. Que foi aumentando. O mal-estar e a tontura começaram a se fazer presentes no meu corpo. Outros sintomas começaram a se manifestar. Já não me afogava mais. Eu estava boiando de costas num mar escuro, cheio de algas, plânctons, assim como de outras criaturas marinhas que geram luz como mecanismo de sobrevivência.

A abóbada celeste se aproximou e se fundiu com a superfície marinha onde eu me encontrava. A água do mar esvaiu-se. Deixou as luminescentes criaturas, mescladas com as estrelas brilhantes caídas do céu, gerando um efeito lisérgico, formado de partículas multicoloridas movimentando-se em volta de meu corpo. Até que paralisaram. Meu coração aquietou-se. Permaneci deitado de costas, com o olhar fixo no teto. Cercado de inertes fragmentos coloridos.

FIM DO INTERMEZZO

SEGUNDO ATO

COMO MOSTARDA, PIMENTA E MEL

Andamento: *Allegro ma non troppo*

Allegro ma non troppo, un poco maestoso. ♩ = 88.

16

Meu nome é Felipe!!!, cientifiquei-me, perplexo, com os olhos lacrimejantes fixos no teto e com o corpo circundado por uma imensidão de pedacinhos de papel colorido espalhados pelo chão do apartamento da Júlia.

Rolei o corpo e apoiei os cotovelos no chão. Ergui o dorso, olhei ao redor e em direção à porta escancarada da cozinha, por onde vazava um facho de luz fria. Sobre o tampo da pia destacava-se a garrafa de água gelada que Severino me ofereceu e que eu trouxe ao apartamento. *Deve estar quente!*, pensei. *Eu a deixei fora da geladeira.*

A visão desfocada da garrafa aguçou minha sede. Ajoelhei, apoiei minhas mãos no piso, impulsionei meu corpo a um só tempo e me pus de pé. Fiquei tonto. Cambaleei até a cozinha, com a boca e garganta secas, segurei a garrafa com as duas mãos e entornei todo o conteúdo, diretamente do gargalo. *Estranho!*, segui pensando. *Por que a garrafa ainda está gelada?*

Lembrei-me de que Thomas viria buscar Júlia com o ônibus da Kameratta às onze horas, não me recordo de que dia. *Quanto tempo fiquei deitado no chão?*, perguntei a mim mesmo. *Algumas horas ou alguns dias?*

Só então eu olhei para o relógio acima da pia. Os ponteiros marcavam onze horas e quinze minutos. *Foi hoje mesmo que Júlia partiu para a turnê!*, deduzi, alarmando-me. *Fiquei em estado letárgico por pouco menos de vinte minutos. E tanta coisa veio à tona!*

Voltei para a sala, com a sensação de giro do ambiente minguando, pouco a pouco. Respirei longa e profundamente, para sentir o frescor inconfundível do perfume da... Marieta?

Subitamente, quedei-me estupefato e com meu cérebro tentando processar o acontecimento inacreditável. Dirigi meu olhar para a prateleira de madeira e mirei a fotografia de Júlia, com cabelos negros e compridos. "Oh, meu Deus!", expressei-me de modo exaltado, ajoelhando-me, sem conseguir evitar a torrente de lágrimas que extravasou de meus olhos ardentes. *O que eu fiz para merecer tamanha graça?*

Com meu peito pulsando a todo vapor, me pus de pé novamente. Dei alguns passos, alcancei o porta-retratos e o retive em minhas mãos. Olhei para a imagem de Júlia com os cabelos longos, empunhando o violino. "Marieta, Marieta, meu amor!", clamei, sobressaltado. "Que estranhos caminhos você percorreu longe de mim?"

O mal-estar e o aperto no peito que eu senti, ao olhar a fotografia da Júlia e, simultaneamente, recordar o "pacto de sangue" celebrado com a Marieta, tanto tempo atrás, pareciam refletir o sentimento de culpa ou remorso dos infiéis.

Girei até me pôr de frente para a sala. Olhei o ambiente com nostalgia, como se há muito tempo eu o houvesse afastado do meu dia a dia. Dei alguns passos trépidos e me sentei no cantinho do sofá. Abri as presilhas, desmontei o porta-retratos, separei a fotografia da Marieta e pus, na almofada ao lado, as demais partes do artefato.

Eu estava em estado de alienação mental fantástica e me senti impelido a me justificar à Marieta, como se isso fosse possível, que não foi sem motivo o imenso amor que eu passei a sentir pela Júlia. Assim, eu me levantei, pressionei com a mão direita a fotografia de Marieta no lado esquerdo do meu peito e passei a caminhar, ao léu, por todo o apartamento.

Entrei no quartinho de Júlia. Fui direto até a janela e escancarei as duas venezianas. Mostrei à Marieta, representada pela foto, a floresta que havia por trás do edifício e apontei o tronco de árvore caído no chão, onde Júlia se acomodava e tocava, para os pássaros, sua música suave ao violino. Lembrei que o córrego de águas cristallinas, que serpenteia com suavidade logo por detrás do arvoredo é muito parecido com outro, nas proximidades do nosso esconderijo, onde, há tanto tempo, batizamos nossos corpos nus e eternizamos o nosso amor.

A seguir, quando entrei no quarto de hóspedes e mostrei os pedaços de barbantes pendentes do teto, com destroços aeronáuticos ainda presos, recitei silenciosamente um pedido de desculpas a Marieta: *Eu perdi o controle, meu amor; estava muito revoltado. Mas estou certo de que isso jamais voltará a acontecer e todos os aviõezinhos desmantelados serão reconstruídos e dependurados novamente no seu aconchegante abrigo suspenso!*

Fui então até o banheiro e a imagem que prevaleceu no espelho não exibia mais o jeito de Arthur, com seu olhar vacilante e temeroso, mas de Felipe Ferreti, com a expressão firme dos guerreiros aguerridos. Virei a fotografia da Marieta para o espelho e matutei baixinho, olhando diretamente para seus olhos refletidos. *Não conseguiram nos separar por muito tempo. Apenas nossos nomes foram alterados. As lágrimas derramadas por nossas fictícias mortes e o padecimento de nossos corações, corrompidos pelas separações impiedosas, serão dignamente recompensados pela alegria de fruir uma vida repleta de paixão, destemor e paz.*

Voltei para a sala, reinstalei cuidadosamente a fotografia no porta-retratos e o repus no local onde se encontrava, ao lado do calendário triangular, exibindo a cartela do mês de novembro. Só então percebi que o recinto estava uma verdadeira bagunça. *Vou começar com uma faxina caprichada no apartamento!*, pensei com determinação. *Só depois começo a tomar pé da situação!*

Fui, então, até o armarinho-despensa da cozinha, retirei a escada, as vassouras, a pazinha, os sacos de lixo e materiais de limpeza em geral e iniciei a arrumação minuciosa, aproveitando o ensejo para limpar, também, minha mente encardida. *Eu recuperei boa parte da memória perdida*, continuei pensando. *E isso é uma boa conquista; embora eu sinta que as lembranças da minha vida pregressa só se manifestarão de maneira ordenada com o passar do tempo.*

Então decidi organizar minha viagem a São Jerônimo, com o objetivo crucial de encontrar a sede clandestina da Phenix, entre uma rede de picadas, vicinais e estradinhas malconservadas, no meio da mata cerrada. *Eu vou encontrá-la*, pensei, absolutamente convicto. *Custe o que custar! Tenho o direito de saber por que meu tratamento fracassou, o que será feito para me ressarcir do prejuízo e me indenizar pelo transtorno que me causaram. E os episódios de desconforto e alucinação que eu amarguei por todo esse tempo? Vou exigir uma garantia de que jamais voltem a acontecer.*

Eu estava confiante de que, com alguns cálculos aeronáuticos corriqueiros, tomando como ponto de referência o Aeroclube de São Jerônimo, localizaria com facilidade a pista de pouso e, consequentemente, a clareira na mata fechada, onde me entreguei aos cuidados da Madalena. Daí, com intuição, sorte, lembranças e muita investigação, eu iria ao encontro da estrada revestida com macadame, onde se encontra a sede da Phenix.

À medida que as horas foram decorrendo e as lembranças aflorando, o desejo de me inteirar do que havia ocorrido com as nossas famílias em São Jerônimo, depois do "falecimento" de cada um de nós, foi intensificando-se cada vez mais. *A Marieta "morreu" na Itália*, ponderei, repleto de dúvidas. *Como é que ela foi aparecer tocando violino, numa praça em Piraquara, sem mostrar nenhuma evidência de que já havia me visto alguma vez na vida?*

Despertei com a disposição de um guerreiro pronto pra luta, após curtir uma noite agradável de sono profundo e repleta de sonhos auspiciosos, prazerosamente aninhado na caminha perfumada da Júlia. Passei, então, a realizar as derradeiras tarefas, antes de iniciar a longa viagem de moto até São Jerônimo. Fechei o apartamento e, com reduzida bagagem, desci ao pavimento térreo, onde encontrei Severino na recepção, separando as correspondências do dia.

— Bom dia, Arthur! — saudou-me. — Não esperava te ver acordado tão cedo.

— Estou louco pra pôr o pé na estrada, Severino — respondi. — Quero chegar em São Jerônimo antes do anoitecer.

— Achei que você ficaria por aqui mais alguns dias — retrucou, levantando-se.

— Nada disso! — esclareci, apertando sua mão. — O incidente de ontem já foi superado e estou me sentindo muito bem.

— Tá na cara! — expressou, sorridente. — Precisa de alguma coisa?

— Me ajuda a prender a bagagem na moto — disse, caminhando em direção ao estacionamento.

— Então, amigo, boa viagem! — desejou com sinceridade, assim que terminamos a amarração. — Espero ver o casal brevemente, e com saúde! Não se preocupe com nada; eu vou cuidar direitinho do apartamento.

— Obrigado! — agradeci, ligando o motor da moto. — Não devo me ausentar por muito tempo. Ah, eu ia me esquecendo! Obrigado pela água gelada. Deixei a garrafa vazia em cima da pia da cozinha.

O ambiente urbano foi ficando para trás e as ruas esburacadas da periferia foram substituídas pela pista de asfalto, novinha em folha, da estrada em direção ao sul. Ao longo da viagem, fiquei observando o desenrolar da paisagem pela viseira do meu capacete, como se fosse uma telinha de cinema. Em câmera lenta, eu registrava quadro por quadro tudo o que poderia trazer à memória mais uma recordação: um rebanho de gado pastando; um grupo de mulheres sentadas, debulhando milho, no meio das gramíneas rastejantes; um cavaleiro montado num cavalo baio suado, espantando as moscas, com o chapéu de boiadeiro; um castelo deslumbrante no alto de uma colina; o ruído suave das águas límpidas de um córrego sinuoso, friccionando as pedras redondas ao longo do seu curso.

O tempo favorável estava proporcionando uma viagem tranquila. Antes do pôr do sol, pilotando a moto numa velocidade desacautelada, comecei a distinguir os primeiros vestígios de um panorama conhecido.

Já nas proximidades de São Jerônimo, as amendoeiras começaram a se enfileirar, de quando em quando, às margens da estrada. Lembrei-me de que São Jerônimo era conhecida como a "Cidade das Amendoeiras".

Subitamente, a imagem de uma delas, solitária, garbosa e verdejante, ficou estagnada nas minhas retinas. O aperto no peito e o ritmo acelerado do meu coração mostraram algo precioso aflorando. *"Marieta, Marieta, Marieta!"*, esbravejei comigo mesmo, carregado de energia. *"Estou morrendo de vontade de você!"*

O significado deste nome estava fluindo e ocupando um espaço de meu cérebro há tanto tempo devoluto. Marieta e Amendoeira, um binário imaginário, que foi se identificando. Como por encanto, passei a relembrar os encontros apaixonados embaixo de nosso esconderijo vegetal e o estado de êxtase foi tomando conta da minha alma.

Notei que as primeiras lembranças que me chegavam à memória baralhavam detalhes de minha vida anterior com Marieta e minha vida sequente com Júlia. Aos poucos, minha mente foi ocupada pela firme convicção de que, nas minhas vidas, fui afortunado com dois amores *sui generis* e de que a privação de um resultou na eclosão do outro. Assim, a curiosidade de me inteirar da situação atual de nossas famílias preponderou, momentaneamente, sobre a necessidade urgente de procurar a sede da Phenix.

Mesmo correndo o risco de ser desmascarado, eu estava convicto da decisão de me sujeitar ao arbítrio da sorte e investigar as circunstâncias em que nossas famílias e familiares permaneceram coexistindo, após os confrontos violentos que fizeram desvanecer, tanto em mim quanto nela, todo ânimo para continuar vivendo.

17

Optei por me hospedar na região central de São Jerônimo. No caminho, passei numa loja de acessórios e adquiri vários apetrechos, tais como chapéus, óculos, luvas, perucas e artigos para maquiagem, com a intenção de, quando fosse necessário, usá-los como disfarce para mascarar minha aparência.

Cedinho, depois de passar uma noite agitada, saí caminhando pela cidade, com minha aparência sutilmente modificada. Meu intuito era investigar os recentes acontecimentos trágicos, envolvendo as famílias Ferreti e Pelegrino, dialogando aleatoriamente com moradores da região.

Assim, estive com feirantes, garçons, motoristas de táxi, balconistas de padaria e, em especial, com jornaleiros. Como os fatos ainda estavam frescos na mente de todo mundo, não foi difícil compor uma versão popular das desavenças entre as famílias Ferreti e Pelegrino e do destino lastimável de alguns protagonistas, inclusive do meu e de Marieta.

Nas minhas andanças pela capital, a pé ou de moto, estimulei lembranças de tantos anos, ali vividos, ao passar em frente ao Círculo Italiano, local predileto de vários almoços dominicais; ao haras da família, onde eram hospedados, em estábulos particulares, os cavalos árabes de meu pai; ao hangar da família Ferreti, sem o Piper Cherokee; à propriedade em que eu morava com minha família e à mansão dos pais de Marieta.

Muito vacilante e emocionado, terminei a jornada de reconhecimento no local "secreto" que Marieta e eu tanto amávamos: os arredores da saudosa amendoeira que, apesar de ser cruelmente queimada pelos capangas de seu pai, encontrava-se de novo frondejante. Procurei e encontrei, na casca restabelecida do tronco, a linha tênue do coração que havíamos marcado com ferro em brasa. *Ah, Marieta!*, imaginei, enternecido. *Nem a selvageria vingativa do seu pai destruiu o símbolo de nosso amor.*

Então, me sentei no sofá orgânico que nós criamos há tanto tempo, encostei-me no tronco reverdecido e estendi as pernas no berço de folhas secas por entre as duas raízes paralelas.

O som das águas rasas do ribeirão, roçando as pedras, aguçou minha lembrança, de tantas vezes que chorei sozinho neste lugar. Desta vez, entretanto, eu não estava aqui para imaginá-la tão longe, nem para chorar seu sumiço categórico e, muito menos, para me conscientizar da falta de propósito de viver sem o seu convívio cotidiano. Não havia mais motivo. Desta vez chorei de fé e entusiasmo. Marieta nunca esteve tão presente na minha vida.

Aproveitei o momento de serenidade e passei a recapitular os pontos de vista dos moradores anônimos da cidade, a respeito dos acontecimentos funestos ocorridos com nossas famílias, e decidir se o entendimento obtido nessa investigação preliminar era suficiente para eu fartar minha curiosidade a respeito do assunto. Só assim poderia me afastar definitivamente e me dedicar exclusivamente ao objetivo principal de minha viagem até São Jerônimo.

Nem precisei pensar muito a respeito para a tomada da decisão final. Eu necessitava confrontar pessoas diretamente envolvidas com as duas famílias e ouvir, cara a cara, suas versões a respeito dos acontecimentos e, só então, chegar ao meu entendimento definitivo. Caso contrário, os fantasmas de meus parentes me assombrariam até o fim da minha segunda vida.

Com isso em mente, me levantei do saudoso berço natural, abracei a árvore encantada em derradeiro adeus, beijei a cicatriz do coração esculpido no seu tronco e voltei ao hotel, a fim de me programar para as próximas etapas da minha viagem.

Antes mesmo que o sol despontasse sobre os casarios do centro velho da cidade, eu já me encontrava sentado num dos últimos bancos da Igreja de São Jerônimo. Fui fazer uma visita ao padre Fábio, capelão da paróquia que eu (quase nunca) e minhas irmãs frequentávamos. Ele não me conhecia muito bem. A barba comprida e os óculos com lentes grossas de fundo de garrafa tornariam ainda mais difícil o reconhecimento.

Aguardei pacientemente que algum funcionário da zeladoria surgisse em algum canto da nave vazia; o que não tardou a acontecer. Era um senhor baixinho e gorducho, de cabelos grisalhos à escovinha, detendo um rosário longo de contas marrons entre os dedos.

— Bom dia! — expressei, assim que ele se aproximou de mim. — Eu gostaria de conversar com o padre Fábio. Em que horário poderia vê-lo?

— O padre Fábio fica disponível por todo tempo — informou, esfregando uma mão na outra. — Fora do horário da missa, evidentemente. Hoje em dia, as confissões são raras. Ocupe o confessionário da direita, ajoelhe-se e aguarde um pouco que vou avisá-lo.

— Eu não vou me confessar neste momento — repliquei, melancólico. — Gostaria de conversar com ele a respeito de Felipe Ferreti.

— Qual é seu nome?

— Carlos — respondi.

— Favor aguardar — disse ele; e saiu apressado em direção à sacristia.

Logo depois, o zelador voltou acompanhado do padre que, ao me ver ao longe, gesticulou para que eu me sentasse ao seu lado, na primeira fila de bancos da paróquia.

— Reverendo Padre Fábio, bom dia! — sentei ao seu lado, após saudá-lo respeitosamente. — Meu nome é Carlos. O falecido Felipe Ferreti era o meu melhor amigo.

— Que a graça de Deus esteja convosco! — abençoou o padre, com as mãos entrelaçadas na altura do ventre. — Que Felipe descanse em paz! A cruz que ele carregou nos últimos meses de vida foi muito penosa.

— Eu soube tardiamente, e pelos jornais, a notícia do trágico acidente aéreo do Felipe — menti, envergonhado. — Retornei essa semana da Itália e vim a São Jerônimo, para prestar condolências à sua família. Principalmente à sua irmã Alessandra, de quem eu tenho esperança de, algum dia, conquistar o coração.

— Que você consiga o seu intento! — animou, risonho. — Sem segundas intenções, evidentemente. Alessandra cresceu e se tornou uma jovem esperta, aplicada e muito bonita. Quando não comparece com a irmã, vem com Francesca, a mãe de Marieta. Depois dos dolorosos acontecimentos, as duas se tornaram muito próximas. Alessandra sempre ajuda na missa, dizendo a primeira ou a segunda leitura sagrada do rito da palavra. Quando, no final, ela diz "Palavra do Senhor!", o faz com muito fervor. Os fiéis adoram.

— Que bom ouvir isso do senhor — comentei, emocionado. — O Felipe me contou que ela não gostava muito de assistir às missas.

— É verdade! — confirmou o padre. — Todavia, depois de tudo o que aconteceu, tanto Alessandra como sua irmã Flávia passaram a frequentar a paróquia com mais assiduidade, procurando conforto para as suas almas atormentadas.

— A última notícia de que tomei conhecimento acerca da irmã de Alessandra foi deveras preocupante — anunciei, receoso. — Ela lutava pela vida num leito de hospital, depois de um acidente automobilístico.

— Flávia se recuperou do acidente sem grandes sequelas — confidenciou-me o padre, encostando uma mão na outra em forma de prece. — Atualmente ela trabalha na administração da Usina Ferreti; está noiva de um bom rapaz, filho de um fazendeiro rico e muito estimado por suas ações filantrópicas e, aos poucos, vai se regenerando dos infortúnios que atingiram a si e sua família.

— O senhor tem notícias do pai do Felipe? — perguntei, cofiando a barba com a mão esquerda.

— O Sr. Marcelo escapou milagrosamente de um atentado em que foi atingido por dois disparos de arma de fogo — disse, colocando-se em posição de retirar-se. — Desde então, está recolhido em sua residência. Mas não gosto de me lembrar desse triste episódio.

— Padre Fábio, agradeço pela sua atenção — falei, procurando dissimular a emoção que as revelações estavam me provocando. — Desculpa tomar o seu tempo. Fiquei desafogado com as notícias que o senhor me deu. Uma última pergunta, se não estou abusando de sua boa vontade; como está o pai da Marieta?

— Minha vez de me desculpar! — sorriu com amargura, levantando-se e estendendo a mão para mim. — Não gostaria de falar nada sobre o Nestor.

Eu inclinei levemente o corpo para a frente num gesto de respeitosa reverência e beijei o anel de sua mão. O padre iniciou sua caminhada em direção à sacristia, porém, a meio caminho, virou a cabeça por cima do ombro e declarou, mostrando um sorriso ardiloso:

— Alessandra é muito aplicada nas lições de catecismo. Não perde uma aula!

Deveras iluminado com os esclarecimentos prestados pelo religioso, tomei o rumo do portal de saída da paróquia com as ideias me chegando à mente aos borbotões. *Caramba!*, parabenizei-me. *O padre Fábio simpatizou comigo; não tenho a menor dúvida.*

Ao sair da nave, resignado com a corroboração de quase todos os fatos expostos pelos moradores da cidade durante minha investigação, caminhei pelo terraço até encontrar, no quadro geral de avisos, o seguinte lembrete: "Curso de catecismo todas as terças-feiras das 14 às 15 horas no salão paroquial". *Amanhã!*, ponderei, tentado a uma atitude insensata. *Será que eu tenho coragem de me encontrar com a Alessandra, frente a frente? Olhar para o seu rosto encantador e resistir à tentação de cobri-la de beijos fraternos?*

18

Sonhei com minha irmã caçula a noite inteira. Assim, como a espantar o desejo de continuar recordando seu jeitinho meiguiceiro, embrenhei-me em cálculos simples de navegação aérea, para determinar a localização aproximada da edificação da Phenix. Com a memória em franca recuperação, não tive dificuldade alguma em me lembrar dos parâmetros que utilizei na minha derradeira pilotagem com o Piper Cherokee de meu pai, desde o Aeroclube de São Jerônimo até a pista de pouso rústica, a seiscentos quilômetros de distância. Fiz as marcações geográficas no mapa da região e identifiquei o local da clareira, na zona rural da cidade de Barueri, no estado vizinho, ao norte de São Jerônimo.

Como o Salvador havia se vangloriado de haver chegado comigo às instalações da Phenix a um pouco mais de quatro horas de minha decolagem de São Jerônimo e, levando-se em conta que eu pilotei por três horas e meia até pousar na pista, é bem provável que essa meia hora de diferença tenha sido utilizada para percorrer aproximadamente cinquenta quilômetros, em qualquer direção em torno da clareira, até chegar ao destino.

Não restava mais nada a fazer em São Jerônimo. O tempo estava correndo e o retorno de Júlia, com a Kameratta, tornava-se cada vez mais próximo. Comecei a arrumar minha bagagem e a me preparar para a longa viagem de moto; entretanto, eu me sentia oscilante. Pressentia que restava algo a fazer em São Jerônimo para que eu desaparecesse, de uma vez por todas, e não me atormentasse mais com os fantasmas de nossas famílias que, há tanto tempo, eu decidira apagar da memória. *É minha irmã caçula!*, pensei, convicto. *Salta aos olhos! O padre Fábio aguçou-me o desejo. Eu sinto que não conseguirei partir sem vê-la uma última vez. Dane-se! Quem está na chuva é pra se molhar! Ela estará na igreja logo mais às catorze horas para a aula de catecismo. E eu também estarei lá.*

No início da tarde, aprimorei o meu disfarce com um curativo grande, cobrindo-me o olho direito e parte da face; um chumaço de algodão sob as bochechas e debaixo da língua; óculos de aros largos com lentes escuras; além da barba comprida e do capuz do abrigo, que cobria parte da cabeça.

Cheguei à paróquia no momento em que a aula de catecismo estava por terminar. Tomei lugar na lateral de um dos últimos bancos e simulei estar rezando com devoção. Ao vê-la passar ao meu lado pelo corredor central, acompanhada de outras alunas, levantei-me e a abordei com delicadeza.

— Olá! — expressei. — Você é irmã do Felipe, não é mesmo?

— Sim, sim... por que a pergunta?

— É que eu fui muito amigo dele — revelei, distorcendo a entonação da voz. — Conheci seu irmão no curso de pilotagem.

— Nossa! — expressou Alessandra. — Como você se parece com ele!

— Cara de um, focinho do outro! — reagi, brincando com forçada naturalidade. — É o que todo mundo comentava no aeroclube. Poderíamos conversar um pouquinho?

— Claro que sim! — assentiu e, por meio de gestos, despediu-se das colegas.

Acomodamo-nos, lado a lado, no mesmo banco que eu ocupava sozinho momentos antes, e Alessandra fitou meu olho descoberto, como que na expectativa do que eu havia de lhe dizer, provocando-me sensações em alternância, ora de pânico, ora de ternura.

— Eu soube do acidente quando me encontrava fora do país — menti de novo. — Fiquei desolado, evidentemente. Felipe era meu melhor amigo. Ele sempre foi muito reservado quanto a assuntos pessoais e de família; mas comigo ele sempre ficava bem à vontade.

— Como assim? — indagou ela, mostrando desconforto.

— Nosso derradeiro encontro teve um quê de profético — afirmei, pisando em ovos. — Ele me contou que amava demais sua irmã caçula. Caçulinha, segundo suas palavras. Sempre enaltecia sua benevolência, elegância e a pureza de seu olhar.

— Uau! — expressou, com os olhos rasos d'água.

— Não foi só isso — aproveitei o momento. — Falou-me também da preocupação que ele sentia por seu bem-estar e segurança.

— Por quê?

— Ele mencionou graves problemas familiares — respondi, cuidadoso. — Entretanto, não chegou a adiantar quais seriam...

— Entendi! — expressou. — Mas quais famílias não...

— Alessandra! — interrompendo-a, coloquei minha mão sobre as suas, repousadas sobre os joelhos. — Eu incorporei uma espécie de guardião de Felipe na Terra. Minha missão foi encontrá-la, o que eu já fiz, e confortá-la, afirmando que seu irmão te amava demais e que detestaria vê-la em maus lençóis. — Era hercúleo o esforço que estava fazendo para não a tomar nos braços e beijá-la até a sufocar de tanto amor fraterno que eu sentia, naquele instante, constatei afobado. *Era premente a necessidade de terminar nosso encontro o mais rápido possível!*

— Felipe morreu há tanto tempo... — ela disse, deixando cair uma lágrima incontida.

— Só não vim antes porque foi impossível — expliquei, evitando o seu olhar. — Afinal, a hostilidade entre as famílias diminuiu?

— Sem dúvida — respondeu e sorriu, sem demonstrar intenção de interromper nossa conversa. — Mas restaram problemas penosos para lidarmos.

— Apenas por curiosidade — falei, sentindo o coração disparado no peito. — Toda notícia que tenho da desgraceira foi por informação dos moradores. Existe algo que ainda não tenha caído na boca do povo? Sobre o pai de Marieta, por exemplo?

— Carlos! — expressou, de supetão. — Ele deu dois tiros no meu pai! Já pensou? Por um triz que o pai não morreu. Nestor foi preso, mas ainda não foi julgado. Deve responder ainda por ter limpado a caixa guarda-valores da Francesca, na sala de cofres do Banco Ambrosiano de Milão. Ele nega tudo. Diz que não atirou em ninguém nem roubou dinheiro algum no banco italiano. Só que Francesca não foi para a Itália nenhuma vez e o dinheiro sumiu da caixa enquanto ele esteve por lá; e só os dois tinham a chave.

— Caramba! — expressei, aguardando que Alessandra se acalmasse. — Esse cara é um cafajeste mesmo. Como Francesca aguentou por tanto tempo?

— Mais uma coisa, Feli… — atrapalhou-se. — Me desculpe, mas você é muito parecido com ele…

— Eu sei…

— Mas continuando… — segredou. — O affaire entre meu pai e a mãe de Marieta já não era segredo na sociedade e só estão aguardando o fim do desquite litigioso, que Nestor se nega a conceder, para se casarem. Só que o comportamento dele na cadeia foi piorando no decorrer do tempo. Cada vez mais. Parece um maluco. Grita, sem parar, que está enfeitiçado e que planejam sua morte. Desconfia que a comida está envenenada.

— Será que não está fingindo, por algum motivo?

— Se for o caso, parece que está dando certo… — assentiu e continuou falando. — O seu médico particular foi autorizado a entrar na cela, diariamente, para lhe aplicar sedativos. Nessas circunstâncias, o advogado do Nestor entrou com uma ação que pode torná-lo inimputável e, com o dinheiro que ele ainda tem, poderá sair ileso da prisão e provocar ainda mais contrariedades. Só nos resta torcer para que ele não consiga!

— Estou certo de que ele vai continuar preso — prognostiquei, segurando suas mãos entre as minhas. — A justiça será feita.

Eu não precisava saber de mais nada, e queria evitar ficar exposto por mais tempo. Estava louco para beijar muito minha caçulinha querida e contar toda a verdade a meu respeito, e assim devolver a alegria ao seu coração.

— *Alea jacta est* — expressou Alessandra, sorrindo.

— Alessandra, eu não quero tomar mais o seu tempo — encerrei a conversa, receoso de fazer alguma bobagem. — Foi muito bom conversar com você! O Felipe, esteja onde estiver, certamente está feliz com sua fé e determinação.

— O prazer foi meu, Carlos! — replicou, exibindo um olhar pra lá de desconfiado para o meu rosto. — A lembrança do Felipe aliviou o peso que eu sinto no coração.

Depois de nos levantarmos ao mesmo tempo, caminhamos silenciosos pelo corredor central até a saída e, à frente do pórtico da igreja, despedimo-nos com brandura e comoção. Eu percebi que, no derradeiro segundo, ela engoliu uma última pergunta que estava na ponta da sua língua, prontinha para ser feita. Arre!

Caminhei de volta ao hotel com o corpo em frangalhos e o cérebro em rebuliço, enviando desordenadamente estímulos de alívio, júbilo e rebeldia para minha alma penada.

O resultado final de minha comparência a São Jerônimo superou, em muito, minha modesta pretensão original. Tomei conhecimento de quase tudo que aconteceu com a minha família e com familiares de Marieta após nossas "mortes", o que já era mais o que suficiente. Além disso, apesar de ter sido obrigado a usar a odiosa artimanha da enganação, conversei longamente com o padre Fábio e, face a face, com minha irmã caçula.

Mesmo assim, o gosto amargo do sentimento de incompletude e a desconfiança de não ter feito o suficiente mergulharam minha alma no mar obscuro da incerteza. *O que mais poderia eu ter feito para ajudar minha irmã?*, perguntei a mim mesmo. *Qual seria a última pergunta que ela deixou de fazer?*

Assim que fechei a porta do quarto, disposto a dar início à preparação de minha jornada a Barueri, o "cheiro da morte" desestabilizou os meus anseios. Entre enojado e receoso, farejei o quarto todo, para identificar a origem da fedentina. *Caraca!*, murmurei, ajoelhado, reclinado e com a têmpora direita encostada no piso frio do banheiro, mirando por baixo do gabinete da pia. *Tá lá o corpinho estendido no chão!*

Peguei pelo rabo o ratinho morto que eu, sentindo repugnância, puxei para fora do gabinete da pia e, quando estava por jogar a criaturinha no mato, pela janela, fui tomado por uma inspiração maquiavélica: acondicionei o corpinho fedegoso numa caixinha de acrílico que havia em cima da pia, telefonei para a delegacia e pedi autorização para conversar com o "tio Nestor" no fim da tarde; o que me foi consentido, após muita insistência, por não ser dia tradicional de visitas.

Cheguei ao distrito policial sem provocar muita estranheza por parte da singela vigilância da portaria, uma vez que eu estava vestido com uma discreta capa preta de cetim, enrolada às costas, e com o rosto barbeado — apenas esbranquiçado, pela aplicação de uma pasta de pó de arroz e leite.

Sentei-me na banqueta, de frente para a abertura engradada dos visitantes, aguardei a chegada do safardana enquanto notei, com satisfação, que eu estava sozinho na área de visitação. Assim que ele despontou pela abertura em arco e veio coxeando em direção à grade, retirei dos bolsos a dentadura sangrenta de vampiro e a luva asquerosa dos leprosos, instalei-as na minha boca e mão, puxei para a frente e abri a capa enrolada às costas para exibir o seu interior vermelho e destampei a caixa de acrílico escondida no meu colo.

    Quando ele se sentou do outro lado da grade, o fedor já havia se instalado ao redor e ele deu mostras inequívocas de que havia notado, contraindo as narinas repetidamente. Não escondi meu rosto nem o deixei pronunciar a primeira palavra.

    — Filho da puta! — falei com a voz cavernosa, de uma só vez. — Você vai facilitar o desquite da Francesca e confessar, na próxima audiência, todos os seus crimes. Se você fracassar, eu volto com a Marieta e faremos os vermes começarem a comer suas entranhas com você ainda vivo!

    — Quem é você? — perguntou, com os olhos crispados de horror, farejando o ambiente. — A Marieta está morta!

    — Eu também! — respondi, com o sorriso macabro. — Mas voltei para te obrigar a esquecer, de uma vez por todas, a sua família e fazer o que estou mandando.

    — Felipe! — expressou, babando copiosamente. — Você está morto. Eu juro que não roubei nada do banco!

    — Mas vai confessar que roubou! — ameacei, estendendo a mão coberta de chagas repugnantes. — Prefere que eu segure sua mão e o faça apodrecer agora mesmo?

    — Oh, não! — implorou. — Pelo amor de Deus!

    — Volte para a cela! — ameacei, aproximando a mão asquerosa da dele. — Agora! Você vai sentir a minha presença, ao seu lado, até a próxima audiência. Faça o que estou ordenando e não fale sobre nosso encontro com ninguém.

    — Felipe, eu juro…

    — Fica quieto — interrompi, com o dedo em riste. — Cala a boca!

    A seguir, tampei e escondi a caixa de acrílico em minhas vestes, levantei-me e encarei diretamente seus olhos esbugalhados e seu rosto coberto de suor e lágrimas; dei as costas, guardei a dentadura e a luva nos bolsos e saí do recinto, abanando a capa vermelha.

Ainda ouvia, quando deixei a delegacia, o seu balbuciar inarticulado e plangente, seu choro desenfreado e os berros autoritários dos carcereiros. Abandonei a capa ordinária, a caixa de acrílico e os outros apetrechos pelo caminho e voltei para o hotel, com a satisfação de missão cumprida. *Agora sim!*, afirmei. *Não há mais nada a fazer em São Jerônimo.*

Após uma refeição leve, eu me debrucei sobre o mapa da zona rural de Barueri, munido do Guia Quatro Rodas de hotéis e pousadas da região. Escolhi, na região circunjacente à clareira, a pousada mais próxima, distante trinta quilômetros em linha reta: "Albergaria Boa Ventura". *E é para lá que eu vou amanhã bem cedinho*, decidi, estimulado.

19

Caí nos braços de Morfeu. Adormeci num sono profundo. Em sonhos fabulosos, eu era o paladino, de caráter magnânimo, capaz de resistir, sem me extenuar, a todas as situações adversas; realizar feitos heroicos e conquistar triunfos consagradores.

Revigorado pela noite bem dormida e estimulado pelos sonhos exitosos, despertei muito cedo. Deveras confiante e muito bem-disposto, deixei o hotel e a cidade de São Jerônimo, com destino à Albergaria Boa Ventura; ponto de partida para rumar em direção à clareira, na mata fechada, na zona rural de Barueri e iniciar a busca frenética das instalações clandestinas da Phenix.

Na primeira colina, ainda nas proximidades de São Jerônimo, estacionei a moto embaixo de uma amendoeira escolhida a dedo, para vislumbrar a cidade alvorecendo. Consenti, então, o lacrimejar espontâneo do adeus inexorável.

A viagem decorreu tranquilamente e sem incidentes. Após as tradicionais paradas obrigatórias e outras, reflexivas e melancólicas, com o propósito de espantar lembranças remanescentes do encontro com a minha irmã, cheguei aos arredores da cidade de Barueri. *De agora em diante preciso focar apenas as ações iminentes*, pensei, obstinado. *E vou congelar, no local mais remoto da minha consciência, o que ficou para trás.*

Ainda distante, avistei a silhueta da albergaria, no topo de um pequeno outeiro. Era um casarão assobradado, e o nome do estabelecimento ressaltava-se, em letras grandes e pretas, na lateral de uma das paredes verde-escuras de madeira. No momento em que cheguei, o sol escondia-se por detrás do arvoredo da floresta e o vento fresco do fim de tarde começava a arrefecer o calor ainda escaldante. Não restava nada a fazer além de me alimentar, descansar e me preparar para a jornada crucial da manhã seguinte.

Acordei antes do alvorecer e, sem mais delongas, pilotei a moto ladeira abaixo; cruzei a rodovia e me embrenhei no matagal, por um atalho, no rumo Nordeste. Com um olho na bússola e o outro nos obstáculos — raízes, buracos e pequenos animais —, acabei por chegar à passagem Norte da clareira e, consequentemente, à pista de pouso. *Até aqui foi fácil demais!*, exortei-me, satisfeito. *Daqui pra frente vou deixar de lado os cálculos, estimular as recordações, aguçar o instinto e dar asas à imaginação.*

Pilotei, por algumas vezes, o espaço que circunda a pista, e constatei que havia diversos atalhos por onde sair da clareira. Procurei atiçar a lembrança, mas não consegui identificar nenhum deles como o certeiro. Encorajado a não esmorecer, adotei um deles, como o mais provável, e parti para a investida solitária.

Foram horas e mais horas de vacilações e triagem de alternativas, até que encontrei um casebre de sapé à beira de um dos caminhos de terra, no meio da mata. Encostei a moto no tronco de uma árvore, a pouca distância, e passei a observar a propriedade. O que me impressionou, logo de cara, não foi sua localização acidental, mas o alto grau de esmero da moradia rústica.

Sem nenhuma sofisticação, a propriedade era cercada por uma paliçada de estacas de eucalipto perfeitamente fincadas e alinhadas, transpassadas por cinco ou seis carreiras de arame farpado, niveladas com perfeição. Eu consegui ver, ao longe, uma parte do terreno, repleto de hortas, onde eram cultivadas hortaliças; havia também um canavial e um bom número de árvores frutíferas.

Na parte frontal da casa eu notei que uma mocinha, sentada diante da mesa grande da varanda, debulhava milho ou escolhia feijão, tão concentrada no serviço que não percebeu a minha aproximação, até que encostei na cerca defronte ao portão.

— Ô de casa! — expressei, batendo palmas.

— Peraí, seu moço — disse a garota, levantando-se. — Vô chamá o pai!

Em seguida, um homem baixo e forte, vestindo um macacão verde, sujo de terra, apareceu na calçadinha lateral da casa, enxugando as mãos com uma toalha encardida e mostrando os dentes estragados, num sorriso largo e cordial.

— Chegue aqui! — convidou o roceiro. — O portão não tá trancado.

— Não quero incomodar — falei, destravando o artefato rudimentar. — É que estou precisando de auxílio.

— Tá perdido por essas banda ou só tá com sede? — perguntou o roceiro, aguardando-me na escadinha da varanda.

— As duas coisas e mais uma, se não for pedir muito — respondi, aproximando-me. — Eu me chamo Felipe.

— Eu sô o Osvaldo — falou, estendendo a mão. — Vamo sentá na varanda, que a Jussa vai trazer uma moringa d'água bem fresquinha pra nóis bebê.

— Muito obrigado, senhor! — respondi, apertando sua mão calejada.

Quando nos assentamos, espiei o aspecto impecável do chão de terra batida no interior da palhoça; tão perfeito e limpo que mais parecia um piso laminado. O parco mobiliário, formado pela mesa redonda, a cômoda e o armário envidraçado, tudo muito antigo, reluzia, de tanta limpeza. Havia também um porta-retratos oval, com a imagem da família, em cima da cômoda, e um pequeno oratório, com a imagem de Santo Antônio, pendurado na parede, com surpreendentes cartuchos de espingarda, um de cada lado do santo.

— Juçara é minha fia caçula — falou, orgulhoso. — Tem doze ano mas é um corisco pra trabalhá. Me ajuda na roça, debulha mio e ainda acerca uma galinha, vez em quando, pra canjinha de domingo. Eu tenho mais dois fio que tão na escola numa hora dessa; a do meio e um piá mais velho.

Juçara chegou com a moringa, dois copos grandes e um pratinho com broas de milho. Colocou tudo em cima da mesa, sentou-se na mesma cadeira e continuou escolhendo feijão.

— Senhor Osvaldo — falei, colocando minha mão no lado esquerdo do peito. — Muito obrigado! Nunca imaginei uma acolhida tão boa nesse fim de mundo.

— Se minha patroa tivesse aqui, você havia de cumê uma fatia de bolo — advertiu, soltando uma gargalhada. — E, ai docê, se não aceitasse!

— Eu aceitaria com prazer — declarei, sorrindo também. — Mesmo que não estivesse com vontade.

— Mudando de assunto — falou Osvaldo. — Ocê tem jeito de cidadão da capital. O que tá procurando por essas parage?

— Estou procurando um picadão de chão batido com pedregulho bem largo — respondi com os braços abertos, simulando uma distância aleatória. — Ele desemboca numa rodovia pavimentada com macadame. É lá que eu preciso chegar.

— Eu conheço todas picada da região — afirmou, coçando a cabeça. — Quanto larga é a que ocê fala?

— Que permite a passagem folgada de um caminhão ou de um automóvel grande — respondi, alvoroçado.

— Carros grande é muito raro por aqui! — afirmou, mostrando-se ressabiado. — Não me diga que ocê é da puliça!

— De jeito nenhum, senhor Osvaldo! — neguei, balançando a cabeça. — Se eu fosse, teria mostrado o distintivo e me apresentado. Sou apenas um sujeito perdido no mato, procurando o rumo de casa.

Nesse momento, Osvaldo levantou-se, me encarou longamente demonstrando seriedade e pediu que a Jussara nos deixasse a sós.

— Vô te preguntá uma coisa só, seu moço — indagou Osvaldo, com o semblante severamente alterado. — Cê sabe se foi lá que um caboclo atropelado bateu as bota?

— Foi lá mesmo, senhor Osvaldo! — respondi, instintivamente, sem titubear. — Mas não tenho nada a ver com isso.

— Não tem, memo? — insistiu, olhando-me com um olhar malicioso. — Porque se foi ocê que passô por cima do sem-vergonha, eu gostaria de agradecê!

— Agradecer por quê? — indaguei, sem conseguir disfarçar o regozijo que a notícia provocou em mim.

— Então, oia só! — disse, imerso em si mesmo. — Algum tempo atrás um bronco cabeludo apareceu puraqui, entrô na minha maloca, achô que minha fia do meio tivesse sozinha e tentô fazer mar a ela. Eu tava no paiol, onde guardo a espingarda cartucheira, quando olhei a safadeza. Meti chumbo no depravado, mas só acertei de raspão.

Ele interrompeu a narrativa e serviu-se de um copo de água da moringa, enquanto eu guardava silêncio em sinal de respeito. Então, Osvaldo respirou fundo e continuou: "Ele fugiu pro mato, comigo na perseguição. Eu queria matá o desgraçado, mas quando ele arcançô o atalho largo que ocê fala, tropeçô na raiz de uma árvi e se esborrachô no chão pedregoso. Eu joelhei, apoiei a espingarda num toco e mirei no meio dos óio arregalado. No momento que eu apertei o gatio, o carro branco grandão surgiu da curva, passou por cima da cabeça do depravado e ninguém desceu do artomóvi pra vê o que conteceu".

— O camarada morreu na mesma hora? — perguntei, sentindo o forte atiçamento de minha memória.

— Uma roda passô em cima da cabeça oca dele — declarou, exaltado. — Não deu nem pra vê a cara do sujeito, nem pra sabê se eu tinha acertado o sacana. Foi uma pena que o motorista não desceu do carro. Se não fosse por ele, eu ia margá uns ano de cadeia por metê bala no fiu da puta!

— Sr. Osvaldo! — declarei, solenemente. — É esse o atalho que eu estou procurando.

— Vamo, então — disse ele, pegando o facão de cortar mato. — Vô te mostrá o local do furdunço.

— Sobe na garupa da moto que eu te levo! — falei e fiz um sinal com a mão, convidando-o.

— Prefiro í a pé — respondeu, confiante. — Garanto que ocê, mesmo de moto, vai pererecá pra me companhá.

Ele caminhou célere por trinta minutos, pela mata, em pequenas trilhas, cortando o mato alto com o facão, facilitando-me a passagem. Eu, em marcha lenta, fui conduzindo a moto logo atrás, até que chegamos à vicinal: uma pista revestida de pedregulho, larga o suficiente para possibilitar a circulação do automóvel dirigido pela… Madalena!

Encostei a moto numa árvore e acompanhei o roceiro até o meio da vicinal. Ele colocou o braço em torno do meu ombro, apontou o dedo em direção ao chão, e declarou solene:

— O safado bateu as bota nesse lugá! O corpo inteiro com a cabeça esmagada ficô estendido no chão até a puliça chegá e levá. Eu até talhei uma cruz com o canivete na raiz daquela árvi onde ele tropeçô, para nunca esquecer a malvadeza. Durante muito tempo, eu vim até aqui, só pra olhá a mancha de sangue. Até que, num dia, depois dum aguacero, a mancha de sangue sumiu e começo a brilhá os chumbinhos do cartucho espalhadu pelo chão no lugá. Recolhi tudo e coloquei nos cartuchu vazio pra guardá de lembrança. Tá du lado do santo de casa. Credo em cruz, que coisa feia que eu fiz!

— Agora você vai esquecer a desgraceira — falei, compadecido.

— Desejo boa sorte a ocê! — saudou, com os olhos lacrimejantes. — A rodovia que ocê tá procurando fica uns vinte minuto naquela direção. É lá que passa a jardineira pra cidade.

— Obrigado por tudo, senhor Osvaldo! — declarei, agradecido. — Você necessita de alguma coisa? Eu gostaria de expressar minha gratidão! É só dizer!

— O meu desejo, memo, ninguém pode me atendê — falou, malicioso. — Agradecê o motorista que fez justiça com as roda do próprio carro e me livrô de uma boa encrenca com a puliça!

Alcancei a rodovia e, intuitivamente, eu sabia que era para dobrar à esquerda. Não estava certo do tempo que deveria trafegar até chegar à propriedade, porém, eu me lembrava muito bem de que era só seguir em frente. Menos de uma hora havia decorrido até que encontrei a entrada em curva com a plaquinha da figura da águia. O "número da besta", logo abaixo, apenas ratificou o que eu já sabia. Meu objetivo havia sido alcançado!

Estacionei a moto ao lado do portão e procurei, no entorno, a campainha ou o interfone. Não encontrei nada que possibilitasse a comunicação, à distância, com o imóvel localizado ao fim do acesso em rampa. Subitamente, a buzina de um fusca alertou-me para sair do meio da rua. Encostei o corpo na lateral do muro e observei o carro subir a vereda normalmente; em seguida, dei passagem a uma lambreta levando um jovem casal externando alegria e tranquilidade.

Surpreso com a situação inesperada, montei a moto e também adentrei pelo caminho íngreme em curvas, até chegar a um amplo pátio arborizado, no qual se destacavam três árvores de folhas violáceas, enraizadas no interior de canteiros floridos, cobrindo de sombras os espaços onde os veículos estavam estacionados.

Na parte traseira da praça, um casarão colonial assobradado, construído com pedras rústicas, ocupava toda a largura do terreno. No centro da edificação, o hall de entrada, projetado para a frente, resguardava a porta alta e imponente. Janelas pequenas fechadas, idênticas e perfeitamente alinhadas, distribuíam-se pelos dois pavimentos do edifício. Não obstante apresentar boa aparência, o prédio evidenciava estar desocupado há muito tempo.

Do outro lado, um extenso guarda-corpo, apoiado em fileiras de balaústres antigos, contornava toda a parte frontal da praça, assegurando resguardo às pessoas — prováveis turistas, de passagem pela rodovia — ali encostadas, em postura contemplativa. *Caraca!*, expressei, baixinho. *Eu esperava encontrar qualquer coisa, menos isso!*

Em estado de profundo desânimo, observei o panorama tranquilo e sereno do local, ouvi o chilrear de fim de tarde dos pássaros nativos e me dirigi ao local onde a moto estava estacionada, para deixar o enganoso recinto, voltar para a albergaria e começar tudo novamente. Naquele exato instante, escutei o ruído do deslizar de um portão de correr, na lateral esquerda do prédio, abrindo uma passagem na direção do acesso ao pátio.

Ato contínuo, como numa operação sincronizada, o automóvel preto luxuoso que acabara de subir a vereda engendrou-se pela abertura recém-surgida, desapareceu em seu recôndito abrigo e o portão voltou a fechar-se, dissimulando-se em seu entorno verdejante. *Putz!*, murmurei, com o coração em polvorosa. *A sede é lá dentro. Se o carro entrou, há de sair. Não vou perder a chance, caída do céu, no último minuto da exaustiva jornada.*

Desci a senda com a moto, atravessei a rodovia e me embrenhei no matagal. Escolhi um local apropriado, escondi o veículo, camuflando-o com galhos de árvore e arbustos e voltei correndo para a entrada do mirante. Subi a pé e me integrei aos poucos visitantes que permaneciam no local.

No momento em que senti que não estava sendo observado, me entoquei nas folhagens de entorno do portão e, resignadamente, passei a aguardar a saída do automóvel. *Ora, ora!*, pensei, estarrecido. *Ninguém desconfiaria que, por trás deste portão verde-escuro, este local bucólico poderia servir de campo operacional de uma atividade secreta!*

A noite sem lua deixava o pátio deserto e escurecido. De súbito, eu ouvi o ronco discreto de outro automóvel subindo a vereda. Fiquei em posição de alerta total. O portão completou o movimento de abertura e o automóvel adentrou o local. Com meu cérebro disparando adrenalina para o meu corpo, saí da moita e penetrei, por um pequeno vão, o interior da propriedade, antes de o portão concluir o fechamento. *Estava na sede da Phenix!*, falei comigo mesmo. *Finalmente.*

Era uma área ajardinada enorme e muito bem cuidada. Caminhei pelo interior do jardim em direção à claridade distante. Ao me aproximar, notei que se tratava de um imóvel térreo, moderno, baixo na fachada, e dispondo, na parte de trás, de um bloco menor em subsolo, onde avistei o automóvel branco de Madalena, ao lado de outros veículos — inclusive o preto luxuoso que havia chegado antes.

Não havia indícios de uma recepção tradicional. Eu circulava ao redor da fachada quando, inesperadamente, fui agarrado e imobilizado por prováveis seguranças da empresa.

— Ei! — gritei. — Peraí. Não sou criminoso não. Vocês estão me machucando. Quero falar com o Salvador. Sou cliente da empresa.

— Cala a boca! — escutei.

Sem demora, taparam minha boca com fita plástica e cobriram minha cabeça com um saco de pano cinza. Na penumbra, não consegui ver ninguém. Senti que me conduziam para a parte dos fundos do edifício; adentraram uma sala, me amarraram a uma poltrona pesada e escutei o barulho da porta sendo fechada e trancada.

Fiquei imobilizado na poltrona por horas a fio, sem pessoa alguma para falar comigo, me oferecer um copo d'água ou permitir que eu esclarecesse a situação. Até que escutei o ruído da porta sendo aberta, percebi a movimentação humana em torno de mim e, assim que o capuz foi retirado, avistei a figura do Salvador, cabeça balançando de um lado para o outro, braços cruzados na altura do abdome, dirigindo-me olhares severos repletos de reprovação.

— Oh, meu Deus, Salvador! — expressei, assim que tiraram a mordaça da minha boca. — Me tira desse inferno, por favor!

— Como você conseguiu chegar aqui?

— A corda está machucando meu pulso — gritei. — Isso não está certo, Salvador.

— Vou repetir só mais uma vez! — advertiu, intimidante. — Quem te instruiu como chegar aqui?

— Eu sou cliente da empresa — disse, convicto. — Tira estas cordas dos meus pulsos, Salvador. Por favor!

— O cliente a que você se refere sofreu um acidente aéreo — declarou, gesticulando aos seguranças que me desamarrassem. — Está mortinho da silva!

— Ninguém me ajudou, Salvador! — retruquei, massageando meus pulsos doloridos. — Eu juro!

— Você vai esclarecer tudinho — ameaçou, acenando aos seguranças para saírem da sala.

— O que você quer dizer com isso?

— Pense no que vai dizer para os diretores — alertou. — Eu não gostaria de estar na sua pele se você ousar me envolver nessa cagada.

— Que cagada, Salvador?

— Se você voltou é porque alguém falhou — respondeu, suando em bicas. — E falhou feio. Muito feio.

— Ninguém falhou! — declarei, decididamente, lembrando-me dos comprimidos escondidos e do atropelamento na vicinal.

— O que houve, então?

— O tratamento é que não deu certo comigo — declarei. — Eu paguei pelo serviço, sofri pra caramba e acabei me lembrando de tudo.

— E funcionou com alguém que você conheceu? — questionou, maquiavélico.

— Isso eu não tenho como saber — respondi. — Não tenho bola de cristal.

Salvador parecia uma fera enjaulada, andando sem parar, de um lado para o outro da sala. Eu me mantive encurvado, na poltrona, com os olhos fixos no chão e me conscientizando de que a fera enjaulada não era o Salvador.

Acendeu um farol de advertência em meu cérebro. Preciso medir cada palavra que eu proferir daqui pra frente. Percebi que minha situação era gravíssima e, sem uma estratégia minuciosamente estudada, eu não sairia vivo desse imbróglio e até comprometeria a vida de Júlia.

Ele não me perguntou mais nada. Apenas dirigiu-me um olhar furioso, saiu da sala e trancou a porta.

20

O que está acontecendo comigo é algo muito distante da expectativa mais pessimista. Tirante o fato de que eu havia forçado a entrada no local, por falta de alternativas, jamais tinha imaginado que seria tratado como um delinquente. A despeito da circunstância incipiente inadequada, conjecturei que após o evidente desconforto inicial pela minha aproximação arrojada eu seria reconhecido como cliente e tratado como tal; as dúvidas seriam esclarecidas, a falha no tratamento medicamentoso seria corrigida e eu voltaria para Piraquara com o assunto resolvido.

Quando finalmente escutei o ruído característico do destravar da porta eu nutri, por alguns segundos, a esperança de que tudo não tinha passado de um dissabor transitório. *Qual o quê!*, percebi, decepcionado. *A fisionomia carrancuda da enfermeira arrancou, pela raiz, o restinho de minha esperança de ser acudido de maneira satisfatória.*

Sem olhar na minha cara ou expressar qualquer emoção, ela gesticulou para que eu a acompanhasse para fora do recinto. Tomou o rumo de um corredor comprido, abriu a porta de um dos quartos e ordenou que eu entrasse. Em seguida, jogou um embrulho em cima da cama e, alardeando a superioridade que tinha sobre mim, determinou:

— Amanhã cedo você vai conversar com o nosso diretor. Após ouvir três batidas nesta porta, você terá quinze minutos para tomar banho e se vestir adequadamente.

A seguir, deixou o quarto e trancou a porta.

Com o coração apertado e morrendo de ansiedade, eu abri o embrulho plástico. Havia pijama, toalha de banho, sabonete, escova e pasta de dentes, além de um uniforme branco: calça comprida sem cinto, camisa polo e sapato simples sem cordão.

Eclodiu de uma só vez a exaustão das peripécias vividas no dia excepcional. Tomei banho imediatamente, vesti o pijama, deitei na cama e procurei o dispositivo para apagar a luz. Notei que não havia interruptor algum. Entretanto, notei a existência de câmeras de vigilância em diferentes pontos das paredes, junto ao teto.

Deitei-me na cama e reparei que a iluminação foi diminuindo de intensidade. *Estou sendo vigiado*, pensei. *Nada surpreendente!* O martelar insistente da frase que o Salvador destacou: *O cliente a que você se refere sofreu um acidente aéreo*, manteve-me acordado a noite toda. A cada vez que eu sentia o golpe vigoroso daquelas palavras, a certeza de que não me deixariam sair vivo deste lugar tomava assento mais explícito em meu cérebro. *O que será que ele quis dizer com aquilo?*, continuei pensando. *Que eu iria encontrar o diretor da Phenix na condição de condenado à morte?*

Logo cedo a porta foi destravada, a mesma enfermeira entrou e colocou a bandeja, com o café da manhã, em cima da mesinha. Quando ela me dirigiu o olhar frio, eu retribuí com um sorriso afável, o que a deixou momentaneamente sem ação.

— O que faz uma moça tão bonita neste fim de mundo? — perguntei, olhando o seu rosto rude e maltratado.

— É melhor você tomar o café e deixar de conversa mole! — admoestou, com a fisionomia carrancuda, porém levemente ruborizada. — Salvador já vem buscá-lo.

Em seguida ela foi embora, sem me dirigir palavra ou olhar. *Estou certo de que ela sentiu o golpinho!*, pensei, ardiloso. *Qualquer coisa agradável neste ambiente severo poderá ser-me útil daqui para a frente. Vou enfrentar um inimigo desconhecido e sem nenhuma arma ou estratégia.*

Fiz um esforço hercúleo para digerir o café da manhã requentado e frio. O enjoo ainda permanecia quando ouvi soar as três batidinhas e, logo depois, o Salvador abriu a porta e conduziu-me por outro corredor interno até nos aproximarmos de uma porta dupla fechada.

Assim que foi entreaberta, expôs-se, aos meus olhos ardentes, um luxuoso e aconchegante ambiente cerimonioso, discretamente iluminado por lâmpadas amarelentas, distribuídas de modo harmônico em lustres de aparência antiga.

Na parte central do salão, três senhores — um deles o Klaus, que me abordou na garagem superior do shopping — se encontravam confortavelmente sentados em poltronas de couro lustroso, dispostas sobre um amplo e imponente tapete que, de imediato, remeteu-me aos tapetes persas dos salões de minha casa em São Jerônimo, exibidos com ostentação pelo meu pai durante as recepções.

A parede frontal era literalmente tomada por uma estante-biblioteca de madeira de lei escurecida, aparentando ser muito antiga. Eu observei, através das portas envidraçadas, uma grande quantidade de livros ordenadamente enfileirados. Nas paredes laterais, uma série de quadros emoldurados, além de brasões, diplomas e objetos decorativos.

A uma distância conveniente, uma secretária sentada a uma pequena mesa, sem máquina de escrever, sinalizava sua função de fazer, manualmente, as anotações da reunião — ou de registrá-las com um gravador.

Salvador, segurando-me pelo braço, caminhou lentamente até a poltrona em frente aos diretores e, por meio de gestos sutis, induziu-me a sentar. Sem demora ele se afastou e posicionou-se de pé, ao lado da mesa da secretária. Assim que eu me acomodei, dirigi meu olhar ao senhor que estava sentado na poltrona central, transparecendo ser a autoridade principal do trio. Ele permaneceu em silêncio, até que a porta foi aberta e Madalena adentrou o ambiente apressadamente e se posicionou ao lado de Salvador.

Após me encarar por alguns segundos, que me pareceram intermináveis, perguntou-me delicadamente:

— Qual é o seu nome?

— Felipe Ferreti — respondi, perplexo.

— Não é Arthur? — perguntou, sem tirar os olhos de mim.

— Não mais, senhor... — disse, encarando-o.

— Kristofer Pietroski — apresentou-se, exibindo um sorriso vago. — Sou presidente da Phenix e, ao meu lado, estão o Klaus e o Hans, diretores responsáveis pelas áreas de abordagem e segurança.

— Doutor Kristofer! — exclamei, ressentido. — Lamento ter entrado pelo portão sem permissão; acontece que...

— Preste atenção, Sr. Arthur — interrompeu Kristofer. — Até agora nenhum cliente havia regressado às instalações da Phenix depois de iniciado o tratamento. Se você conseguiu é porque alguém falhou e colocou em risco a segurança da empresa.

— O tratamento, Dr. Pietroski — retruquei. — Foi o tratamento que falhou e eu...

— Você foi favorecido com um dos melhores serviços, por ocasião de sua morte — respondeu, convicto. — Tudo permaneceu conforme o nosso protocolo de assistência, até que o seu cérebro passou a rejeitar o medicamento.

— Estou seguro de que foi independente de minha vontade — falei, ressabiado. — Muito pelo contrário...

— Arthur, você se encontra numa situação embaraçosa — falou o presidente, mostrando sinais evidentes de neurastenia. — Nosso programa tem um índice de sucesso acima de 95%, que é considerado muito bom, até pela indústria farmacêutica convencional.

— Então, eu faço parte dos 5% de fracassados! — concluí, de cabeça baixa.

— Ainda não na totalidade — afirmou, cerrando de modo parcial os olhos e respirando profundamente. — Você é a única pessoa que pode ser de grande valia para ampliar, ainda mais, a segurança do método que adotamos. Nossa função, nesta reunião e nas próximas, é saber o que aconteceu com você e desestimular novas falhas ou traições.

— Não sei se estou entendendo — disse. — É o portão de correr ou...

— Também o portão! — assentiu. — Percebo que você é bem inteligente. Estou certo de que vai nos ajudar.

— Não tenho ideia de como eu poderia...

De súbito, Kristofer levantou a mão direita com o dedo indicador voltado para cima e, de modo suave, direcionou-a até cruzar sua boca com o dedo ao lado do nariz, interrompendo abruptamente minha fala. Alterou ostensivamente seu comportamento, seu olhar foi perdendo a perspicuidade e ele passou a trazer, no semblante, a expressão dos visionários e saudosistas.

Levantou-se, fez outro sinal com a mão para que a secretária deixasse de anotar e saísse da sala. Passou, então, a caminhar lentamente pelo recinto com as mãos cruzadas às costas e, sem demonstrar a menor preocupação com minha presença, passou a narrar:

— Entre a Primeira e a Segunda Guerras Mundiais, um pequeno grupo ilegal de alquimistas poloneses, orientados por meu pai, Dr. Igor Pietroski, se propôs a realizar pesquisas químicas experimentais com compostos carbônicos, tendo, como objetivo, o descobrimento de um elixir capaz de deletar, da memória de indivíduos irreversivelmente alienados, os atos horripilantes vistos (ou praticados) durante a guerra. O elixir agiria somente na área cerebral responsável pelas recordações, não intervindo no armazenamento de novas vivências. Assim, essas pessoas teriam a oportunidade de reingressar no convívio social com outra identificação, noutro lugar e sem lembranças do passado. Após cinco anos de experiências, uma cobaia humana confirmou o total esquecimento de fatos execráveis, sem alteração de outras funções cerebrais. Medicado ao longo de três meses, transmutou-se de um ser humano evidentemente repleto de revolta, pavor e ódio, para uma pessoa dócil e gentil, quando despertou no ambiente aprazível e familiar especialmente criado pelos alquimistas. A fórmula do medicamento e o tempo para tornar irreversível o novo estado cerebral estavam definidos, mas Igor não teve tempo de aguardar outros eventos positivos. Escondeu toda a documentação em um local secreto e desapareceu antes de ser preso e, certamente, condenado por prática ilegal de medicina e charlatanismo. Passaram-se dez anos até eu conseguir achar toda a documentação escondida. O projeto era tão minucioso que, sem dúvida, eu poderia levá-lo adiante. Evidentemente, necessitava de outros eventos positivos para me certificar da eficácia do medicamento. Todavia, seria infactível executar o projeto sozinho e passei a procurar outros interessados, o que foi muito trabalhoso, uma vez que eu necessitava manter segredo absoluto do projeto e não poderia detalhá-lo para muitas pessoas.

Kristofer interrompeu a narrativa, serviu-se e bebeu um copo de água, caminhou até a borda do armário-biblioteca, abriu um gavetão refrigerado e retirou um dos charutos dispostos em fila, enquanto o ambiente mergulhava num silêncio sepulcral. Eu escutava até o bater de meu coração. *O sujeito é totalmente insano!*, constatei. *Preciso pensar numa alternativa plausível e tentar fugir daqui o mais rápido possível!*

Em seguida, ele reteve o charuto suavemente entre os dedos, colocou-o no cortador e decepou com cuidado a ponta. Ato contínuo, acendeu-o com um palito de fósforo grande e deu algumas bafaradas, girando-o ao redor da chama.

Guardou o cortador e a caixa de fósforos e fechou o gavetão. Retornou ao lugar onde se encontrava, colocou o charuto no cinzeiro, apoiou as duas mãos no encosto da poltrona e, sem expressar nenhum sentimento ou emoção, continuou falando:

— Não demorou muito tempo e conquistei a adesão do Sr. Oton, um banqueiro, que se comprometeu a custear as despesas; do Dr. Haskel, neurocientista consagrado nos anos 1930, e do Dr. Edward, um gênio da farmacologia contemporânea. Foi o grande passo para consolidarmos o projeto. Eu me lembro do dia em que finalizamos o acordo. Era um domingo, dia quinze de junho de 1958, e estávamos no elegante escritório de Oton, em Buenos Aires. A pequena mesa coberta de projetos e anotações exalava um cheiro de mofo, que sobrepujava o odor da fumaça dos charutos cubanos que estávamos fumando. Necessitávamos reconduzir as experiências e, no momento propício, oferecer o tratamento a clientes abastados infelizes, que pagariam um alto valor para permutar o suicídio iminente por uma nova vida, sem a lembrança do passado. Nessa ocasião, batizamos a iniciativa de "Projeto Phenix", evidente alusão à lenda da águia que morre e renasce das cinzas.

Por um momento, a voz monótona de Kristofer ficou mais distante e a minha mente foi tomada de uma convicção inexorável: *Se eu usei a sorte e a intuição para chegar aqui, devo começar a fazer o mesmo para sair daqui. A despreocupação dele em falar, de forma aberta, sobre assuntos altamente confidenciais, estava sugerindo que meu destino já estava decidido, antes mesmo de iniciar a reunião. Ele está fazendo uma retrospectiva histórica da Phenix*, pensei, atônito. *É claro que não se dirige a mim, mas aos demais membros da diretoria!*

Kristofer largou a poltrona, virou-se e dirigiu-se à janela, olhou os jardins internos por alguns minutos, voltou-se para os demais diretores e, com o semblante prófugo e os olhos avermelhados, continuou recordando:

— O medicamento original, pesquisado pelos alquimistas, sofreu poucas modificações, mas uma delas ajudou muito: a adição de uma substância derivada do ópio, que provocava bem-estar durante o tratamento e nos primeiros dias da nova existência. Mas as questões que causaram as maiores divergências foram: o fato de que os clientes teriam que "morrer" nesta vida e a necessidade de reconhecer e documentar a causa da morte, antes de serem levados a uma nova vida.

Kristofer começou a apresentar sinais de agitação e hostilidade. Olhava com atenção para os diretores, fungando explicitamente, sem disfarçar a amargura que estava sentindo naquele momento; mas não interrompeu a narrativa:

— Conseguimos vencer as divergências. Todavia, durante os primeiros anos de atividade, amargamos muitos fracassos com os clientes, logo nos primeiros dias de tratamento. Estes foram agraciados com uma morte apropriada, bem diferente da proporcionada pelo suicídio tradicional. A utilização de seus corpos proporcionou, ainda, uma nova chance a outros clientes que, ao morrerem em decorrência de acidentes fatais, fomentaram cerimônias fúnebres tristes, porém suntuosas, ocupando a mente dos parentes próximos com lembranças trágicas e emocionantes. Nos últimos tempos, os fracassos foram rareando e a demanda por corpos para permutação aumentou exageradamente. Utilizar apenas corpos dos "kamikazes", clientes fracassados, não oferecia risco para a empresa, uma vez que estavam oficialmente mortos. Entretanto, a utilização de corpos negociados tornou o projeto mais complexo e arriscado, exigindo cuidado redobrado, transformando eventuais erros em delitos imperdoáveis para quem os comete.

Desta vez, ele dirigiu seu olhar raivoso diretamente para o Salvador e a Madalena, enquanto voltava, devagar, a sentar-se em sua poltrona. Daí continuou:

— A notícia de um fracasso, após quase dois anos do tratamento, é um desastre inimaginável. Necessitamos agir com toda presteza e eficácia, para não amargarmos a destruição de nossa empresa e a perda das nossas liberdades.

Em seguida, moveu o olhar complacente em minha direção e suspirou longamente. *Eu não tenho a menor chance*, pensei novamente. *Preservar a vida de Júlia tornou-se, a partir desse suspiro, o meu único propósito.*

— Muito bem, Sr. Arthur — falou, encarando-me. — Você vai nos ajudar a descobrir onde erramos?

— Com todo respeito, Dr. Kristofer — respondi, acautelado. — Meu nome é Felipe e não tenho a menor ideia de como poderei colaborar.

— Amanhã, depois de uma noite bem dormida, e com o cérebro bem mais estruturado, você terá — falou, levantando-se.

A reunião havia terminado.

Todos levantaram-se ao mesmo tempo, aguardaram a saída do presidente e foram deixando, silenciosamente, o ambiente carregado. Eu continuei sentado até que Salvador, com um gesto, me convidou a segui-lo de volta ao meu cativeiro.

21

Com as mãos massageando os joelhos frios e trêmulos, a cabeça abaixada, pendente do pescoço dolorido, eu permanecia sentado na beirada do leito, há horas, moendo e remoendo pensamentos antagônicos — ora emotivos, ora irracionais.

Ainda saboreava o êxito do descobrimento da sede da Phenix, onde minhas dúvidas seriam esclarecidas e meu distúrbio mental solucionado quando, num piscar de olhos, passei a vivenciar uma situação estapafúrdia, em que o risco de perder a vida era evidente. *Que a Phenix é uma sociedade secreta, que utiliza métodos heterodoxos no seu* modus operandi, *eu já sabia*, pensei. *Porém, depois dessa reunião, ficou manifesto que ela havia se tornado uma facção criminosa, abarcando todos os seus integrantes num grupo mafioso tradicional.*

Centrado demais em mim mesmo, levei um baita susto quando o ruído exagerado da fechadura sendo aberta restituiu-me à razão. Virei o pescoço e observei o adentrar desengonçado da enfermeira, equilibrando a bandeja do almoço nas mãos, seguido do gesto deselegante ao fechar a porta, impulsionando-a com o calcanhar.

Desta vez, pude observar bem melhor a sua aparência. Uma mulher alta, com o corpo avantajado, destacando os seios protuberantes saltados para fora do decote estreito e apertado. Usava um uniforme branco encardido, pouca ou nenhuma maquiagem e exibia uma postura austera e prepotente. *Preciso me empenhar em cativar, indistintamente, todas as pessoas à minha volta*, pensei, resignado.

Por um feliz acaso, o apoio providencial, no momento oportuno, poderá ser de grande valia!

— Que surpresa agradável! — exaltei, forçando a singeleza. — Eu estou morrendo de fome. Como é seu nome mesmo? Desculpa! Com esse agito todo, eu esqueci como você se chama.

— Que conversa é essa? — reagiu, levantando as sobrancelhas. — Eu nunca te disse o meu nome!

A seguir, colocou a bandeja na mesinha, forçando a postura do corpo para encobrir o colo com os seios fartos e espremidos, como se ela estivesse usando um espartilho medieval.

— Que imagem tentadora! — externei, desviando o olhar do decote para a bandeja.

— Não sei do que você está falando! — expressou, colorindo de rosa a face pálida.

— A refeição! — respondi, sarcástico. — Está parecendo o último regalo dos condenados.

— Não diga besteiras — queixou-se, ligeiramente desconfiada. — Esta é a merenda habitual oferecida pela empresa.

— Mas eu não creio que, em todos os dias, são entregues por uma mulher tão especial — falei, tentando prolongar a conversa.

— Sr. Arthur! — expressou, dissimulada. — Que doidice é essa que está passando pela sua cabeça?

— Eu estava pensando no que eu gostaria de fazer se só me restasse um dia de vida — respondi, hipócrita. — E saiba que meu nome é Felipe.

A enfermeira me encarou, respirou longamente, balançou a cabeça para os dois lados do corpo e se encaminhou até a porta de saída. Deteve-se, de costas, segurando a maçaneta por um instante e, a seguir, olhou-me por cima do ombro.

— O meu é Angélica — apresentou-se, abrindo a porta. — E deixe de falar bobagens, Sr. Arthur.

Em seguida, Angélica saiu do quarto e trancou a porta, girando a chave duas vezes na fechadura. *Eu me arrisquei um pouco, é verdade!*, analisei. *Eu poderia tomar uma carraspana. Porém, acho que consegui um pouquinho de intimidade com a enfermeira. Poderá ser profícua, em algum momento. Devo continuar fazendo assim mesmo*, segui analisando. *Não posso desprezar nenhuma aliciação, por mais insignificante que possa parecer, a fim de municiar a minha tática de sair vivo deste hospício. Hoje, por exemplo, eu descobri que, apesar de existirem câmeras por todos os lados, não há equipamentos de escuta, em virtude do teor da nossa conversa. Ela não deixaria prosperar, se existissem gravadores.*

Só caí na real com o barulho das batidas na porta, sinalizando que, dentro de quinze minutos, eu seria levado para a sala de reunião pelo Salvador. Ontem à noite, eu havia tomado banho, vestido o pijama e deitado na cama mais cedo do que o planejado, com a intenção de revisar, mentalmente, a estratégia para a devassa a que eu seria submetido hoje. Mas acabei pegando no sono. *Se foi coincidência ou não, o quarto ficou bem mais escuro do que na primeira noite!*, conjecturei. *Será que ela já ficou um pouquinho sensibilizada com a minha situação e, por isso, deu uma mãozinha para diminuir a luz?*

Logo depois, quando ouvi o barulho do outro lado da porta, eu me aproximei, pressupondo tratar-se de Salvador, para conduzir-me à sala de depoimentos. Porém, quando a porta foi escancarada, foi a enfermeira Angélica, com a expressão suavizada, com os cabelos puxados para trás em um coque, e com o uniforme asseado, que se encontrava à minha espera.

Sem trocarmos salamaleques, cumprimentamo-nos com discretos gestos com a cabeça. Fui conduzido por ela, ao longo do corredor, até uma saleta onde se encontrava, sentado à mesa redonda de aspecto colonial, apenas o Klaus.

Adentrei a sala, sentei-me na cadeira que ele apontou, apoiei os punhos com as mãos fechadas na borda da mesa e passei a aguardar o início da inquirição. Observei que, no fundo da sala, o Dr. Hans desembaraçava os cabos ligados a um aparelho elétrico disposto sobre uma pequena bancada móvel.

A seguir, ele se aproximou, arrastando a bancada com o aparelho e, sem pedir anuência, aplicou uma camada de vaselina e fixou, com ventosas, os terminais dos cabos no lado esquerdo do meu peito e nas têmporas entre os olhos e as orelhas. Acomodou a bancada ao lado da mesa e conectou o aparelho à tomada elétrica.

— É um polígrafo — advertiu-me Hans, com um sorriso maquiavélico nos lábios, passando um quê de ironia e mistério. — Má companhia para trapaceiros.

— Arthur — disse Klaus. — Estamos propensos a ouvi-lo com toda a atenção e há muito tempo para isso. Podemos começar?

— Sim!

— Pois bem! — expressou. — Comece nos dizendo o que você veio fazer aqui, na sede da Phenix.

— Dr. Klaus — falei, ignorando a sugestão. — As reminiscências históricas da Phenix foram esmiuçadas na minha presença ontem pela manhã, não é verdade?

— Sim!

— Aos poucos e de forma progressiva, cada palavra dita pelo Dr. Kristofer foi compondo, no meu entendimento, o laudo de minha sentença de morte — declarei, com a cabeça levemente reclinada para a frente. — A trajetória da Phenix jamais seria esmiuçada com tantos detalhes se minha morte não fosse, "a priori", um fato consumado.

— Vamos por partes! — alertou Hans, com as mãos abertas e os braços esticados à frente do corpo. — A morte do Felipe já ocorreu há muito tempo. Ele está morto e enterrado. O atestado de óbito e a narrativa de sua vida, detalhada em nossos arquivos, não nos interessam mais. O que estamos investigando, agora, é o que aconteceu com a vida nova do Arthur.

— Não é a mesma coisa?

— Claro que não! — respondeu. — Um está morto; o outro encontra-se à minha frente, repleto de saúde. Você não deve confundir as personalidades.

— Eu não tenho dúvida disso — falei, dissimulado. — A vida de Arthur está com os dias contados. Quais motivos eu teria para cooperar com os senhores?

— Você sabe muito bem que existem muitas formas de morrer — respondeu, presunçoso.

— O senhor está dando a entender que, se eu os favorecer de alguma forma, poderei dispor de uma morte rápida e indolor? — inferi. — Entendi direito?

— Arthur, não tenho dúvida de que você é sagaz — afirmou. — Porém, não devemos pôr a carroça à frente dos bois.

A seguir, Hans deslocou-se devagar até o outro lado da mesa, sentou-se ao lado de Klaus e fez um sinal de positivo para a sua assistente, discretamente sentada diante de uma escrivaninha, no canto da sala.

Convergiu seu olhar em minha direção, repousou seus braços ao longo da mesa e suspirou, externando estar incomodado e de saco cheio. *Paciência!*, aconselhei a mim mesmo. É vital fazer um esforço hercúleo, não perder a serenidade e conservar o pouco que idealizei, até agora, para tentar me libertar deste sufoco. Nada vou ganhar comprometendo o Salvador ou a Madalena. Vou omitir os fatos displicentes e comprometedores que eles praticaram, sem os quais eu jamais atingiria o meu objetivo. Preciso contar com o percebimento deles, mesmo que discreto e involuntário, de que, afinal de contas, não prejudiquei ninguém.

— E então, Arthur? — indagou Klaus. — Conte-nos o que você veio fazer aqui.

— Ok! — expressei, obstinado. — Vou procurar ser objetivo!

— Muito bem! — assentiu Hans. — Comece de uma vez, que estamos produzindo metros e mais metros de fitas vazias no polígrafo.

— Eu fui obrigado a retornar à sede da Phenix! — iniciei, avaliando cada palavra. — Precisava de socorro imediato! Eu não suportava mais as crises de alucinação e vertigem. Estavam transformando minha vida nova num inferno. Eu tinha certeza de que a Phenix era o único lugar, no mundo, onde eu poderia ser ouvido, compreendido e medicado.

— Você nunca pensou em consultar um psicólogo ou um psiquiatra? — Klaus perguntou, instigante.

— Mil vezes! — respondi, encarando-o. — Mas o que eu poderia dizer a eles? Que havia despertado num quarto de hotel, sem memória e sem saber nem meu nome? Que eu pagaria as consultas e até um eventual tratamento com o dinheiro que apareceu na minha conta-corrente, sei lá de onde? E a minha companheira? O que eu diria a ela?

— Ok! — interrompeu Hans. — Vamos voltar à invasão da sede da Phenix.

Fiz uma pequena pausa, me servi de um copo d'água e desviei o olhar para o Hans, que se mostrava impaciente. Eu ouvia o batucar cardíaco forte, arrítmico e ininterrupto, estremecendo as membranas timpânicas dos meus ouvidos, e ficava fantasiando o estrago que estaria provocando nas fitas do polígrafo!

— Nunca foi meu propósito invadir a propriedade — continuei, imperturbável. — Porém, eu estava transtornado. Nenhuma campainha, interfone ou qualquer forma de comunicação com os senhores foi encontrada no pátio. Não havia alternativa. Eu estava incomunicável e decidi forçar a entrada.

— Está bem! — insistiu Hans. — Não vamos perder mais tempo com detalhes. Favor prosseguir!

— Ok! — expressei, seguindo em frente. — Como o senhor quiser. Ao tratamento a que fui submetido aqui, na sede da Phenix, não se seguiu o benefício contínuo e, muito menos, o permanente, como me foi prometido. Ainda nos primeiros dias da vida nova, em Rotunda, quando eu buscava decifrar o que estava sucedendo comigo, afligiu-me a primeira alucinação, ao avistar um vendedor de algodão-doce na praça, em frente ao hotel onde fui hospedado. Minhas pernas fraquearam, meus olhos passaram a duplicar as imagens, um zumbido insuportável... etc., etc., etc.

E, assim, de maneira minuciosa, fui relatando todas as síndromes que haviam ocorrido comigo até a última, quando todo passado se revelou de supetão. Estiquei, então, a mão sobre a mesa, alcancei e puxei o jarro de água para perto, enchi o copo de cristal e bebi sofregamente, para, em seguida, fixar meu olhar em seu semblante afetado.

— Sou obrigado a reconhecer que os dados anotados do seu depoimento poderão ser úteis para aprimorarmos, um pouco mais, a eficácia do medicamento — disse Hans, contraindo a boca, num muxoxo de falsa gratulação.

A seguir, levantou-se e se dirigiu até a bancada do polígrafo. Ajustou alguns botões, arrancou a fita, enrolou-a lentamente, olhou para o Klaus e, então, para mim.

— Vamos interromper nesse ponto — declarou. — A fita do polígrafo chegou ao fim. Amanhã ou depois prosseguiremos.

22

Retornei ao meu cárcere privativo com a mente fervilhando ideias incoerentes, repletas de ceticismo. Assim que a porta foi fechada, atirei-me na cama e passei a matutar como os meus inquiridores agiriam, daqui para a frente, a fim de vencer a minha resistência.

Tanto o Klaus como o Hans se esforçaram para alardear calma, perseverança e profissionalismo, mas, na realidade, são lobos desesperados, procurando salvar a própria pele de cordeiro da fúria de um líder despótico. Pareceu-me vital, para eles, detectar imediatamente os erros ou identificar quem os cometeu, viabilizando a um cliente a localização da sede camuflada. Dr. Kristofer não fez, de improviso, aquela lucubração desmiolada na minha presença. Foi uma ameaça peçonhenta aos seus comparsas, muito bem refletida.

Minha estratégia ideal é evitar fazer uso da mentira no próximo interrogatório e criar uma história factível, de modo que satisfaça plenamente a curiosidade de meus verdugos e desestimule o eventual interesse deles em localizar, para dirimir dúvidas, o paradeiro de Júlia.

Meu estômago já estava roncando de fome quando Angélica encenou o show de seu ingresso atarantado no quarto, equilibrando a bandeja do almoço. Eu me animei com a breve intimidade recém-adquirida e segurei a porta, de maneira a entravar sua passagem, favorecendo a incidência de alguns toques epidérmicos, nada fortuitos, que a fizeram corar, dissipando o semblante carrancudo.

— Qual é a boa-nova que está chegando por aqui? — provoquei, testando o seu estado de espírito. — Além do coque sedutor que fez com os cabelos...

— Sr. Arthur — disse, colocando a bandeja na mesinha. — É bom parar com isso! Se eu mencionar, no meu relatório diário, o seu comportamento inoportuno, você certamente será punido.

— Eu não me importo — falei, risonho. — Estou apenas curtindo os meus últimos momentos nessa "encadernação". Amanhã, vou ficar na torcida para que você venha de rabo de cavalo!

— Você gosta de falar baboseiras, não é mesmo? — comentou, entre contida e ressabiada.

Em seguida, virou as costas, caminhou até a porta e, sem deixar de dar aquela olhadinha por cima do ombro, foi-se embora.

Fiquei o restante do dia e a noite toda especulando sobre o que esperar do próximo interrogatório. Pela manhã, quando escutei o manejo barulhento de molho de chaves, fantasiei avistar, ao escancarar da porta, a enfermeira Angélica atrapalhada com a bandeja, mostrando os cabelos presos num rabo de cavalo, símbolo de uma discreta cumplicidade.

Qual o quê! Nem coque nem rabo de cavalo e, muito menos, sensuais toques epidérmicos. Ela entrou com cara de poucos amigos, a cabeça coberta com um lenço sem graça e sem cores, depositou a bandeja na mesinha e foi-se embora, batendo a porta sem nem sequer olhar na minha cara.

Sentei-me para tomar o café da manhã, pensativo e intrigado. O sentimento de espanto ocupou a minha mente desconcentrada. Por alguns minutos eu até me abstraí da devassa crucial, em vias de se iniciar, que seria capaz, inclusive, de selar o meu destino. *O que será que eu fiz?*, perguntei a mim mesmo. É melhor começar a tomar mais cuidado com o que eu falo a essa *enfermeira!*

Fiquei sentado na beirada da cama, à espera do momento em que ela retornaria para levar-me à sala de inquirição, o que não demandou muito tempo. A porta foi aberta e Angélica, com jeito autoritário, ordenou:

— Sr. Arthur, me acompanhe, por favor!

Eu saí atiçado e passei a seguir seus passos em direção à sala de inquirição quando, a meio caminho do corredor vazio, ela puxou o lenço da cabeça, desprendendo o rabo de cavalo minuciosamente trançado, animando, de modo simultâneo, o rebolar dos quadris.

À porta da sala, com a mão na maçaneta, ela fez uma delicada mesura com o corpo, exibindo o rosto discretamente maquiado, e o colo, com um decote para lá de generoso; a seguir, fechou a porta com delicadeza. *Até quando eu vou me surpreender com as atitudes enigmáticas protagonizadas pelas mulheres?*, questionei-me, perplexo.

Era justamente esse enigma que distraía minha mente, quando notei que Klaus gesticulava ao me indicar a cadeira onde eu deveria me sentar.

— Ah, mil perdões! — expressei, sobressaltado. — Eu estava no mundo da lua.

— Sr. Arthur — chamou-me a atenção Hans, instalando os terminais dos cabos do polígrafo em meu corpo. — Podemos reiniciar?

— Está bem! — concordei, ainda refletindo sobre as prazerosas atitudes tipicamente femininas. — Impossível não lembrar de meu amor!

Eu havia me convencido de que não valeria a pena procrastinar, ainda mais, a narrativa de meu envolvimento com a Júlia. Eu precisava mostrar boa vontade aos meus inquiridores sem, no entanto, correr o menor risco de mencionar algo que colocasse em perigo a sua segurança. Dessa forma, de um jeito didático, e escondendo emoções incriminadoras, eu iniciei a narrativa:

— Eu participava da maratona de kart de Piraquara, quando conheci uma jovem musicista que partiu meu coração. Foi amor à primeira vista e, num passe de mágica, nos tornamos amigos e depois amantes inseparáveis... etc., etc., etc.

E, assim, fui relatando a história de meu caso de amor, não muito diferente da maioria dos romances dos jovens adultos em geral, até nossa separação involuntária para que Júlia saísse em turnê com a Kameratta e eu viajasse para São Jerônimo.

— O que aconteceu depois? — inqueriu Hans, exaurido.

— Eu cheguei à conclusão irrefutável de que as perturbações mentais, que me acometeram por tanto tempo, foram consequentes da ineficácia dos medicamentos utilizados durante meu tratamento — declarei, olhando para o Dr. Hans. — Os fragmentos da lembrança, que deveriam ficar retidas no cérebro de modo contínuo, escaparam da clausura forçada e incitaram as alucinações repentinas. E, se eu quisesse me ver livre dessas perturbações, de uma vez por todas, eu seria obrigado a encontrar a sede da Phenix e alterar a medicação, com quem a ministrou.

— Muito bem, Arthur — disse Klaus, carregado de exasperação. — Sua história fecha perfeitamente, com exceção de um detalhe: é impossível encontrar qualquer local a que você tenha ingressado inconsciente. Você estava sob efeito de um medicamento fortíssimo e ficou inconsciente por mais de seis horas depois de seu ingresso. Na época, eu assisti a seu despertar. A única possibilidade de você encontrar a sede da Phenix, depois de tanto tempo, é contando com a ajuda de alguém. E uma pessoa muito próxima. Confesse de uma vez por todas, Arthur, como você conseguiu? Contou com o auxílio de quem?

— Contei com meus conhecimentos aeronáuticos — respondi, meneando a cabeça para cima e para baixo — com muita sorte e com a intuição privilegiada.

— Vou perguntar novamente, Sr. Arthur! — berrou, encolerizado. — Quem te ajudou a encontrar a sede da Phenix?

— Eu a encontrei sozinho! — gritei mais alto ainda, levantando-me e golpeando a mesa com duas mãos. — Qualquer piloto de avião retorna facilmente, utilizando os parâmetros adotados no primeiro voo, a uma pista onde já aterrissou alguma vez na vida. E eu me lembrei, muito bem, que havia pousado na pista clandestina, nas proximidades da Phenix.

— Arthur! — reiterou, desafiador. — Faça o favor de sentar-se imediatamente! E saiba que a pista não é tão próxima assim da sede como você está dizendo.

— A intuição aliada à determinação é uma arma poderosa — afirmei, sentando-me. — Não respeita distâncias, nem obstáculos. Rodei em círculos, quilômetros e mais quilômetros, indagando, farejando, explorando e me conectando com roceiros, até que encontrei um caboclo que, por incrível que pareça, lembrou-se de ter visto um automóvel branco enorme, atípico por essas bandas, numa das vicinais da região.

— E daí? — bradou, descontrolado.

— Trafeguei no rumo indicado pelo caboclo e, em pouco menos de uma hora, desemboquei numa rodovia pavimentada — continuei, resoluto. — Escolhi um lado, o Norte, se não me falha a memória, e, depois de rodar por algum tempo, encontrei e ascendi ao mirante que achei pelo caminho, com o intuito de descansar e explorar a região. Eu ainda estava por lá, zanzando entre os turistas, no momento em que o automóvel branco, que reconheci como o de Madalena, na ocasião de minha entrega à Phenix, rompia pela abertura surgida, no deslizar do portão camuflado entre as folhagens do muro. Então, desci a rampa, atravessei a rodovia e escondi a moto no matagal. Subi a pé e esperei, escondido entre as folhagens do portão, que o automóvel voltasse. Foi o que acabou acontecendo. Não é fácil aceitar uma coincidência dessas. Eu sei! Mas o fato ocorreu. O restante da história os senhores já conhecem. De cor e salteado.

Nesse momento, Dr. Hans se levantou, caminhou lentamente pelo contorno da mesa redonda e aproximou-se do polígrafo. Retirou a fita, manuseou-a até formar um rolinho perfeito, olhou em nossa direção, fez uma delicada mesura e retirou-se da sala.

Nós ficamos imóveis, silenciosos, e não trocamos nenhum olhar, apesar de estarmos frente a frente.

Não demorou muito tempo e o Dr. Hans retornou na companhia do Dr. Kristofer, que se sentou numa das cadeiras, em torno da mesa.

— Sr. Arthur, seu depoimento foi bem detalhado e não aduziu inconsequências que demandem uma análise mais rigorosa — sentenciou Kristofer, convicto. — Poderá ser útil para aprimorarmos a eficácia do medicamento. Porém, o que é lamentável, continuamos vulneráveis; com nossa segurança comprometida, nos obrigando a conviver, por mais um período de tempo, com um incompetente ou um traidor.

— Eu vim em busca de socorro — expliquei pela décima vez, inconformado. — Ainda não alcancei o motivo para ser tratado como um delinquente.

— Nosso programa não permite terapêutica — afirmou. — Só há uma alternativa que estou disposto a te oferecer, se você concordar.

— Qual seria? — perguntei, fingindo entrar no joguinho dele.

— Posso repetir o tratamento sem custo extra — respondeu. — Você seria a cobaia para testarmos a viabilidade de uma terceira chance para os fracassados.

— Por que eu teria de concordar? — perguntei por perguntar. — Eu poderia ser forçado a realizar o programa e vocês teriam, de qualquer maneira, o resultado dessa experiência.

— Você sabe muito bem! — respondeu. — Sem a boa vontade e a cumplicidade dos clientes não é possível realizar a programação. O trabalho é necessariamente conjunto.

Cruzei os braços sobre a mesa e encarei o Dr. Kristofer, enquanto meu cérebro tentava processar o oferecimento estúpido. O que ele estava me propondo era repetir o tratamento que traria, como consequência, um novo despertar numa outra cidade e com uma nova identidade, sem a lembrança dos dois únicos amores de minha vida: Marieta e Júlia. *Tudo isso provocado pela ineficácia do medicamento que ele estava propondo que eu tomasse novamente. É evidente que era uma proposta "para inglês ver!"*, raciocinei debochado.

— Eu jamais conseguiria essa boa vontade! — respondi, cínico. — E, muito menos, a tal cumplicidade.

A um aceno de Kristofer, todos se levantaram ao mesmo tempo. A reunião derradeira estava encerrada, e o meu destino, consolidado.

23

O primeiro sinal de que nada seria rotineiro no decorrer daquele dia manifestou-se no instante em que a enfermeira Angélica adentrou o meu quarto. Notei que, ao feito, não precedeu o tilintar ruidoso do chaveiro no lado externo do quarto, o atritar metálico áspero da chave no mecanismo da fechadura, nem o abalroar desastrado de sua bandeja contra o batente da porta.

Continuei sentado na beirada da cama, observando-a caminhar, com os ombros caídos, até as proximidades da mesinha, onde depôs a bandeja com o café da manhã. Logo após, ela voltou-se e me encarou longamente, trazendo, no olhar anuviado, a expressão resignada dos subjugados por um déspota.

— Que cheiro delicioso! — elogiei, levantando-me.

— É o mesmo de todas as manhãs!

— Eu me referia ao seu perfume!

— Não estou usando perfume algum — afirmou, roçando as mãos no uniforme, como a procurar secá-las.

— Então é o seu cheiro natural — respondi, inspirando profundamente e mirando-a com o olhar maroto.

— Deixe de conversa fiada!

Em seguida, perambulou pelo quarto, observando cada detalhe, como a conferir se tudo estava em ordem e, ao dirigir-se à porta de saída, informou-me que Salvador viria me buscar dentro de quinze minutos. *Vem me buscar pra quê?*, questionei-me. *Vai me levar aonde?*, segui questionando-me.

— É tempo suficiente para eu degustar este banquete delicioso que você me trouxe — elogiei, determinado a animá-la.

— Você necessita de mais alguma coisa? — perguntou, deixando transparecer cansaço extremo.

— Ainda não! — respondi, enigmático.

— Não perca tempo! — alertou. — Salvador não suporta atrasos.

Em seguida, Angélica saiu do quarto, girou o corpo até ficar entre os dois lados do batente da porta e, com a mão direita na maçaneta, lançou-me um olhar carregado de perplexidade; continuou olhando-me até que se fez ouvir o click do travamento da fechadura. *Sou um morto-vivo!*, conscientizei-me. *Uma bomba-relógio com potencial de destruir a Phenix*, segui conscientizando-me. *Basta que me identifiquem oficialmente.* Era óbvio que se evidenciava, da parte deles, uma ação rápida para se livrarem de mim.

Foi o último ruído detectado, uma vez que todo o ambiente mergulhou num silêncio abismal, carregando a atmosfera de estagnação. Eu me mantive imóvel, observando a bandeja do café da manhã.

O mal-estar e a inapetência minavam a minha resistência. Eu me sentia como o enfermo consciente da UTI, ligado ao aparelho que o mantém vivo, no instante da desconexão inevitável; o sentenciado no corredor da morte, observando os ponteiros do relógio atingirem a hora limite do indulto libertador; o kamikaze solitário, com a consciência interrompida, diante da morte inexorável. *Não vou ficar de braços cruzados!*, decidi. *Urge potencializar todas as ocasiões favoráveis e não desperdiçar, por motivo fútil, nenhuma oportunidade de usufruí-las.*

Assim, procurei, no fundo da alma, todo resquício de determinação remanescente, alterei radicalmente o meu ânimo e, de súbito, vislumbrei a bandeja com o café da manhã minguado e insosso com a aparência saudável e apetitosa. Passei a imaginar a fumacinha saindo da xícara, a sentir o cheirinho delicioso de café, a reparar a textura áspera da casca do pão e, por fim, a presenciar a transformação da refeição matinal, trazida pela Angélica, num autêntico manjar dos deuses. *Não posso me dar ao luxo de duvidar, nem por um segundo, de que vou conseguir escapar da morte certa nas instalações da Phenix e correr para os braços calorosos de Júlia, em Piraquara!*, prometi a mim mesmo. *Dependo de minhas próprias forças. Salvador mostrou-se, até agora, um sujeito metódico. Eu me preparei, minuciosamente, para enfrentar o expectável método-padrão utilizado por ele. Entretanto, para que isso seja factível, devo estar atento, saudável e bem alimentado. Principalmente bem alimentado!*

Puxei a cadeira para a frente da mesinha, me sentei e passei a degustar o rega-bofe: café com leite, pão com manteiga, bolachas e geleia de morango — não como se fosse o último, mas o primeiro de uma vida reestruturada sem doença, susto ou medo.

Quando Salvador entrou no quarto impetuosamente, acompanhado de um enfermeiro e de uma maca hospitalar com rodízios, eu ainda lambia o restinho de geleia de morango retido no meu dedo indicador direito.

— Arthur! — gritou, enfurecido. — Você não foi avisado de que eu viria buscá-lo?

— Eu estou pronto! — respondi, enérgico. — Só me falta escovar os dentes.

— Deixe de frescura! — expressou, impaciente. — Sente-se na maca. Agora!

Sem protestar, sentei e depois deitei na maca. O enfermeiro instalou a cinta abdominal de proteção, transportou-me para fora do quarto e ao longo do corredor externo, até atingirmos a rampa de acesso ao pavimento inferior do casarão onde se encontrava a sala de enfermagem. *Preciso me manter calmo, vigilante e acautelado*, pensei. *Assim, terei a chance de fazer uso de todo arsenal de simulações que eu havia imaginado repetidas vezes até a exaustão.*

Enquanto o enfermeiro firmava a maca no meio do salão, Salvador passou ao lado e se posicionou encostado na parede lateral, ao lado de Angélica. Eu consegui avistar Madalena, ao fundo da sala, lavando as mãos na pia de mármore, junto ao armarinho hospitalar. Em seguida, notei que ela passou a manipular alguns apetrechos de enfermagem, inclusive a caixinha porta-seringas de aço brilhante, igualzinha à de minha residência em São Jerônimo.

— Injeção não, Madalena! — berrei a plenos pulmões. — Pelo amor de Deus! Tudo menos injeção!

— Arthur! — expressou, sem me dirigir o olhar. — Cale a boca e não crie mais dificuldades. Você já teve todas as chances e não aproveitou nenhuma.

— Odeio injeção! — continuei berrando, mais alto ainda. — Não faça isso comigo! Prefiro ser queimado vivo a tomar injeção! Não! Não faça isso comigo.

Prossegui observando Madalena colocar na bandeja a caixinha de aço, uma ampola de medicamentos e um chumaço de algodão. Quando ela se virou em minha direção, senti meus batimentos cardíacos acelerarem, minha garganta se fechar e o desalento tomar conta da minha alma. Se eu for sedado por meio de uma injeção, todo o plano minucioso e audacioso que concebi será impossível de ser realizado.

Como ela se mostrou impassível aos meus gritos, dei início à performance que eu havia imaginado, em caso de extrema necessidade, com o tremor generalizado pelo corpo, o balançar incessante da cabeça, a tosse catarrenta, o regurgitar estrepitoso e o olhar ensandecido.

— Segurem com mais firmeza! — gritou, dirigindo o olhar furioso aos enfermeiros. — Desse jeito não dá!

— Madalena! — gritei o mais alto possível e mordi fortemente a mão do enfermeiro que tentava me fazer calar. — Injeção não! Tudo menos isso!

Ao divisar Salvador no canto da sala, olhando para o relógio de pulso e balançando a cabeça para um lado e para o outro, estiquei e balancei o pescoço até conseguir chamar sua atenção.

— Salvador! — implorei, com o rosto banhado de suor e os olhos esbugalhados. — Eu sempre fiz o que você mandou! Eu colaborei com os diretores! Me prometeram uma morte rápida e sem sofrimento! Mas com injeção, não!

O fato de ser obrigado a impedir a introdução da agulha da seringa no meu corpo, mesmo que fosse minha derradeira ação em vida, tornou-se meu objetivo primordial, uma vez que o anestésico injetável tem efeito imediato e prolongado, impedindo-me qualquer manobra para evitar minha morte próxima e indubitável.

Madalena colocou a bandeja em cima de uma mesinha de apoio, se aproximou pela lateral da maca e olhou-me com severidade.

— Angélica! — expressou, com as mãos no meu peito. — Você aplica a injeção, enquanto eu imobilizo este bicho selvagem.

A seguir, ela dobrou seu corpo sobre o meu, encostou os peitos fartos no meu tórax e abdômen, segurou com as duas mãos as bordas da maca e me comprimiu com toda força, deixando-me sem movimento e sem ar, enquanto os dois enfermeiros seguravam, com dificuldade, as minhas pernas e as minhas mãos.

— Aplique agora! — ordenou, com a voz espremida. — Vamos!

Olhei pelo canto do olho e notei quando Angélica abriu a ampola, transferiu o líquido para o cilindro de vidro, pegou um chumaço de algodão na bandeja e encostou a haste da agulha na lateral de meu ombro. A seguir, senti o pinicar seguido na pele e a sensação de frio no local da aplicação. *O frio é do algodão umedecido com álcool,* conjecturei. *Não senti a penetração da agulha! O que Angélica está fazendo?*

— Madalena! — Angélica gritou, com a voz esganiçada. — Ele enrijeceu o músculo de um jeito anormal. Parece uma pedra. Esta agulha fina não entra! Só se for uma mais grossa!

— Rápido! —Madalena orientou, quase sem voz. — Pega na gavetinha do armário!

— Basta! — Salvador interrompeu a discussão, exasperado. — Vamos parar com esta bagunça. Madalena, dê a ele o remédio em comprimidos e faça um curativo no seu ombro. Não quero sujar o banco do automóvel com sangue.

— Angélica! — Madalena ordenou, olhando-a enfurecida. — Coloque a atadura. Rápido!

— Quantos comprimidos dou a ele, dois? —Madalena perguntou a Salvador, aliviando seu peso em meu tórax. — Saiba que eu não acho essa atitude sensata. A viagem é muito longa.

— Dê-lhe três! — respondeu, batendo palminhas, demonstrando impaciência. — Não temos nem mais um minuto a perder!

Madalena foi até o fundo da sala, jogou a seringa no lixo, abriu o armarinho e pegou o frasco de medicamento. Em seguida, ela se encaminhou para o meu lado, apertou a minha bochecha com a mão esquerda e colocou, com certa displicência, os três comprimidos azuis na minha boca. Eu os encaminhei, imediatamente, para debaixo da língua e bebi sofregamente o copo d'água que ela me ofereceu, deixando escorrer metade do conteúdo pelo queixo, enquanto lançava olhares de gratidão em sua direção. *Bendita Angélica!,* pensei, penhorado. *Desta vez, eu me livrei por pouco. Primeira vitória!*

— Obrigado, Madalena! — gritei com a voz embargada, segurando e lascando vários beijos em suas mãos. — Deus lhe pague!

— De agora em diante você vai se comportar como um adulto e não como uma criança histérica — ameaçou Salvador, enquanto ajeitava a maca onde eu estava deitado. — Minha paciência já se esgotou.

— Aonde vão me levar? — perguntei, enxugando a testa com a ponta do lençol, escondendo a boca.

Levantei a língua, respirando ofegantemente pela boca, promovendo uma ventilação forçada, para retardar o derretimento dos comprimidos, que já estavam me provocando um leve torpor.

— Para o lugar em que você gostaria de estar há muito tempo! — esclareceu, voltando os olhos para o alto e exigindo silêncio com o dedo indicador cruzado nos lábios.

A um sinal de Salvador, Madalena abriu a porta da enfermaria. Os enfermeiros me conduziram ao longo do extenso corredor até a porta de serviço que se encontrava aberta. Vislumbrei Angélica ao lado do batente, friccionando as mãos na altura do peito.

Ao passar por ela, num arrebatamento ousado, abri os dois olhos e observei a reestruturação discreta de seus músculos faciais, transformando sua expressão carrancuda em um recatado semblante angelical. Fechei os olhos, reposicionei, então, o verso de minha língua com os três comprimidos azuis grudados, fechei a boca e abri e pisquei o olho direito para ela. Do lado de fora, avistei a traseira do automóvel de Salvador.

Assim que as portas do automóvel foram fechadas, com Salvador na direção, Madalena no banco do carona, e eu deitado, no banco traseiro, cuspi discretamente os comprimidos amolecidos na minha mão, babando em abundância para não engolir a gosma entorpecente.

Ouvi o ranger da porta automática da sede da Phenix sendo aberta e notei quando o automóvel do Salvador a transpassou, desceu a vereda íngreme e alcançou a estrada pavimentada, esterçando à direita.

Eu estava no lado de fora das instalações da Phenix e a sobrecarga física e mental apossou-se de mim. Semiconsciente, deixei-me acalentar por um estado de devaneio onírico, embalado pelo torpor causado pelo tiquinho narcótico que meu corpo absorveu e pelo sentimento de gratidão eterna à enfermeira Angélica, com sua ousada iniciativa no instante crucial do suplício.

No primeiro tranco do automóvel, deixei minha mão escorregar para baixo e fui espalhando, devagarinho, o resíduo tóxico pelo tapete do automóvel.

24

Solavancos, freadas, acelerações e deslocamentos laterais nas curvas foram eventos convenientes para que eu, por meio de pequenos movimentos corporais, alcançasse uma posição favorável para enxergar, na medida do possível, tanto o interior quanto o exterior do veículo. Assim, eu avistava as nucas e parte das faces do Salvador e da Madalena bem como a parte superior do para-brisa e dos vidros laterais do veículo.

Durante o trajeto, Salvador e Madalena não se intimidaram em tagarelar de maneira descontraída e franca, embora aos sussurros, convictos de que os três comprimidos que Madalena havia colocado na minha boca me manteriam "chumbado" por muito tempo.

— Não gostei, nem um pouco, do comportamento da Angélica, com tanta dificuldade de aplicar uma simples injeção muscular — comentou Madalena.

— O problema é que o cliente dificultou demais — ponderou Salvador, regulando o espelho retrovisor interno.

— Uma enfermeira deve levar em consideração, sempre, algum imprevisto em qualquer intervenção — afirmou, olhando para Salvador. — Hoje vou ter uma conversa séria com ela. Não consigo me convencer do porquê de tanta hesitação.

— Você está insinuando que ela forçou a barra para não aplicar a injeção?

— Ela está bem estranha ultimamente — desconversou, afagando seu queixo com a mão esquerda. — Eu notei que até maquiagem ela tem usado!

— Você acha que ela se apaixonou pelo cliente? — questionou, soltando uma risada debochada.

— As mulheres são imprevisíveis... — afirmou, circundando o dedo indicador em torno de sua têmpora direita. — E loucas.

— Eu acho que todos estamos com a síndrome da desconfiança coletiva — conjecturou, batendo com as mãos no volante.

— Por quê?

— Ora, bolas, Madalena! — expressou, inquieto. — A pregação surpresa do Kristofer. Cada qual tem sua maneira de reagir.

— O que foi aquilo? — interpelou, exteriorizando escárnio na voz. — Uma declaração de suspeita generalizada?

— Às vezes eu acho que ele está ficando de miolo mole — disse, melancólico.

— Sei não, Salvador... — falou. — Pra mim, foi ato pensado. Deve ter "bala na agulha" para agir desse jeito.

— Não consegue se conformar, Madalena — advertiu. — Está dominado pela ideia fixa de descobrir como o cliente encontrou nossa sede.

— Ele reputa impossível fazê-lo sem ajuda! — divagou. — O que você acha?

— Sou obrigado a concordar com a opinião dele — ponderou. — Alguém o ajudou ou cometeu um erro feio.

— Sozinho... — assegurou Madalena, com voz de lamento. — Ele conseguiria chegar, no máximo, até a pista de pouso. E depois?

— Quando passa pela minha cabeça que só nós estávamos na clareira quando ele se apresentou, eu até sinto um gosto amargo na boca — tergiversou.

— O que você está insinuando, Salvador? — questionou. — Que algum erro foi cometido por um de nós? Ou por mim, que fiquei um bom tempo sozinha com ele?

— Calma! — expressou. — Só estou imaginando o que deve passar na cabeça do Kristofer. Até a transferência da moça para Piraquara está sendo avaliada como um engano.

— É verdade! — concordou. — Com tantos locais disponíveis, foram colocar a moça pertinho de um cliente masculino da mesma idade.

— Bem, tão perto assim não foi — contestou, balançando a cabeça. — Mais de quinhentos quilômetros de distância. Foi uma coincidência incrível eles se conhecerem.

— Evitar coincidências não é um dos principais assuntos abordados pelo Klaus, durante as reuniões? — observou, expedita. — Agora vamos ter de fazer o serviço sujo.

— Você acha que o Klaus vai querer que nós procuremos a moça em Piraquara? — retrucou, com a voz de espanto.

— Não tenho a menor dúvida — respondeu, segura. — Ele não vai querer colocar mais ninguém da empresa nessa cagada! Em quem mais ele confiaria?

— Não julgo necessário mexer com a cliente em Piraquara — contestou. — Ela não nos causou nenhum problema desde sua transferência.

— Não é assim que o Kristofer, o Hans e o Klaus raciocinam — asseverou. — Risco zero! Você não se lembra dessa expressão?

— Deixa pra lá…

Usando um método ensaiado de contagem do tempo, marcando um dos dedos da mão a cada meia hora estimada; mindinho, anelar, dedo médio, indicador, dedão, novamente mindinho e anelar, calculei que se passaram três horas ou pouco mais, quando senti que o automóvel desacelerou, esterçou radicalmente para a esquerda, indicou subir uma pequena ladeira, fez um giro completo no solo nivelado e estacionou. *Hoje serei transformado em kamikaze*, certifiquei-me. *O sumiço de Júlia, nos próximos dias, é o serviço sujo que*

Salvador e Madalena seriam obrigados a fazer. Eu preciso manter a frieza e salvar não só a minha vida, como também a de Júlia. Não poderei falhar de jeito nenhum!

A porta traseira do automóvel foi aberta e eu, simulando total entorpecimento, fui carregado pela dupla e jogado no porta-malas. Segundos antes de a tampa ser fechada novamente, eu já havia cadastrado o conteúdo do compartimento: dois reservatórios de combustível, um botijão de gás, uma caixa metálica de ferramentas e duas mochilas. Uma grande e uma pequena. *Salvador é bem metódico mesmo!*, matutei. *Minha morte será num incêndio; novamente!*

O automóvel se pôs em movimento outra vez, completou o giro, desceu a ladeira e retomou a rodovia em que estávamos trafegando. *Estamos próximos do destino final*, conjecturei. *Estão abrindo espaço, no banco traseiro, para o novo cliente.*

De imediato, iniciei o rastreio manual a começar pela mochila grande. Abri o zíper com o máximo cuidado para não fazer barulho, enfiei a mão dentro e tateei um traje completo de mergulho, até mesmo a viseira e os pés de pato. Fechei o zíper delicadamente e passei para a mochila menor, fechada com duas fivelas laterais. Apalpei o que parecia ser uma muda de roupas, inclusive com meias e sapatos. A seguir, sondei a caixa metálica até encontrar os fechos de pressão. Abri a tampa e toquei ferramentas usuais, tais como alicate, martelo, torquês e chaves de fenda. Uma delas, fina e muito comprida, despertou meu interesse. *Será que consigo escondê-la no meu corpo?*, perguntei a mim mesmo.

Desisti da ideia assim que notei que o automóvel diminuiu drasticamente a velocidade, procedeu a uma curva à esquerda e seguiu, a partir desse ponto, por uma estrada rústica e esburacada, chacoalhando por mais de vinte minutos, impedindo qualquer ação. Até que, em determinado momento, eu passei a ouvir o ruído das ondas do mar. *Tragédia marítima?*, perguntei a mim mesmo outra vez.

Em seguida, o automóvel foi estacionado e eu passei a me concentrar na simulação do estado de entorpecimento. Escutei o click, ruído característico do destravar da tampa do porta-malas. A sombra provocada pelo corpo da Madalena, que eu enxerguei com os olhos semicerrados, escureceu o ambiente. Ela cutucou meu corpo várias vezes e eu reagi levemente a cada golpe, procurando passar a impressão de que não estava dopado por completo. Salvador tomou o lugar de Madalena, retirou o bujão de gás e os dois reservatórios de combustível, colocou-os nas proximidades do carro e tornou a fechar a tampa do porta-malas. Ainda deu para ouvir Salvador perguntando à Madalena:

— Vamos ter de carregá-lo?
— Claro que não!
— A passarela de acesso ao atracadouro é longa! — pressagiou.
— Não foi exagero lhe dar três comprimidos?
— Exagero, nada! — respondeu, categórica. — Podemos fazê-lo caminhar, sim senhor, sem grande dificuldade!

Com a atenção dirigida ao desenrolar dos acontecimentos do lado de fora do porta-malas do automóvel, agucei a minha mente investigativa e estimulei, ao máximo, a imaginação descritiva quando o som da aproximação de uma embarcação foi se tornando cada vez mais perceptível. *A embarcação do cliente atraca no cais*, enfoquei a imaginação. *Ele regula os equipamentos de bordo, deixando o motor em ponto morto; desembarca; caminha em direção ao carro estacionado, cruzando com Salvador no meio do deck, levando o bujão de gás; não se encaram*, segui focado. *A seguir, o cliente se aproxima do carro onde Madalena o aguarda, ao lado da porta traseira aberta; com dois comprimidos azuis na palma de uma das mãos e uma garrafinha plástica de água na outra. O cliente entrega a mochila com o pagamento, toma os comprimidos e entra no veículo. Bingo!*

Depois de minutos aflitivos, escutei o ruído da porta traseira sendo fechada, bem pertinho do meu ouvido. O cliente estava dentro do automóvel e se encontrava, irreversivelmente, aos cuidados da Phenix. Tudo fazia crer que Salvador obedeceria rigorosamente ao mesmo padrão adotado comigo na primeira vez. E isso, se confirmado, me daria uma vantagem extra na difícil missão que eu tinha pela frente.

Percebi que o carro fez uma pequena manobra, rodou uns poucos metros e parou novamente. Quando Salvador reabriu a tampa do porta-malas, a primeira coisa que eu vi, de rabo de olho, foi a imagem de um luxuoso iate atracado, com o motor funcionando, no final do trapiche estreito e comprido.

Muito atento e concentrado em não cometer nenhum erro, por menor que fosse, deixei-me deslocar do porta-malas do carro, por Salvador e Madalena, simulando moderada indolência. Trôpego e vacilante, não criei dificuldades para ser encaminhado, ao longo da passarela, até o local onde a embarcação estava atracada.

Embarcamos e fui rudemente jogado num dos sofás localizados no fundo da cabine dos passageiros, ao lado da entrada do dormitório de proa. Despenquei, em meio a fingidos espasmos corpóreos, de forma a ficar estabilizado na posição mais conveniente para visualizar todos os detalhes do ambiente náutico. Madalena saiu apressada e, a seguir, escutei o ronco do motor do automóvel sendo ligado. *Ela vai aguardar a partida do iate*, prognostiquei. *Logo depois, vai ao local combinado para reencontrar Salvador!*

Salvador passou ao meu lado, sem demonstrar nenhuma preocupação comigo; retirou a mochila que trazia às costas e a jogou no piso, entre os sofás. Deslocou o capuz da jaqueta branca que vestia para as costas e começou a puxá-la com as duas mãos dispostas para trás de seu corpo, travando seus braços, momentaneamente, na altura dos cotovelos. Eu pressenti que havia chegado a hora de atacar. Meu coração disparou, prendi a respiração, porém, no último instante abortei a tentativa de ação, assim que ele virou o rosto em minha direção. *Calma!*, aconselhei-me. *Ainda não é a hora certa.*

Assim, ele acabou de desvestir a jaqueta e a jogou em cima do sofá. A seguir, foi até o convés, voltou, trazendo o bujão de gás, e, através de um alçapão no piso da cabina, acondicionou-o no alojamento dos motores.

Controlando a ansiedade, enquanto as previsíveis ações se desenrolavam, esquadrinhei aquela área da cabine. Fixei a localização do faqueiro sobre a pia, ao lado do fogão, onde havia uma caixa de fósforos; do martelo, sobre a tábua de amaciar carne; do banquinho de madeira, no chão embaixo da pia; da machadinha vermelha, pendurada ao lado da saída de emergência. *Opa!*, pensei, notando a aceleração nos batimentos cardíacos. *Sem dúvida, a melhor alternativa; só preciso descobrir como desenganchá-la.*

A parede lateral, de frente à da saída de emergência, era ornamentada com um painel fotográfico onde algumas fotos, dispostas em harmonia, representavam, provavelmente, alguns membros da família do cliente: o homem com o quepe de capitão abraçado a um jovem que aparentava manifesto desconforto; a "perua" cinquentona, sentada de pernas cruzadas, na poltrona de navegação; algumas fotografias de crianças e, no centro, numa fotografia bem maior: a adolescente linda e com os cabelos bem compridos olhava na direção do visor da máquina fotográfica, externando um sorriso discreto e triste.

Salvador pegou um dos reservatórios que havia deixado no convés e espalhou o líquido no lado externo da embarcação. Retornou, então, à cabina, com o outro reservatório, seguiu aspergindo o conteúdo pelos sofás, camas e armários, terminando a lambança encharcando-me da cabeça aos pés. *O filho da puta faz, mesmo, um trabalho burocrático*, pensei, assombrado. *E não demonstra nenhum sentimento ou compaixão!*

Levei um baita susto quando ele retirou um isqueiro do bolso e o colocou na última mesa, ao lado da escadinha de saída. *Zippo!*, constatei. *Igualzinho ao isqueiro do meu pai.*

Quando ele se abaixou, de costas para mim, e começou a abrir o zíper da mochila com a roupa de mergulho, eu, de olho fixo na machadinha, me levantei sem dissimular, a retirei calmamente do suporte, levantei o braço para bem alto e apliquei, com a face posterior do ferro, um único golpe na sua cabeça, antes mesmo que ele tivesse tempo de perceber o que estava acontecendo.

Sem demora, eu arranquei minha roupa inflamável, vesti a jaqueta do Salvador, ocultei parcialmente minha cabeça no capuz, passei sobre o corpo estendido no chão e, ainda com a machadinha na mão, fui decididamente até o convés de popa da embarcação. Assim que eu avistei Madalena aguardando, de pé, ao lado do automóvel, gritei alarmado, imitando a voz de Salvador:

— Pega a caixa de ferramentas no porta-malas e venha rápido!

— O que houve?

— O cliente despertou e se trancou no dormitório de proa — respondi, escolhendo criteriosamente as palavras. — Rápido!

Observei quando ela destravou o porta-malas, pegou a caixa e saiu correndo, desengonçada, equilibrando-a numa das mãos. Eu voltei para a cabine e subi no sofá de popa, atrás da escada de acesso. Assim que Madalena entrou e viu o corpo de Salvador, ela reagiu de modo reflexo e olhou para cima, no momento em que eu apliquei o golpe implacável, com a lâmina da machadinha, no meio da sua cabeça pequena. Então, ela oscilou por alguns segundos e despencou de costas por cima do corpo de Salvador, ainda com a machadinha vermelha cravada no seu crânio.

Eu corri até a cabine de comando, aproei, travei o leme em direção ao alto-mar e acelerei um pouco o motor da embarcação, ouvindo o ruído da distensão das cordas de amarração.

Peguei a caixa de fósforos, a faca de cortar carne e o isqueiro de Salvador. Coloquei o isqueiro no bolso da jaqueta e joguei um fósforo aceso no tapete da escadinha de saída. Enquanto o fogo se espalhava lentamente pela embarcação, dirigi meu olhar "de despedida" ao retrato. *Por que tanto encantamento por essa garota?*, pensei. *Será que algum dia vou conseguir apagar da minha memória esta imagem macabra?*

Notei que seu rosto, adornado pelos cabelos negros compridos, foi se transformando em outro, de cabelos cada vez mais curtos, à medida que o fogo aquentava a moldura do quadro com sua fotografia, de baixo para cima. Em segundos, a cartolina fotográfica distorceu-se e a imagem voltada para a câmera do fotógrafo entortou-se levemente em direção à saída da embarcação, onde eu ainda me encontrava, mostrando um semblante apaziguado, antes de ser esturricada pelas chamas.

Eu pulei do barco, me deitei de lado no atracadouro junto ao cais e cortei as amarras tensionadas e, desta posição, com a linha do horizonte transversa, observei o iate fazer-se ao mar, iniciando sua derradeira e solitária viagem, como se fosse um enorme balão com a tocha acesa, iniciando a elevação ao céu azul. *Não fique debaixo da boca do balão*, lembrei-me do meu pai. *A parafina quente que está pingando da tocha vai te cegar!*

25

De súbito o percebimento do que acabara de acontecer no lado de dentro da embarcação eclodiu em meu cérebro bloqueado. À copiosa diversidade de hormônios lançada em minha corrente sanguínea em curto espaço de tempo, meu corpo reagiu por meio de manifestações físicas incontroláveis. Com muito esforço, rolei sobre meu corpo e me pus de joelhos na passarela do trapiche. Levantei a nuca dolorida e fixei o olhar no automóvel de Madalena à sombra da árvore. *Preciso chegar até lá*, pensei. *Rápido!*

Daí, apoiado na estrutura precária do guarda-corpo de madeira, me pus de pé. A palpitação e a tremedeira dificultavam-me o equilíbrio, e os primeiros passos, com o amparo dos corrimões do guarda-corpo, foram intercalados por rigidez e espasmo muscular nas pernas, que se contraíam e expandiam, involuntariamente, provocando cãibras doloridas e paralisantes.

O vento frio e os pelos eriçados por todo o corpo sinalizaram-me que eu estava pelado da cintura para baixo, vestido parcialmente com o abrigo apertado de Salvador. Eu suava abundantemente. Sentia a boca seca. No final da passarela do trapiche, ainda segurando o corrimão com as duas mãos trêmulas, regurgitei o café da manhã que eu havia transformado numa iguaria, com imaginação e confiança.

O refluxo fez disparar ainda mais os batimentos do meu coração. Repentinamente me pus a chorar, com a mente repleta de perplexidez e o semblante paralisado numa expressão de assombro. Então comecei a gargalhar; a rir e chorar, ao mesmo tempo. Larguei o corrimão e iniciei o ziguezaguear trôpego e vacilante em campo aberto, até me aproximar da traseira do automóvel.

— Consegui! — gritei, a plenos pulmões. — Diabos, eu consegui!

Despejei todo o conteúdo da pequena mochila de Salvador no assoalho do porta-malas, catei ao léu algumas peças, para completar minha vestimenta e fechei a tampa. Antes de tomar assento no banco do automóvel, pela janela parcialmente aberta, observei o rapaz da fotografia afixada na parede da embarcação (desconfortável, ao lado do seu pai) dormindo, serenamente, no banco traseiro. Assim que dei a partida, escutei o estrondo provocado pela explosão do botijão de gás. Voltei-me em direção ao mar e pude ver o rolo de fumaça tingindo, de preto, o azul do céu, logo acima da linha do horizonte.

Guiei pela estradinha esburacada, com minha atenção dividida entre o espelho retrovisor e o piso do banco, ao meu lado, onde eu espreitei, alternadamente, o jovem adormecido e a mochila cheia de dinheiro que ele entregou à Madalena.

Num determinado momento, travei o volante com o joelho direito, enfiei minha mão no bolso da jaqueta de Salvador que eu vestia e retirei o isqueiro Zippo que havia posto ali. A simples visão do isqueiro, igualzinho ao que meu pai possui em nossa casa em São Jerônimo, aliada ao meu estado de desopressão, fizeram-me sublimar em pensamentos quiméricos: *Marieta. Júlia. Cabelos longos. Cabelos curtos. O fogo destruiu os cabelos compridos daquela garota do retrato que, por uma fração de segundo, ficaram curtos. O papel fotográfico contorceu-se com o calor e a imagem de seu rosto com o sorriso triste pareceu alegrar-se. Marieta está em Milão. Reclusa em seu quarto. Seu pai a trancafiou e saiu com a chave no bolso. Não há como abrir a porta, nem por dentro nem por fora do quarto. O dinheiro que ela pegou no cofre do Banco Ambrosiano está todo na sua mochila. Marieta dá o sinal para os agentes da Phenix que estão, de vigília, nos arredores da casa. A kamikaze está desacordada no banco traseiro do automó-*

vel da Phenix. O agente encosta a escada telescópica na varanda do quarto. Eles descem Marieta com a mochila, sobem a kamikaze e os galões de gasolina. Espalham o líquido por todo o quarto e encharcam o corpo da kamikaze, completamente dopada. Espalham gasolina nos carros que estão na garagem, debaixo da varanda do quarto de Marieta. Acendem um isqueiro Zippo e o jogam pela janela de um dos carros. Começa o incêndio. Os agentes desaparecem com Marieta. Ela está entregue à Phenix. Terminado o tratamento, ela é enviada para a sede no Brasil e, mais tarde, equivocadamente, para Piraquara, muito perto de Rotunda, onde eu acabei me instalando, algum tempo depois. Ela recebe os documentos com seu novo nome.

Assim que cheguei ao entroncamento da estradinha com a rodovia, voltei para a realidade e abandonei a fantasia. Estercei o volante aleatoriamente para a esquerda, aumentei a velocidade de forma progressiva e passei a me concentrar nos próximos passos. *De uma coisa eu tenho absoluta certeza*, asseverei, pensante. *Eu jamais saberei o que realmente aconteceu com Marieta em Milão.*

Depois de rodar por mais de hora, sem encontrar nenhuma cidade ou vila, deparei com uma placa de sinalização, que indicava o acesso para Livramento, a cinco quilômetros de distância. Nem pensei duas vezes e entrei na via de acesso indicada. *Preciso me livrar do automóvel e deixar o jovem em segurança!*, segui pensante, ansioso. *Se eu for encontrado sem nenhum documento, nestas condições, estarei irremediavelmente perdido!*

Dei duas ou três voltas pelo centro histórico e não foi difícil me certificar de que se tratava de uma cidade de pequeno porte. Foi fácil encontrar o centro social, a delegacia de polícia, o hospital, o mercado público, a igreja matriz lotada, de frente a uma praça arborizada — só então atentei que era domingo — e a estação rodoviária.

Continuei minha diligência e parei o carro diante de uma capela, nas proximidades da estação rodoviária. Notei que, no terreno anexo, havia um pátio descoberto, com o chão revestido de pedrisco, onde alguns veículos, provavelmente de fiéis, estavam estacionados. *Perfeito!*, pensei. *Não há vivalma pelas imediações!*

Adentrei a área e estacionei o automóvel num lugar discreto. Observei o jovem, ressonando baixinho, no banco traseiro. Abri parcialmente todos os vidros, alcancei a mochila no piso, deixei a chave na ignição e, por precaução, eliminei todas as possíveis marcas de minhas digitais, antes de fechar a porta sem fazer muito barulho. *Depois eu resolvo o que fazer com o dinheiro!*, matutei. *Agora tenho que me empenhar em cair fora depressa da cidade.*

Entrei na capela pela porta lateral, no momento em que o padre ministrava a cerimônia da comunhão, de pé, no início do corredor central. Um grande número de fiéis formava uma fila em meio a uma discreta algazarra, para receber a hóstia sagrada.

Aproveitei o momento oportuno e simulei encaminhar-me, passo a passo, para o fim da fila. Porém, ao chegar nas imediações da porta principal, virei-me em direção ao altar e, em sequência toquei a testa, o peito, o ombro esquerdo, o ombro direito e saí discretamente da igreja. Chispei, chacoalhando a mochila, até a estação rodoviária, não muito longe dali.

Entrei apressadamente no banheiro fedorento da estação e, sentado na bacia sanitária, verifiquei que a mochila estava repleta de cruzeiros novos. Apanhei um maço para as despesas imediatas e embarquei no primeiro ônibus que partia da estação, sem nem mesmo perguntar qual percurso faria.

Desembarquei aleatoriamente em Pouso Alegre, primeira paragem do ônibus, distante mais ou menos duas horas de Livramento. Eu estava sentindo fraqueza, precisava arranjar um lugar onde me alojar e colocar ordem na anarquia em que meu cérebro havia se convertido.

Entrei numa padaria que encontrei pelo caminho porque, além de faminto, estava com meu estado emocional implorando uma trégua; com necessidade urgente de falar com alguém descontraidamente. A garçonete que prestava serviços no balcão portava um crachá com sua fotografia e nome impressos.

— Isabel — brinquei, sentando-me na cadeira alta do balcão. — Salta dois chapados bem queimadinhos e uma caneca grande de café com pouco leite.

— Ok! — concordou, sorrindo, e enxugou as mãos numa toalha. — Vai ficar aí mesmo ou quer ocupar uma mesinha?

— Aqui está bom demais — respondi, sorridente. — Outra coisa: você recomenda um bom local para eu me hospedar?

— Estamos em Pouso Alegre — advertiu, passando manteiga nos pães. — Uma comunidade muito pequena. Tem uma pousadinha familiar bem limpinha na rua de trás; se você não for muito exigente...

— E um lugar para eu comprar uma mudinha de roupa? — perguntei, envergonhado. — Se não estou pedindo demais!

— Ah! — expressou, saiu de trás do balcão e dirigiu-se à porta da padaria. — Isso é bem mais fácil. Venha até aqui!

— É para já! — disse surpreso, e me coloquei junto a ela.

— Você está vendo aquele toldo verde ali na esquina? — indagou, apontando com o dedo da mão direita. — É o brechó da dona Natália. Lá, você encontra de tudo. E é bem baratinho!

— Valeu, Isabel! — agradeci, colocando as mãos cruzadas no peito e abaixando a cabeça em sinal de gratidão. — Você é meu anjo da guarda!

Terminei o meu lanche, comprei um vestuário completo no bazar e me hospedei na pousada indicada pela Isabel, satisfeito por não exigirem meu documento de identidade. Fechei a porta do quarto, pus a mochila no armário e arranquei a roupa de Salvador, com muita raiva e nojo, do meu corpo. Amontoei-a num canto e entrei no banheiro. Enchi a banheira antiga de ferro esmaltado com água quente, submergi meu corpo exausto e, deitado imóvel por quase uma hora, relaxei — massageando, com as mãos, a nuca tensionada e rija.

Ao final do banho, puxei a corrente do tampão e, inebriado com a agitação da água encardida formando um redemoinho na saída do ralo, fantasiei que também minha alma seria despojada de toda a imundice advinda da insanidade vivida nos últimos dias.

Despertei com energia e disposição para iniciar a complexa viagem de volta a Piraquara. Tirei um bom proveito do "sono dos justos", sem pesadelos ou sonhos inquietantes, estudei minuciosamente o trajeto dos ônibus da região e deixei Pouso Alegre bem cedinho. Após breves baldeações, embarquei na jardineira com destino à comunidade de Boa Ventura, nas imediações de Barueri. Desci um pouco antes, no acostamento da rodovia pavimentada defronte à vereda de acesso à sede clandestina da Phenix e, sem pestanejar, me embrenhei no matagal para encontrar minha moto camuflada.

— Nada mal, hein?! — expressei, baixinho, quando retirei as folhagens que a encobriam. — Do jeitinho que eu a deixei.

Pus a moto na vertical, abri o bagageiro, peguei a carteira de dinheiro com meus documentos e enfiei no bolso. Em seguida, acomodei a mochila, fechei o bagageiro, liguei o motor e rumei satisfeito para a albergaria; ponto de partida para minha viagem de volta a Piraquara.

Ascendi ao topo do outeiro, ladeira acima, estacionei a moto e avistei o gerente da pousada, Sr. Manoel, consertando o portão da recepção.

— Arre, Manoel! — expressei, ao me aproximar, denotando cansaço. — Até que enfim estou de volta!

— Já não era sem tempo, Arthur — disse, abrindo um sorriso maroto. — Achei que você havia se enroscado com alguma caipirinha da redondeza e não voltaria mais.

— E o meu quartinho? — indaguei, retirando a mochila do bagageiro. — Está desocupado?

— Do jeito que você o deixou — respondeu, colocando o martelo e o alicate no cinto porta-ferramentas. — Você quer ajuda com a mochila?

— Oh, não! — expressei, agradecido. — É muito leve.

— Vou até a recepção pegar a chave — declarou, agitando-se. — Vamos entrar?

Subi a escadaria e caminhei exausto pelo corredor externo, até a porta do meu quarto. Mal deu tempo de guardar a mochila no armário e fechar a porta; desmoronei e me espichei na cama, de roupa e tudo. Por pouco não peguei no sono de imediato. Quando desci ao salão para comer alguma coisa, notei que alguns hóspedes estavam compenetrados diante da televisão. Durante o fim da tarde e noite adentro, o assunto na pousada era um só: como havia sido o desfecho do sequestro do filho de um político milionário, tido por trapaceiro e corrupto.

A reportagem noticiava que o garoto sequestrado foi encontrado, entorpecido, num carro abandonado no estacionamento de uma capela na cidade de Livramento e permanecia no hospital em vigilância médica. A polícia ainda investigava se havia conexão com o incêndio e naufrágio da embarcação do político, em mar aberto, num local distante cento e cinquenta quilômetros ao norte de Livramento. *Não vou devolver nada para esse filho da puta!*, pensei, indignado. *E não vou me sentir culpado. Afinal, estou me ressarcindo de um estrago físico e mental que poderia ter resultado em minha morte.*

Não senti nenhum interesse em me inteirar dos detalhes enganosos da desgraceira e passei a me preocupar em organizar meu retorno a Piraquara. *Ora bolas!*, pensei. *Quem sabe, melhor do que eu, o que aconteceu com o filho do político?*

Optei por comprar um carro para minha viagem e, orientado pelo Sr. Manoel, fui até uma concessionária em Barueri, entreguei a moto como parte do pagamento e recebi um fusca verde-esperança, novinho em folha. Em seguida, fui até uma joalheria conhecida da região com o intuito de comprar um presente para Júlia. Ao final da tarde, passei pela agência do Banco Brasileiro de Barueri e depositei, em minha conta-corrente, o restante do dinheiro da mochila.

Nessa noite, dormi como uma pedra e os sonhos mórbidos foram se tornando cada vez mais saudáveis. A imagem, em câmera lenta, do retrato queimado na embarcação dominou a maior parte do devaneio onírico. Só que a imagem no retrato era de Marieta, de cabelos compridos, transmutando-se na de Júlia, de cabelos curtos. Repetidas vezes!

Eu não tinha dúvida de que se tratava da mesma pessoa, mas não poderia ter, imediatamente, a certeza absoluta. Marieta havia "morrido" e Júlia havia perdido a memória definitivamente. De súbito, uma cena do passado despencou no meu colo: um bate-papo entre Marieta e eu, nos jardins do Círculo Italiano, quando ela tinha apenas oito anos: *Felipe! — Você sabia que eu nasci com um aviãozinho na bunda?*

Realmente é uma "carta na manga" incontestável: a marca de nascença em forma de aviãozinho, que Júlia também deve ter na bunda. *Como é que eu ainda não havia notado?*, pensei, com um sorriso maquiavélico nos lábios. *Tonto!*

Convencido de que eu havia sido um sujeito privilegiado, tendo a oportunidade de amar apaixonadamente a mesma pessoa em duas vidas diferentes, achei por bem colocar um ponto final na história vivenciada nas últimas semanas e tomar medidas práticas para assegurar um final feliz a essa façanha incrível.

26

Em estado de graça, chacoteando e cantando sem parar, ansioso para ver a marca de nascimento que Júlia traz no corpo, eu devorei metaforicamente os quilômetros que me distanciavam dela, só interrompendo a jornada para abastecer o fusca, que voava livre pelas rodovias, tornando o retorno a Piraquara algo pleno de sensações deleitosas.

Ao longe, quando me abeirei das cercanias da cidade, atentei que Piraquara já havia mergulhado noite adentro; entretanto, a cintilação de sua permanência juntou-se ao esplendor da lua cheia e gerou uma profusa luminosidade no céu carregado de estrelas.

A ansiedade foi se ampliando à medida que eu percorria as ruas esburacadas da periferia e atingiu o clímax assim que alcancei a pracinha, onde tantas vezes Júlia extasiou-me, bem como aos seus fiéis espectadores, em seus ensaios públicos ao violino.

Assim que adentrei o prédio onde residimos, estacionei rapidamente o fusca na nossa vaga da garagem, cruzei o hall de entrada e saudei, com um gesto ligeiro, o porteiro da noite, que se encontrava em pé, ao lado da mesa da recepção.

Impaciente e ansioso, não quis esperar pelo elevador e segui direto para a escadaria. Subi os quatro lances, galgando os degraus de dois em dois e, com o peito esbaforido e as mãos trêmulas, escancarei a porta do apartamento. *Ela não está nem esteve por aqui!*, pensei, esbaforido. *A sala encontra-se do mesmo jeito que eu a deixei!*

Acendi a luz e caminhei a passos largos até a cômoda do quartinho de hóspedes onde ela havia deixado a programação da

Kameratta, para me certificar de que restava apenas a audição final da turnê, prevista para a noite seguinte no Teatro Municipal de Nova Esperança. *Putz!*, segui pensando, abrandecido. *Ainda dá tempo de assistir pelo menos a uma. É muita sorte mesmo.*

Eu pressentia que a minha ausência em todas as apresentações da turnê seria desalentadora, tanto para mim quanto para Júlia. Disso eu não tinha a menor dúvida. Entretanto, nosso previsível encontro no último dia de concertos, apesar de não ser a circunstância ideal, afastaria o sabor amargo da decepção mútua e agregaria sensações de alívio, euforia e júbilo.

O perfume de Júlia, ainda vivente na atmosfera do apartamento, trouxe-me indistintamente de volta, à memória, alguns momentos antagônicos ali experimentados num curto espaço de tempo. Observei com atenção o quarto de hóspedes, desgracioso e insosso sem os aeromodelos harmonicamente pendurados no teto, e senti um forte aperto no peito, além de um resquício de arrependimento, revogado de imediato. *Não posso me dar ao luxo de submeter-me a sentimentos nefastos como raiva, culpa ou remorso*, pensei, pragmático. *Assim que tudo se adaptar à nossa nova realidade, compensarei esse ato de vandalismo, reiniciarei o curso de pilotagem profissional e vou adquirir um aviãozinho de verdade, só para nós dois. Chega de brincar com aeromodelos!*

E foi na caminha apertada da Júlia, abraçado ao seu travesseiro cheiroso, que consegui adormecer profundamente. Percorri, através de sonhos carregados de utopia e pesadelos sinistros, toda a história vivida nas últimas semanas, desde a minha partida titubeante, em que precisei fazer um esforço viripotente para não despencar diante de Júlia, até meu retorno, com a consciência tranquila e repleto de saúde, esperança e amor.

Logo cedo, depois de uma noite bem dormida, adentrei o banheirinho charmoso de Júlia e mirei a imagem do meu rosto, barbeado, no espelho. Com as duas mãos apoiadas na pia, num estado de reflexão e percepção visual intensa, constatei que o semblante carregado do Felipe havia se convertido, por meio de discretas alterações musculares enviadas pelos mensageiros mágicos de meu cérebro, no rosto relaxado e agradecido do Arthur. *Adeus, Felipe!*, me despedi, nostálgico. *Até nunca mais.*

Decidido a partir para Nova Esperança logo depois do almoço, desci ao térreo a fim de procurar Severino na portaria do prédio e me inteirar das novidades.

— Olá, Severino! — cumprimentei, ao avistá-lo irrigando as plantas do jardim. — Tudo bem com você?

— Bom dia, Arthur! — retribuiu, travando o esguicho da mangueira. — Você chegou bem de viagem?

— Muito bem! — afirmei, abrindo um sorriso largo. — Mas não vai dar tempo de matar a saudade. Júlia termina hoje sua turnê com a Kameratta e vou buscá-la em Nova Esperança. *Interessante!*, pensei, desafogado. *Informei, sem o menor receio, o lugar onde ela se encontra. Prenúncio de que as coisas, daqui para a frente, vão ser bem diferentes!*

— Que boa notícia! — regozijou, desanuviando o semblante. — Sinto falta de seu sorriso contagiante.

— Logo mais ela estará conosco — anunciei, manuseando algumas correspondências que peguei na mesa da recepção.

— Um sujeito andou procurando por ela — disse, mostrando sinais de preocupação na face contraída. — Um cara bem esquisito, cheio de perguntas!

— Que tipo de perguntas, Severino?

— Tipo "onde se encontra?", "há quanto tempo saiu?", "quando retorna?"… — falou vagamente. — Não dei nenhuma informação. Mesmo porque eu não sabia.

— Que estranho! — expressei, cofiando o queixo. — Nem imagino quem possa ser. Ele veio diretamente à portaria e perguntou por ela?

— Pior que não — replicou, compenetrado. — Eu já estava de olho nele circulando, pela vizinhança, há uns dois ou três dias. Depois de me abordar no jardim do prédio, o sujeito sumiu e não voltou mais.

— Se por acaso ele voltar, você me avisa — solicitei, sorrindo. — Vou buscá-la daqui a pouco e não quero que ela se preocupe à toa.

— Deixe comigo, Arthur! — aquiesceu, aliviado. — Eu só queria comentar com você. Agora, já posso esquecer o assunto.

A viagem a Nova Esperança seguiu adiante, como se eu não houvesse passado por Piraquara; eu me sentia leve, dirigindo o fusca como se as rodas mal tocassem o asfalto quente. A sensação que prevaleceu, durante todo o trajeto, era a de que eu estava flutuando.

Cheguei um pouco antes do início do concerto. Meu coração agradecido pulsava com paixão; o nó desatado na garganta repelia o luto de nossa separação forçada e meu cérebro se animava, imerso no quarteto de hormônios da felicidade.

Senti uma leve tontura ao passar pela entrada do Teatro Municipal de Nova Esperança e alucinei, imaginando-me penetrar numa bruma tênue, repleta de seres humanos desfocados, trocando estrepitosas energias entre si e dirigindo-me olhares insinuantes como a convidar-me a desfrutar, também, a bem-aventurança e a felicidade eternas. *Certamente são os familiares dos músicos irmanando-se*, pensei. *Preciso controlar a ansiedade que deve estar alucinando minha alma.*

Alcancei o auditório e me desloquei, sorrateiramente, até o assento posicionado no lado esquerdo e bem pertinho do palco, para avistar, do ângulo mais favorável possível, o quarteto de violinistas da Kameratta.

Ao me sentar tão perto do palco notei que, por detrás da cortina de veludo encarnado, os músicos tangiam, dedilhavam, harpeavam e solfejavam, efluindo a sinfonia dissonante originária da afinação sincrônica de suas vozes e instrumentos musicais.

Logo após o ressoar da última das três campainhas, com som de cigarra, que precede o início da maioria dos espetáculos teatrais, a iluminação foi diminuindo de intensidade gradativamente, ao mesmo tempo que um holofote passou a destacar a figura do carismático e delicado maestro Thomas, que surgiu da lateral do palco e foi caminhando a passos lentos até o centro, para saudar o público e anunciar a programação de música erudita da noite.

Assim que o cortinado começou a pôr-se em movimento, direcionei o meu olhar para onde iria, em instantes, materializar-se a figura esplendorosa de Júlia.

Pressentindo a magia do seu olhar, levei um susto tão grande, ao constatar a sua ausência no grupo, que a descarga de adrenalina me provocou, de imediato, a turvação da visão, o aperto no peito e uma tremedeira muito difícil de controlar.

Fechei e abri os olhos várias vezes; vasculhei o palco minuciosamente, aguardei o desacelerar do meu coração e, com o rosto abrindo atalhos entre as rugas da contração facial para o fluir de lágrimas incontidas, fui me esgueirando entre o encosto das poltronas frontais e os joelhos dos espectadores sentados, até chegar ao final da fileira e à passagem lateral do teatro. *Caraca!*, me desesperei. *Será que não cheguei a tempo de impedir o sequestro da Júlia?*

Tateando a parede revestida de lambris de madeira, caminhei até acessar a escadinha lateral do palco, com o propósito de passar por entre as camadas da densa cortina e dirigir-me à coxia do teatro onde, certamente, alguém da equipe de produção da Kameratta me informaria o paradeiro da Júlia.

Não deu tempo. Parcialmente envolvido pela cortina e suportando a tremedeira, o calafrio e o formigamento por todo o corpo, consequências da repentina decepção, fui subitamente aquentado por um intenso ardor corporal, como se um facho abrasador houvesse se aproximado do meu cangote.

Sem hesitação, virei-me na direção exata da plateia obscurecida, para vê-la imediatamente; destacada, nítida e radiante, acenando em minha direção, com uma das mãos exibindo o punho enfaixado e, com a outra, apontando o assento ao seu lado.

Desci a escadinha e retornei à passagem lateral sem tirar os olhos da Júlia e, com a mão apontada em direção à porta de saída, deixei o teatro e me acomodei num dos bancos de jardim da praça, sentindo a paz revigorante dos afortunados.

Fiquei, então, decantando as impurezas que tomaram de assalto minha alma no instante em que não encontrei Júlia entre as violinistas do quarteto. Serenando e com os ouvidos atentos, notei que a Kameratta havia pausado. *Com certeza, ela vai se aproveitar do intervalo entre as músicas*, pensei, esperançoso. *E vir ao meu encontro.*

A suspeição ainda repercutia em minha mente no momento em que Júlia despontou, na porta do teatro. Ela vestia um conjunto de calça e blusa, colorido e vistoso, em perfeita harmonia com seu rosto afogueado.

Júlia desceu a escadaria e veio correndo em minha direção. Eu me levantei rápido e dei dois passos para a frente com os braços abertos. Ela se enlaçou no meu pescoço, eu girei o seu corpo frágil no ar algumas vezes, antes de assentá-lo em cima do banco de jardim, onde eu estava sentado há pouco. Daí, então, abraçamo-nos e beijamo-nos fervorosamente.

— Arthur, querido! — advertiu, coibindo as lágrimas represadas. — Você quase me matou de ansiedade!

— Ah, mil perdões — disse, colocando a mão direita no lado esquerdo do peito. — Eu não consegui retornar antes.

— Eu fiquei imaginando milhares de coisas absurdas — confessou, lacrimosa. — Uma pior que a outra.

— O que importa é que estou aqui; louco de saudades, pleno de saúde e com boas notícias para te dar — declarei, otimista, agarrei sua cintura com ambas as mãos e assentei seu corpo no gramado.

— Eu presumi que voltaria sozinha para casa, morta de pena de mim — disse, contraindo o rosto numa fingida expressão infantil. — Eu já havia, inclusive, colocado minhas malas no bagageiro do ônibus!

— Então vamos buscá-las, agora mesmo! — declarei animando-me. — E colocá-las no devido lugar.

— Nem tente, que não vai caber — falou, arregalando os olhos.

— Nada de moto — comuniquei de maneira enigmática. — Vamos levá-las para um veículo de verdade!

De mãos dadas, fomos até o local em que o ônibus aguardava os músicos da Kameratta e despertamos o motorista que, sonolento, retirou as malas de Júlia do bagageiro. Então, caminhamos até o estacionamento do teatro onde, após circularmos em torno de inúmeros automóveis, eu fiquei parado e quieto, olhando o fusquinha verde-esperança.

— Não acredito! — manifestou-se. — Que cor linda! Eu não sabia que meu namorado era tão rico.

— Namorado, nada! — discordei, ajoelhando-me. — Abra o presente que eu lhe trouxe!

Repleto de júbilo, chorando discretamente e ainda ajoelhado, eu desviei meu olhar ao rosto prazenteiro de Júlia, segurando o anel solitário de ouro branco.

— Adorei! — afirmou, divertida. — O que estamos comemorando? O nosso encontro no último dia da turnê?

— Como assim? — perguntei, ainda ajoelhado, abrindo os dois braços. — O anel simboliza que eu quero me casar com você! Não é deste jeito que se faz o pedido?

— Com a notícia que eu estou aguardando para te dar, penso que você não tem muitas alternativas — advertiu, gargalhando.

— Júlia! — expressei, gaguejando. — Você quer dizer que...

— O que conversamos na manhã de minha partida acabou se concretizando — declarou, exultante. — Mas nós temos muito tempo para falar sobre isso. Vamos voltar para o teatro. Agora! Thomas não gosta de seus músicos-espectadores ausentes durante as audições e eu não quero perder meu emprego.

Eu me lembrei que, durante o café da manhã daquele dia, e até seu embarque no ônibus da Kameratta, Júlia estava animada e muito falante. Eu, em vias de ter uma vertigem, observei sua boca se abrir, se fechar, se entortar e sua voz repercutir sons metálicos repletos de ecos, sem discernir o que ela estava dizendo. Sem enxergar outra saída, lembrei, eu me limitei a sorrir. *O que Júlia falava com tanto entusiasmo?*, matutei, apreensivo. *Do jeito que ela está falando agora, parece uma eventual gravidez. Preciso descobrir, sem que ela perceba que eu não me lembro de absolutamente nada daquela manhã!*

— Fiquei muito assustado quando não te reconheci, no palco — falei, enquanto acomodava a bagagem de Júlia no porta-malas, procurando aliviar a tensão de suas últimas palavras.

— Meu amor! — sussurrou, beijando minha mão. — Eu não tinha como te avisar.

— O que houve com sua mão?

— Vamos deixar esse e outros assuntos para depois — desconversou, aflita. — Agora precisamos nos concentrar na audição.

Abraçados e gozando ao máximo a sensação de exaltação plena, nos demos conta de que o intervalo entre as músicas havia terminado e nos apressamos em retornar à plateia e aos nossos assentos.

Assim que Thomas retornou ao palco, para iniciar a regência da sequente obra musical do programa, olhou casualmente para Júlia que, com a maquiagem borrada pelas lágrimas, acenou para ele, exibindo de forma ostensiva o anel de noivado.

Ele sorriu para ela, fez um leve meneio com a cabeça em minha direção, subiu ao púlpito à frente da orquestra, pegou a batuta e iniciou uma sinfonia de Mozart. As obras foram sucedendo-se, com Júlia imergindo cada vez mais profundamente no universo musical. Eu, sem conseguir me concentrar, forçava meu cérebro a aflorar, pelo menos um pouco, o acontecido na manhã do meu último ataque de alucinação.

Ao final do concerto, Thomas agradeceu a manifestação pública de agrado e anunciou que a Kameratta faria uma apresentação extra, em homenagem ao noivado de uma de suas mais virtuosas violinistas. Após um breve intervalo, para a reorganização das partituras dos músicos, conduziu a orquestra aos primeiros acordes da marcha nupcial de Richard Wagner.

Aos poucos, os espectadores foram inferindo quem era a noiva mencionada pelo maestro, começaram a aplaudir com intensidade crescente, até que todos se levantaram de suas poltronas e, sem parar de ovacionar, transformaram a apresentação da marcha nupcial em um happening alegre e descontraído.

Na saída do teatro, a algazarra com os músicos da Kameratta não foi menor, uma vez que houve uma enorme aglutinação — não apenas em virtude do encerramento da turnê, mas também pelo noivado da Júlia. Excederam os abraços e beijos carinhosos, chegando ao ponto de ameaçarem pendurar um amarrilho de latas na traseira de nosso fusca, fazendo o retorno de nossa viagem transformar-se no início da lua de mel.

A noite quente e a lua cheia, no céu estrelado, tornavam o caminho de volta para casa ainda mais reluzente e pitoresco. O fusquinha verde deslizava soberano sobre a pista vazia, desprovida de imperfeições, embalando Júlia num soninho tranquilo e restaurador.

Piscando os olhos continuamente e sentindo o cansaço insinuar-se devagar no meu corpo doído, avistei, ao longe, uma pequena imagem piramidal se destacando, minuto a minuto, à medida que eu me aproximava. *Não acredito no que estou vendo!*, pensei, aturdido. *Será que vai começar tudo de novo?*

Entretanto, não se corporificou na pirâmide de pedra no meio da rodovia, como era de se temer, mas num anjo vegetal solitário, exibindo sua densa folhagem em copas horizontais paralelas cada vez maiores. Uma imortal amendoeira frondejante, dos meus mais prazenteiros e esperançosos momentos, mas também dos mais tristes e assustadores.

— O que está havendo, meu amor? — perguntou baixinho, retirada do repouso ao sentir a desaceleração do fusca.

— Encontrei uma árvore mágica — respondi, carinhoso, ao desviar para o acostamento e estacionar junto ao meio-fio.

Caminhamos de mãos dadas pela vegetação rasteira, ouvindo o rumorejar suave de águas que correm, roçando as pedras, o ramalhar suave da folhagem da amendoeira ao vento brando e o piar melodioso dos pássaros noturnos.

Sem nada pactuarmos, como seguindo um ritual íntimo e profundo, encostamos nossos corpos em lados opostos da amendoeira. Seguramos as mãos, um do outro, estendidas, fechando um anel humano em torno do tronco; sentindo, nas faces, o fascínio e a maciez de sua casca rugosa.

Eu me percebia cada vez mais desoprimido e liberto, como se toda carga emocional de ressentimento, agonia, culpa e remorso fosse desalojada, a um só tempo, de meu coração agradecido e direcionada para as profundezas da terra, percorrendo as raízes da árvore mágica.

A lua cheia e o céu estrelado compunham o fundo infinito ideal para a eclosão de um acontecimento único em nossas vidas. Afastamo-nos da amendoeira, celebrizamos o glorioso dia com um beijo apaixonado e entregamo-nos de corpo e alma ao amor imortal, numa folia íntima de movimentações catárticas, sensuais e ardentes.

— Oh, Julieta! — expressei. — Como foi penoso esperar por este momento único! Eu te quero demais!

Exauridos e exultantes, restamo-nos deitados, lado a lado, com um sorriso maroto paralisado em nossas faces ruborizadas. Então, encorajados pelo calor abrasador, e iluminados pelo luar intenso, caminhamos pela relva verdejante sarapintada com nossas vestes coloridas e penetramos nas águas límpidas do ribeirão. Na pele alva e arrepiada da nádega direita de Júlia, eu revi a imagem, embranquecida pelo tempo, do aviãozinho que Marieta me mostrou, há tanto tempo, nos jardins do Círculo Italiano em São Jerônimo.

Recompostos, sentamo-nos na raiz maior da amendoeira, encostamos na casca suave de seu tronco, experimentando a sensação agradável da felicidade plena. *Que notícia ela falou que estava aguardando para me dar?*, perguntei a mim mesmo, acautelado. *Que estava grávida?*

— Você vai me contar o que houve com sua mão? — indaguei, pisando em ovos, massageando sua barriga.

— Arthur, pare de dissimular! — repreendeu-me com os olhos cerrados, cruzando os braços abaixo dos seios. —Você está evitando falar de sua viagem, não é mesmo?

— Oh, não! — contradisse, desencostando da árvore e endireitando o corpo. — De jeito nenhum! Só estou priorizando tomar conhecimento das peripécias melodiosas de sua turnê.

— Eu fiquei assustada e com muito medo quando você falou que corríamos perigo — afirmou, franzindo a testa.

— Foram dias muito difíceis — afirmei, segurando suas mãos. — Eu estava imaginando coisas muito estranhas.

— Quando você vai me contar tudo direitinho? — perguntou, olhando firme nos meus olhos.

— É uma história muito chata — respondi, franzindo os lábios. — Quer que eu te conte agora? — Não queria estragar o clima.

— Claro que sim! — confirmou, se acomodando. — E não vai estragar clima nenhum!

— Ok, então!

— Assim que você seguiu com a Kameratta — iniciei, preguiçoso —, eu delineei minha estratégia: parti para a capital e, lá chegando, iniciei uma vasta peregrinação por hospitais, médicos e psicólogos até encontrar uma clínica que se propôs a fazer um diagnóstico apropriado para minha doença.

— Alguém indicou essa clínica? — inquiriu, olhando-me com interesse difuso.

— Não! — respondi, demostrando segurança. — Eu optei por seguir o meu instinto natural! Realizei inúmeros exames laboratoriais, alguns cujos resultados demoraram a sair. Os médicos da clínica decidiram me internar por alguns dias e me colocar em observação, para testarem vários agentes que poderiam provocar essa reação alérgica no meu corpo. Ao cabo de vários testes, concluíram que a acetona do combustível dos aeromodelos e a fuligem da fumaça dos karts poderiam proporcionar essas reações no meu organismo. Após um longo tratamento, recebi alta médica e a garantia de que jamais sofreria novamente com os efeitos colaterais e poderia desfrutar de uma vida saudável e serena.

— Só isso? — questionou, respirando fundo com a boca aberta paralisada e os olhos arregalados.

De súbito, Júlia pôs as duas mãos no rosto e expeliu, de uma só vez, todo o ar retido nos pulmões e começou a gargalhar de maneira compulsiva, cada vez mais alto.

— Do que você está rindo? — perguntei, também segurando o riso.

— Arthur, você não sabe mentir — disse, segurando meu rosto com as duas mãos. — Você ainda está curioso em saber o que aconteceu com minha mão?

— Lógico que eu estou.

— Então preste atenção no que vou dizer! — advertiu, reorganizando seus músculos faciais, expressando seriedade convincente. — No penúltimo concerto, Thomas exigiu que eu tocasse uma nota tão aguda, mas tão aguda, tão aguda mesmo, que o violino não resistiu à tensão da corda, quebrou ao meio e os estilhaços atingiram minha mão.

A partir daí, tivemos um ataque de riso conjunto e começamos a gargalhar incontrolavelmente, como se houvéssemos sido contaminados por uma descarga de substâncias alérgicas. *No íntimo, eu sabia que o interesse de Júlia pelo propósito de minha viagem havia sido encerrado,* pensei. *Tanto ela quanto eu aprendemos, por meio da intuição, a deixar fluírem com naturalidade os assuntos controversos; não sem motivo, evidentemente.*

Em seguida, esgotados de tanto rir, estendemo-nos de costas para o céu infinito e mergulhamos no silêncio profundo, enquanto a lua cheia e as estrelas, perdendo o brilho primaveril, recolhiam-se ao recôndito abrigo, indicando que outro dia estava em vias de começar.

Entendendo o recado lunar, levantamo-nos ao mesmo tempo e, de mãos dadas, iniciamos nossa caminhada em direção ao fusquinha verde-esperança, quando, de súbito, ela deteve-se e declarou, com um brilho especial nos olhos:

— Thomas confirmou que faremos a turnê internacional em Paris no primeiro semestre do ano que vem!

— Você quer me matar de tristeza? — perguntei, sentindo os olhos começarem a arder e umedecer. — Não suporto mais ficar longe de você!

— Você vai junto, meu amor! — declarou, acarinhando e espalhando as lágrimas incontidas pelo meu rosto. — É por isso que precisamos nos casar!

— Como assim? — perguntei, surpreendido. — Precisamos nos casar para viajar?

— Você já imaginou comtemplarmos a Torre Eiffel, iluminada, em quartos separados? — perguntou, irônica. — No mesmo quarto, só com a certidão de casamento na mão!

Levantei-me rapidamente da raiz da árvore, sentindo a tontura inerente ao movimento brusco, e estendi as mãos para ajudá-la a levantar-se. Abracei-a com força e deixei correrem livremente minhas lágrimas. Júlia, desta vez, não conteve as suas e choramos juntos até nos esgotarmos. *Caramba!*, pensei, choroso. *Então foi isso que conversamos na longínqua manhã de sua partida? E até nome eu já havia escolhido para minha filha!*

— Pois então saiba que você vai se casar com um piloto comercial trabalhador, ajuizado e dono de seu próprio Piper — desabafei, titubeante. — Basta de karts e aeromodelos.

— Por essa eu já esperava! — disse, fulminando-me com seu olhar encantador.

— Vou batizar o Piper com seu nome! — declarei, solenemente, abrindo a porta do fusca para ela entrar.

— Oba! — expressou, franzindo jocosamente a testa. — Por falar nisso, você percebeu que me chamou de Julieta várias vezes, enquanto fazíamos amor? Por muito pouco, não dei com a casca de uma raiz da amendoeira na sua cabeça. De onde você tirou esse nome? Da tragédia de Shakespeare?

— Nada disso! — exclamei, exaltado. — É da tragédia de Arthur mesmo. Vai dizer que você não conhece o diminutivo de seu nome?

— Gostei! — aplaudiu, sorridente. — Para falar a verdade, eu adorei esse nome!

— Julieta, meu amor! — expressei, manobrando o fusca na vegetação rasteira. — Vamos para casa, então?

— Voando! — orientou, acomodando-se no banco ao meu lado e colocando os dois pés descalços no painel do automóvel.

— Então tá! — expressei, pensando no seu novo nome: um pedacinho de Júlia e outro de Marieta. — Único amor de minhas vidas.

FIM

Depoimentos de quem leu antes

"A leitura de *Phenix*, já no primeiro capítulo, aguçou minha curiosidade por se tratar de uma situação inusitada em que o personagem se encontra. O livro, através de flashbacks, traz à tona uma trama de amor e ódio, no estilo shakespeariano. Tudo isso tecido com uma linguagem meticulosa que vai do poético erudito ao informal, aproximando o narrador do leitor de forma descontraída. Essa, aliás, é a principal característica do estilo Fernando Machado."

Madalena Bechtold
Professora de português e literatura

"Formidável. Excelente. Um romance de ficção com lances policialescos de enorme gama narrativa. O desenho engenhoso da trama vai se desenvolvendo de forma calculada nos detalhes. Lacunas na narrativa vão se preenchendo no desenlace da história, tal como uma imagem fosca que aos poucos vai se tornando nítida. A sensação confortante de lances da narrativa que não foram finalizadas, sendo reveladas nas cenas que se seguem. A construção tem o ar de suspense. De criar um ambiente de curiosidade e imaginação para o leitor."

Nelson Pietroski
Músico e compositor

"Primeiro, quero te parabenizar. Vejo neste livro uma abertura maior à criatividade, permeada por eventuais pitadas de poesia. A escrita é muito fluida. A história começa de um jeito que instiga o leitor. Queremos saber como o personagem foi parar naquela situação. Gostei da forma como costurou, no Intermezzo, as histórias das diferentes personagens. Me diverti com as mazelas humanas ali trazidas à tona. Gostei também da forma como o personagem principal navega entre o presente e suas lembranças. Exige do leitor atenção. Aliás, adorei o Intermezzo. O diálogo entre o Felipe e o Klaus me remeteu ao Fausto vendendo a alma ao diabo. No geral, as inverossimilhanças ali presentes foram absorvidas por uma atmosfera de fantasia."

Ligia Rebelato
Curadora independente

"Fernando, você foi brilhante na construção desse enredo! Meus parabéns! E olha que eu sou uma leitora exigente! A leitura flui bem, mesmo com tantas frases intercaladas, um maneirismo, ao qual nos acostumamos rapidamente, e que tem a ver com o titubear do personagem... Gostei dos títulos na divisão em partes e a relação com o andamento musical – é uma pista interessante. Você conseguiu nos fazer entrar no universo do personagem, e prender a nossa atenção até o final; realmente a história desperta o interesse, e não perde o ritmo, vai crescendo, apesar de você ir "preparando", sugerindo, antecipando fatos nas digressões do personagem... (não nos dá nenhum "susto") e mesmo assim a curiosidade do desfecho se mantém."

Zina Piê
Artista plástica

Esta obra foi composta em Minion Pro 12,5 pt e impressa em papel Polen Natural 80 g/m² pela gráfica Digitop.